KB164742

내성적인 여행자

삶을 사랑하는 자의 은밀한 여행법

Bon voyage

내성적인 여행자

정여울 지음

해냄

수줍고 두렵지만,
마침내 떠나기로 한 당신에게

너무 빨리 걷지 말라.

영혼이 따라올 시간을 주어라.

—아프리카 격언

　　　나는 지금도 소문난 길치이지만 어린 시절에
는 더욱 길을 자주 잃어버리는 아이였다. 낯선 동네에서 그 동네
'통장님'의 방송으로 '이 아이를 찾습니다'의 주인공이 된 적도
있었으며, 처음 가보는 피서지에서 길을 완전히 잃어버려 아빠의
심장을 철렁 내려앉게 만든 적도 있었다. 그러던 내가 여전히 길
치인 채로 무려 15년째 아무도 못 말리는 배낭여행 중독자로 살

아가고 있다. 물론 외국에서는 길을 더 잘 잃어버리고, 길을 잃은 탓에 여행 일정을 망쳐버린 적도 있지만, 그래도 나는 매년 떠난다. 사랑에도 우정에도 창작에도 깃드는 권태기가, 여행에는 아직 없다. 나는 왜 온갖 고생을 사서 하면서도 이토록 멀리, 이토록 자주 길을 떠나는 것일까. 이제는 알기 때문이다. 아주 멀리 떠나야만 비로소 깨달아지는 생의 진실이 있다는 것을. 그리고 힘들지만 결코 포기할 수 없기 때문이다. 반드시 떠나야만 보이는 것들을.

이제 내 인생의 세 번째 여행기를 출간하려고 하니, 비로소 알 것 같다. 나에게는 어쩌면 '걸핏하면 길을 잃어버리는 신통한 능력(?)'이 있어서, 삶을 당연하게 받아들이지 않고 매번 신기해하고, 같은 장소조차 매번 새로이 아름답고 눈부시다고 느끼는 축복이 주어진 것 같다. 어쩌면 잃어버린 길들은 나에게 익숙한 길들보다 훨씬 더 많은 것을 가르쳐주었다. 이제는 느낄 수 있다. 내가 선택한 길들만이 내 인생이 아니라, 그 모든 '잃어버린 길들'이 오늘의 나를 길러낸 또 하나의 힘이었음을. 나는 내가 걸어간 길 위에만 서있는 존재가 아니었다. 나는 내가 깜빡하고 잃어버린 길들, 무심코 접어든 뜻밖의 샛길들, 그 길로 가려고 하던 것이 아닌데 나도 모르게 접어든 갓길들의 총합이 만들어낸 예측불가능의 산물이었다. '내가 분명히 가려 했던 길들'이 의지의 산물이었다면, '내가 가려고 하지 않았지만 알 수 없는 인연의 힘으로 걸어온 길들'은 우연의 산물이었다. 그 모든 필사의 의지와 불가피한 우연의 하모니 속에서 '나'라는 존재가 지금 이 순간에도 끊임없이 만들어지고 있었다.

어린 시절 시골 할머니 댁에서 가게에 갔다가 돌아오는 길을 찾지 못했던 것이 내 최초의 '길 잃음'의 기억이다. 사촌 동생들을 데리고 과자를 사 먹으러 동네에 하나밖에 없는 가겟방에 갔다가 길을 잃어버린 것이다. 보무도 당당하게 내가 거기 가는 길을 안다며 사촌 동생들을 인솔하여 가겟방에 도착하긴 했는데, 정작 집으로 돌아오는 길을 도무지 찾을 수가 없어서 무려 세 시간 이상 낯선 시골길을 정처 없이 헤맸다. 논밭과 나무와 집들이 워낙 비슷비슷해서 너무 멀리 다른 동네까지 직진하여 가버린 것이다. 나 혼자가 아니라 동생들을 주렁주렁 매달고 간 길이어서 나는 더욱 두려움에 휩싸였다. 아이들은 나만 믿고 졸졸 따라왔는데, 나는 그렇게 가까운 길을 찾아내지 못해서 혼비백산하고 말았던 것이다. 그런데 할머니 댁이 있는 동네를 벗어나 처음으로 낯선 동네에 접어들자, 그전에는 한 번도 가본 적이 없었던 곳, 한 번도 목적지로 잡아본 적이 없는 곳도 아름답고 멋지다는 것을 처음으로 알게 되었다. 낯선 동네의 어르신들이 "쟈들이 누구여? 아랫마을 종덕이네 딸 아니여?" 하시며 나를 기억해주셔서 다행히도 길을 찾을 수 있었다.

길을 잃으면 필연적으로 길을 묻게 된다. 잃어버린 길을 묻고 또 물음으로써 나는 조금씩 내향성을 극복할 수 있었다. 심하게 내성적인 성격이라 누구에게 길을 물어보는 것조차 꺼려하는 내가, 완전히 길을 잃었을 때는 누군가에게 더듬더듬 길을 물어볼 수밖에 없었다. 그렇게 내가 잃어버린 길 위에서 수많은 타인들을 만났다. 길을 잃지 않았더라면 결코 만날 일이 없었던 그 사람들이, 낯선 땅에서 헤매며 겁에 질린 나를 위로해주고, 심지어 자신의 차에 태워 목적지까지 태워다주기도 했다. 나는 길을 잃어야만 보이는 것들에 매혹되기 시작했다. 낯선 사람에게는 말도 걸지 못하고, 낯선 장소에서는 뭘 해야 할지 몰라 허둥대던 내가, 있는 힘껏 타인에게 말을 걸기 위해 나의 내향성을 극복하려고 노력하고 있었다. 어떻게 집으로 돌아가야 하는지 알아내기 위해 온 힘을 다하다가 오히려 '집이 아닌 곳들, 의도치 않은 낯선 장소들'에 흠뻑 빠진 것이다. 내가 잃어버린 길 주변의 샛길들, 한 번도 찾아갈 의향이 없었던 마을들, 지도를 봐도 도대체 여기가 어디인지 알 수 없는 도시의 풍경들을 처음으로 맞닥뜨리게 된 것이다.

내가 외향적인 사람이었다면, 굳이 해마다 마치 '통과 의례'를 치르듯 엄청난 모험을 준비하는 기분으로 낯선 나라로 여행을 떠나지는 않았을 것이다. 내가 외향적인 사람이었다면 여행은 좀 더 자연스럽고 일상적인 몸짓이 되었을 것이다. 그러나 여행을 거듭하면서 나는 내향성이 결코 나쁜 것이 아님을 깨닫게 되었다.

여행은 나의 내성적인 성격을 조금씩 극복하는 계기이기도 했지만, 나의 내향성을 있는 그대로 사랑하고 받아들이게 만든 소중한 기회이기도 했다. 처음에는 내성적 성격을 극복하기 위해 여행을 떠났지만, 이제는 나의 내향성 자체를 굳이 바꾸려하기보다는 있는 그대로 품어 안는 삶을 꿈꾼다. 여행의 체험을 글로 빚어내기 위해 고민하고 분투하는 동안, 나는 내성적인 성격이기 때문에 삶을 바꾸는 크고 작은 모험이 더욱 필요함을 이해하게 되었다. 글쓰기는 내성적인 사람의 간절한 무기다. 글쓰기를 하지 못했더라면 나는 끓어오르는 감정을 주체하지 못해 오랫동안 방황했을 것이다. 내성적인 사람은 '글쓰기'라는 너무도 절실한 표현의 출구를 통해 '말하지 못하고, 일상 속에서 드러내지 못한 모든 감정들'을 발산할 수 있음을 알게 되었다. 나는 여행을 통해 나의 내향성에도 좋은 면이 있음을 깨달았다. 그리고 여행의 추억을 담은 글쓰기를 통해 내향성을 제거하는 것이 아니라 오히려 사랑하는 길을 찾게 된 것이다.

마침내 집으로 돌아오는 길을 결코 뻔하고 상투적인 길이 아니라 새롭고 싱그러우며 눈부시게 아름다운 길로 만들어주는 것. 그것이 나에게 여행이 지닌 멈출 수 없는 힘이었다. 이 책은 바로 '내가 의도적으로 찾으려했던 길들'과 '나도 모르게 발길이 그쪽으로 옮겨진 우연의 길들'이 어우러져 만들어낸 여행의 기록이다. 이 길 위에서 나는 필연과 우연이 어우러져 빚어내는 생의 빛나는 접점을 발견했고, '내가 가려고 하지 않았던 모든 길들'이 슬프도록 아름다운 것임을 깨달았다. 지금 이 책을 펼쳐든 당신이 내가 떠나고, 잃어버리고, 헤매던 그 모든 길들의 추억과 함께하며 '길 위에서 살아야만 보이는 것들'을 상상해주었으면 좋겠다. 길을 잃은 사람에게만 보이는 것들, 더듬더듬 잃어버린 길을 찾아 낯선 골목을 내 발로 헤매야만 보이는 세상의 아름다움을 기억해주었으면 좋겠다. 그리하여 이 책을, 수줍고 두렵지만, 마침내 떠나기로 한 당신을 위하여 띄워 보낸다.

'올해는 아무래도 떠나기 어려울 것 같다'는 예상을 깨고,
또 한 번 떠날 수 있었던 축복에 감사하며.
스위스에서 돌아오는 비행기 안, 수루구트 상공,
비행고도 11,277미터 하늘 위에서.
어김없이 또, 떠남과 돌아옴의 길 위에 서있는 나를 발견하며.

정여울

차례

2장 잃어버린 시간을 찾아서

3장 빛나는 사람, 빛나는 세상

4장 위대한 문학의 고향

5장 세상의 모든 예술

6장 마음으로 가는 문

1장

낯선 공기와의
첫 만남

맨발의 여행자, 해방을 만끽하다

뉘른베르크(독일)

"난 어떤 날에는 해지는 모습을 마흔네 번이나 봤어!" (…)
"아주 슬플 때는 해지는 모습이 보고 싶어져……."
"얼마나 슬펐기에 해지는 광경을 마흔네 번이나 봤을까?"
그러나 어린 왕자는 아무 말도 하지 않았다.

— 생텍쥐페리, 『어린 왕자』 중에서

여행 중에 갑자기 마음의 길을 잃을 때가 있
다. 여행을 떠날 때는 그토록 선명했던 '여행의 이유'가 갑자기 감
쪽같이 사라지는 것이다. 기억은 나지만, 그 기억이 무력해지는
것이다. 내가 도대체 왜 떠나왔을까. 풀리지 않는 고민이나 화두

를 붙들고 여행을 떠날 때가 많았던 나는, 눈에 보이는 길을 잃어버릴 때보다 눈에 보이지 않는 마음의 길을 잃어버릴 때가 훨씬 당혹스러웠다. 보이는 길은 물어물어 찾을 수 있지만, 보이지 않는 길은 내 마음을 샅샅이 뒤져도 나오지 않을 때가 많았기 때문이다. 내가 왜 편한 집을 내버려두고 이 고생을 하며 낯선 땅을 미친 듯이 헤매고 있을까. 때로는 실패한 꿈으로 인한 상실감 때문이기도 했고, 때로는 끝나버린 인연의 아픔을 곱씹기 위해서이기도 했고, 때로는 그저 지금 여기의 삶을 견딜 수 없어서이기도 했다. 그런데 어느 순간 그렇게 촘촘히 배열되어있던 마음의 계획표가 사라졌다. 어디든 가보고 싶었는데 갑자기 어디라도 별다르지 않다는 생각이 들며, '어디라도 좋다'는 생각이 들었다. 그때 내가 찾았던 곳이 뉘른베르크였다.

뉘른베르크는 당시 여행 계획에 전혀 포함되어있지 않은 도시였다. 뮌헨에서 '여기 있어본 것만으로도 이번 여행의 행복은 다 찾은 것 같다'는 충만함을 느꼈기에, 새로운 장소에 대한 욕심이 없어져버렸던 것이다. 도저히 논리적으로는 문제를 해결할 수 없어서 주사위나 동전을 던져 하늘의 뜻에 맡기는 상황처럼, 나는 어느 순간 '지금까지 계획해온 모든 여행의 계획표를 내려놓고 싶다'는 생각이 들었다. 그때 마음속에서 '뉘른베르크에 한번 가보지?' 하는 또 다른 목소리가 들렸다. 무슨 그림을 보기 위해 가고, 무슨 콘서트를 관람하기 위해 가고, 무슨 작가의 기념관에 들르기 위해 가는 여행에 지쳐버렸던 것이다. 뚜렷한 목적을 위한 여행이 아닌 정말 발길 가는 대로, 마음 가는 대로 한껏 비틀거리는 여행을 해보고 싶었다. 뉘른베르크에서는 갑자기 그 모든 뚜렷한 여행의 이유들이 사라져버렸다. 그래서 두려웠다. 드디어 '여행의 약효'도 다 떨어져버려, 이제 여행으로도 달랠 수 없는 고통의 뿌리와 맞닥뜨리게 될까 봐. 어떤 여행으로도 내 공허감을 달랠 수 없을까 봐 두려웠던 것이다.

하지만 뉘른베르크는 뜻밖에도 '목적 없이도 행복해지는 여행의 비결'을 알려주었다. 뉘른베르크는 내게 '끝내주는 풍경'이 아니라 '텅 빈 공간'을 선물해주었다. 뉘른베르크에서 물론 아름다운 풍경도 많이 보았지만, 이상하게도 뉘른베르크 하면 가장 먼저 떠오르는 이미지는 맨발로 아스팔트 길을 걷고 있는 나 자신의 어처구니없는 모습이다. 나는 뮌헨에서 구두를 신고 다니다가 발에 물집이 잡혀 단화를 한 켤레 사서 갈아 신었고, 뉘른베르크에서는 하도 열심히 걸어 다녀 그 단화마저 발이 아파서 맨발을 택했다. 서울에서는 있을 수 없는 일이었다. 서울에선 아무리 구두 때문에 발이 아파도 꿋꿋하게 집까지 걸어갔다. 집으로 돌아와 구두를 벗어보면 발뒤꿈치나 발가락 끝에 피가 철철 흐르고 있을 때도 있었다. 그런데 그렇게도 남의 시선을 의식하던 내가 신발을 벗고 아무렇지도 않게 하루 종일, 양말도 없이 맨발로 낯선 도시를 걸었다. 유럽 여행 마니아가 되기 전, 어딜 가도 쓸데없

이 방황하거나 반드시 마음을 다쳤던 그 시절, 나는 뉘른베르크에서 비로소 진짜 여행자가 된 기분이었다. 아무도 내 발을 쳐다보지 않고, 아무도 이상하다고 생각하지 않았다. 젊은 여자가 대낮에 맨발로 아스팔트 길을 걸어다녀도 전혀 이상함을 발견하지 못하는 그 '아무렇지 않음'이 정말 좋았다.

기차역 근처는 완벽하게 현대적인 모습이지만 조금만 걸어 들어가면 구 도시의 아름다운 성곽이 드러나는 뉘른베르크에서 나는 그 도시가 품고 있는 역사의 숨소리도 예술의 속삭임도 물론 궁금했지만, 그날만큼은 내 마음의 소리에 귀를 기울여보기로 했다. 여행 안내 데스크에서 받은 도시 지도도 습관적으로 관찰해보다가 그냥 과감하게 가방 속에 구겨넣어버렸다. 그냥 나만 생각하기로 했다. 나는 왜 이 여행을 위해 그렇게 많은 계획을 포기했을까. 할 일도 많았고 지켜야 할 약속도 많았는데, 왜 그 모든 기회들을 날려버린 것일까. 10년 전 그 당시에는 여행기를 써야겠다는 생각조차 없었기 때문에 더더욱 내 여행은 '실용성'이 없었다. 어떤 미래가 내 앞에 기다리고 있을지, 그 불안한 미래 앞에서 과연 스스로에게 당당할 수 있을지, 아무런 확신도 없었다. 그래서 마음이 무거웠지만 한편으로는 기묘한 해방감이 밀려들기 시작했다. 맨발에 닿는 아스팔트의 감촉이 돌길의 우둘투둘함으로 바뀌고, 맨발 위로 쏟아지는 여름 햇살이 너무 따스해서 몸속에 꾹꾹 눌러 담아둔 모든 눈물조차 보송보송하게 마르는 것 같은 느낌. 뉘른베르크는 가지지 못한 것들 때문에 아쉬워하고, 붙잡지 못한 과거나 인연 때문에 쓰라렸던 내 마음을 조용히 어루만져주었다.

2차 대전 당시 연합군의 폭격을 맞아 폐허가 되었던 뉘른베르크가 이 도시를 사랑하는 사람들의 땀방울로 완벽하게 복원되었다는 사실은 여행이 끝나고 나서야 알게 되었다. 나치의 전당대회가 열린 곳이었기에 더욱 뼈아픈 역사의 현장이라는 사실도 나중에야 알게 되었다. 내가 사랑하는 헤르만 헤세가 흥미로운 뉘른베르크 여행기를 쓴 적이 있다는 사실은 10년이 지난 뒤에야 알게 되었다. 언젠가 뉘른베르크에 다시 갈 수 있다면, '내 마음의 미로' 속을 열심히 탐색하느라 미처 다 구경하지 못한 뉘른베르크의 오래된 골목길을 다시 한 번 맨발로 걸어보고 싶다. 뉘른베르크는 내게 다시 시작할 수 있는 용기를 선물한 도시다. 뉘른베르크는 내게 맨발로 어떤 목적 없이도 보람차게 여행할 수 있는 행복의 비결을 알려준 도시다. 태어나서 처음으로 줄기차게 맨발로 걸어본 도시, 뉘른베르크에서 나는 걸음마를 배우는 한 살배기 아기처럼 비틀비틀, 설레는 마음으로 저 세상 속으로 힘차게 걸어가기 시작했다. 내 곁에는 아무도 없었지만, 나는 이미 세상 모두와 기쁘게 함께하고 있었다.

반짝이는 우연의 축제, 여행

부다페스트(헝가리)

나는 계획과 충동이 뒤섞인 여행을 좋아한
다. 어느 정도는 계획을 해놓아야 낯선 여행지에서 헤매지 않을
수 있지만, 계획만으로 꽉 짜인 여행은 설렘이 반감되기에. 베를
린에 한 달 동안 머물렀을 때, 나는 충동적으로 부다페스트에 가
고 싶었다. 베를린에서 만난 한 여행자로부터 '부다페스트의 야
경은 유럽 어디서도 찾아보기 힘든 절경'이라는 귀띔을 들었기
때문이었다. 하지만 베를린에서 꽤나 멀리 떨어져있는 거리였고,
얼마 남지 않은 여행 기간 때문에 부다페스트를 안타깝게도 포
기했던 기억이 있었다. 이듬해 '이번에는 꼭 부다페스트의 야경
을 봐야지' 하는 심정으로 기차표와 숙소를 예약할 때조차도 나

는 부다페스트를 알뜰하게 구경하기 위한 치밀한 계획을 짜지 못했다. 그저 충동적으로 부다페스트의 거리 곳곳을 여행해도 분명 좋을 거라는 대책없는 믿음 때문이었다. 또한 공부하고, 계획하고, 분석하는 여행 계획 짜기에 조금은 지쳐있었기 때문이기도 했다.

워낙 계획이 없다 보니 부다페스트 켈레티 역에 도착했을 때, 일단 어떻게 택시를 타야 할지 난감했다. 어렴풋이 '부다페스트의 택시 바가지요금을 조심하라'는 여행 책자의 안내가 기억났기 때문이다. 많은 사랑을 받는 여행지일수록 바가지요금을 조심해야 한다. 특히 택시 요금은 나라마다 천차만별인데, 유로와 체코 화를 병용하는 프라하에서 나는 옴팡 바가지요금을 뒤집어쓴 적이 있었다. 다행히 켈레티 역에서 조금 걸어 나오니 곧바로 '페어 택시 존(fair taxi zone)'이라는 곳이 보였다. 오죽하면 합리적인 요금을 제시하는 택시 존이 따로 있을까 싶었지만, '과연 페어 택시 존이라고 해서 안전할까' 하는 의심이 들었다. 역시나 페어 택시 존에서도 경쟁적으로 달라붙는 기사들의 등쌀에 혼이 쏙 나갔다. 나는 어울리지 않게 단호한 표정을 지으며 "노, 노 쌩큐!"를 연발하다가 비로소 합리적인 가격을 제시하는 기사의 택시를 타고 미리 예약해둔 숙소로 갔다. 주로 호텔에서 묵던 기존 여행지와 달리 헝가리에서는 아파트 형태의 숙소에 도전했는데, 결과는 대만족이었다. 이곳에서 나는 마음껏 밀린 빨래도 하고, 한

달 넘는 여정 덕택에 엉망진창이 된 여행 가방도 단단히 정비할 수 있었다.

브람스의 〈헝가리 무곡〉이 흥겹게 울려 퍼지는 대로변을 지나 겔레르트 언덕이 보이는 다리 앞으로 가니, 늦은 시간에도 야경을 보기 위해 모여든 사람들로 북적거렸다. '부다' 지역과 '페스트' 지역을 연결해주는 최초의 다리인 세체니 다리가 비로소 당당한 위용을 드러내고, 건너편에는 황금빛 보석처럼 빛나는 부다 왕궁이 자신이 지닌 모든 빛을 한번에 뿜어내기라도 할 것처럼 반짝거렸다. 보통 야경이라고 하면 뉴욕처럼 수많은 건물들이 쏘아 올리는 인공적인 조명들이 생각나곤 했는데, 부다페스트의 야경은 여느 대도시의 익숙한 야경과는 달랐다. 커다란 건물들의 반짝거리는 LED 조명은 많지 않았고, 부다와 페스트 지역을 잇는 여러 개의 다리들이 뿜어내는 빛과 왕궁이나 겔레르트 언덕, 어부의 요새 등 전통적인 건물들에 원래 장착된 요란하지 않은 조명들이 너무도 자연스러운 불빛을 펼쳐 보이고 있었다. 여느 대도시의 야경보다 훨씬 짙은 어둠 속에 화려하지 않은 옛 건물들이 차분하면서도 은은한 빛을 자아내고 있었던 것이다. 나는 기대보다 훨씬 사랑스러운 부다페스트의 야경에 푹 빠져 시간 가는 줄을 몰랐다.

그날 저녁으로 헝가리 대표 요리 굴라시를 드디어 먹어보고, 프라하에서 먹어본 현지화된 굴라시와 전혀 다른 진한 국물맛

에 놀랐다. 평소에는 슴슴한 된장찌개를 먹다가 숙취가 몰려드는 어느 날 갑자기 뼈해장국의 진한 맛에 반해버리는 것처럼, 헝가리의 굴라시는 잊을 수 없이 강렬하면서도 깊은 맛을 자랑했다.

다음 날 부다페스트 전경을 더욱 자세히 볼 수 있는 겔레르트 언덕으로 올려가려는데 거리 풍경이 좀 낯설었다. 뭔가 이상하다 싶어 자세히 봤더니 거리 전체가 '차 없는 거리'로 지정되어있었고, 수많은 경찰들이 든든하게 거리 곳곳을 지키고 있었다. 수없이 뿌려지는 전단지 중 하나를 골라 보니, 오늘이 바로 그 유명한 '슈테판 불꽃 축제'가 열리는 날이었다. 아무런 계획 없이 겨우 2박 3일의 일정으로 왔는데, 둘째 날 이런 행운을 거머쥐다니. 우리 일행은 너무 기뻐서 하루 종일 웃음을 머금고 다니며 불꽃놀이를 기다렸다. 불꽃놀이로 설레는 모든 사람들의 표정에는 오늘 밤 뭔가 좋은 일이 일어날 것만 같은 상서로운 느낌이 가득한 미소가 서려있었다. 더구나 차 없는 거리는 부다페스트의 거리 풍경을 더욱 돋보이게 만들었다.

사람들이 까르르 웃는 소리가 들려 그쪽을 쳐다보니 귀여운 요크셔테리어 한 마리가 헝가리 국기를 자랑스럽게 등에 매달고 보무도 당당하게 또각또각 차 없는 거리를 걸어가고 있었다. 요크셔테리어는 자신에게 쏟아지는 사람들의 시선이 싫지 않은 듯, 더욱 사랑스러운 포즈를 연출하며 차 없는 거리를 마음껏 활보했다. 불꽃놀이가 있는 날에는 장터도 더욱 활기를 띠고, 음악 축제도 열리며, 잔디밭마다 가족들과 연인들의 돗자리가 깔린다. 30분 정도 걸어 올라가야 정상에 닿을 수 있는 겔레르트 언덕에서 내려다본 부다페스트 시내와 다뉴브 강은 사진보다 훨씬 아름다웠다. 절경이 보일 때마다 거의 빠지지 않고 등장하는 사람들이 바로 결혼식 촬영 부대인데, 겔레르트 언덕 초입에서는 즐거운 표정으로 신랑과 키스를 하며 사진을 찍던 신부의 얼굴이 정상까지 와서 보니 피로와 짜증으로 얼룩져있었다. 결혼식 촬영도 좋지만 몸에 꽉 끼는 드레스를 입은 신부를 30분이나 고생시켜 언덕 정상까지 걸어 올라오게 하다니, 마음이 짠해지는 순간이었다.

불꽃놀이를 한 시간쯤 남겨두고, 나는 헝가리 국립미술관이 있는 언덕으로 케이블카를 타고 올라갔다. 그곳은 또 하나의 별세계였다. 도시 위에 또 다른 도시가 펼쳐져있었다. 내가 유럽에서 본 그 어느 장터보다 화려하고 거대한 장터가 열리고 있었고, 국립미술관뿐 아니라 멋진 건물들이 즐비했으며, 오히려 언덕 아래보다 사람들이 더욱 북적거렸다. 밀려오는 황혼을 등에 짊어지고 천천히 어부의 요새 쪽으로 이동하다 보니 비로소 불꽃놀이를 기다리는 인파가 보였다. 마침내 슈테판 불꽃 축제가 시작되자 웅성대던 수다 소리가 일시에 잦아들며 사람들은 하늘에 피어나는 온갖 꽃불의 향연에 넋을 잃었다. 나는 카메라 셔터를 여러 번 눌러대며 불꽃놀이의 감동을 사진에 담으려 했지만, 이내 포기하고 카메라가 아닌 마음속에 별들의 잔치를 담기 시작했다. 부다페스트의 밤은 그렇게 누구든 차별하지 않고 모두를 두 팔 벌려 반겨주는 환상적인 불꽃놀이로 인해 더욱 잊을 수 없는 추억을 선물해주었다.

'먹는 인간'의 아름다움

브뤼셀(벨기에)

나는 여행 중에 먹는 시간을 최대한 아끼느라 대충 허기를 때울 때가 많았다. 유럽 여행의 행복 중 하나는 걸어 다니면서 샌드위치를 먹는다든가, 잠깐 벤치에 앉아 종이컵에 담긴 볶음면을 먹어도 전혀 어색하거나 부끄럽지 않다는 점이었다. 더 많이 보고, 더 열심히 생각하고, 마음속에 더 많은 장면을 새겨두어야 한다는 생각 때문에 먹는 시간을 아낀 적도 많았다. 맛집을 탐방하며 부지런히 음식의 참맛을 음미하는 세심한 성격도 아닌 나는 여행 책자를 볼 때도 '꼭 먹어야 할 현지 음식 베스트 3' 같은 칸은 훌쩍 건너뛰곤 했다. 돌이켜 보면 그것은 커다란 실수였다. 단지 맛있는 현지 음식을 못 먹으면 안타깝거나 아깝기 때문이 아니라, 그 지방의 음식을 이해한다는 것은 곧 그 지방 사람들의 생활 방식과 사고방식을 이해하는 데 매우 중요한 요소임을 놓치고 있었기 때문이다. 얼마 전 브뤼셀에서 나는 뜻밖에 내 입맛에 딱 맞는 현지식 요리를 발견하고 깨달았다. 고향의 따뜻함은 꼭 태어난 곳에서만 느낄 수 있는 것이 아님을. 내게 낯선 브뤼셀에서 고향의 정취를 느끼게 한 음식은 바로 브뤼셀표 홍합 요리였다.

'반드시 이번에는 꼭 어디어디를 가보겠다'는 목표 의식이 없는 여행을 며칠이라도 해보자는 생각으로 천천히 브뤼셀 곳곳을 정처없이 산책하는 동안 내 눈길을 끈 풍경은 브뤼셀엔 홍합 요리가 정말 많다는 것이었다. 브뤼셀에 도착하자마자 계속 비가 내렸기 때문에 어딘가를 부지런히 돌아다닐 욕심을 내려놓을 수밖에 없었다. 비는 추적추적 내리고, 배는 고파오고, 다리는 아파오는 동안, 우리 일행의 이목을 자극하는 온갖 요리 가운데서도 우리는 본능적으로 '한국 음식과 가장 가까운 향취'를 발산하는 홍합 요리집을 찾아냈다. 브뤼셀 중앙 광장 그랑 플라스에서 얼마 떨어지지 않은 곳에서 우리는 향긋한 홍합 요리의 냄새가 허기진 위장을 자극하는 레스토랑을 찾아냈다. 나는 그곳에서 내 생애 최고의 홍합 요리를 먹었다. 그곳이 유명한 맛집이거나 대단한 음식 솜씨를 자랑하는 것은 아니었다. 오직 기본에 충실한, 우직하고 건실한 요리였다.

음식 장식에 멋을 부리거나 종업원이 과도한 친절을 보이지도 않았다는 점이 내 마음을 더욱 편안하게 해주었다. 낮술을 전혀 하지 않던 나는 토마토소스에 뭉근하게 끓인 홍합 요리의 상큼하면서도 고소한 향취에 반해 벨기에 대표 맥주 레페 브라운까지 주문했고 반 잔도 채 마시지 못한 채 얼굴이 발갛게 달아올랐다. 대학 시절 내게 레페 브라운의 깊고 풍부한 맛을 가르쳐준 친구의 그리운 얼굴이 떠오르며 문득 나도 모르게 코가 시큰해졌다. 쉴 새 없이 거리를 촉촉하게 적셔주는 빗물의 흐느낌 소리, 일거리를 잔뜩 쌓아놓고 도망치듯 떠나온 여행에서도 또 일 걱정을 하고 있는 나 자신을 향한 소리 없는 질책, 그리고 이제는 되돌아갈 수 없는 그 시절 아무것도 가진 게 없어 더욱 절실했던 친구에 대한 그리움. 이 모든 것이 어우러져 난생처음 먹어보는 브뤼셀표 홍합 요리는 외할머니가 끓여주신 시골표 조개탕처럼 아련한 향수를 자극했다. 마치 고국을 영영 떠나는 사람이 마지막으로 고향땅의 음식을 간절하게 맛보며 고향의 정취가 잔뜩 배어있는 국물을 한 숟가락이라도 더 몸에 채워 가려고 애쓰는 것처럼. 나는 그렇게 천천히 브뤼셀표 홍합 요리를 먹으며 빗방울들이 연주하는 자연의 악보 속에 내 그리움의 음표를 희미하게 그려 넣었다.

그 순간 어디선가 구슬픈 알토 트럼펫 소리가 들려왔다. 음식점 내부 좌석이 아닌 야외 좌석에서 빗물을 막아주는 차양 아래 빗물 소리와 함께 트럼펫 소리가 어우러졌다. 빗물이 피아노의 왼손 반주처럼 조용히 깔리고 구슬픈 트럼펫 소리는 피아노의 오른손 주요 멜로디처럼 선명하게 들려왔다. 익히 오래전부터 들어온 추억의 올드팝이었지만 비 오는 날 트럼펫 소리와 어우러지니 우리나라의 옛날 가요와도 비슷한 느낌이 들었다. 브뤼셀의 유서 깊은 벽돌 골목들 어디선가 그토록 그리워하던 사람의 얼굴이 거짓말처럼 튀어나올 것만 같았다.

돌아가신 외할머니의 꾸밈없이 소박한 요리 솜씨를 연상케 하는 홍합 요리에 홀딱 반한 나는 브뤼셀에서 2박 3일 머물면서 홍합 요리를 두 번이나 먹었다. 한 번은 마늘소스에 버무린 홍합찜을, 한 번은 토마토소스에 버무린 홍합찜을 먹어보니, 브뤼셀식 요리법과 한국식 요리법의 차이도 느껴졌다. 내가 평소에 좋아하던 오징어볶음이나 해물탕은 강한 양념이 재료의 원래 맛까지 압도해버리는 매콤한 요리였는데, 이곳 브뤼셀에서 나를 행복하게 해준 해물 요리는 홍합의 두 껍질이 서로 꽉 맞물려있어 어떤 강렬한 소스를 뿌려도 홍합의 속살까지는 양념이 도달하지 못하는 것이었다. 껍질에 고이 싸인 홍합의 속살은 어떤 홍합 요리를 먹든 똑같은 맛이고, 껍질 밖을 감싸고 있는 소스와 야채만이 천차만별로 변화했다.

재료가 지닌 본래의 맛보다 훨씬 드센 자극적인 양념으로, 재료와 양념이 각각 강렬하게 서로를 자극하여 제3의 맛을 내는 한국식 요리와 달리, 브뤼셀의 요리는 재료와 양념의 거리가 멀리 떨어져있었다. 서로 아무 데서나 가리지 않고 뒤섞이는 한국 요리의 느낌이 뜨거운 열정과 적극성으로 다가온다면, 재료와 양념이 따로 또 같이 평등하게 공존하는 브뤼셀 요리는 어딘가 고요한 성찰과 관조의 느낌으로 다가왔다. 서로에게 엄청난 오지랖을 펼치며 많은 것을 사사건건 간섭하는 한국 문화가 엄청난 피로감을 안겨주는 만큼이나 따스한 정겨움이 넘친다면, 한 냄비에 있으면서도 서로를 건드리지 않는 양념과 재료처럼 상대의 고독을 존중해주는 그들의 문화는 차분하고 고요한 대신 끝없는 외로움을 감수해야 하는 것이 아니었을까.

그러나 두 나라 모두 아주 비슷한 테이블 문화가 있었다. 바로 오래오래 음식의 온도를 간직해주는 세라믹 법랑 냄비가 홍합의 열과 향을 보존해주었던 것이다. 벨기에식 법랑 세트를 보니 나는 우리의 된장 뚝배기가 떠올랐다. 음식이 식탁 위에 있는 동안은 먹는 사람이 끝까지 따뜻한 음식 맛을 느낄 수 있도록 배려하는 식기 문화, 그것이야말로 브뤼셀의 홍합 요리가 내가 평소에 좋아하는 한국 요리와 닮은 점이었다. 낯선 도시 브뤼셀에서 나는 손님이 마지막 국물 한 방울까지 따뜻하게 먹기를 바라는 요리사의 배려가 담긴 최고의 홍합 요리를 맛보았다.

마법사와 위스키

에든버러(영국)

궁극적으로 우정이 사랑보다 중요할 거예요. 어쩌면 사랑의 진
정한 기능은, 사랑의 의무는 우정이 되는 것인지도 모르죠. 그렇
지 않으면 사랑은 도중에 끝나버릴 테니까요.

—호르헤 루이스 보르헤스·윌리스 반스톤, 『보르헤스의 말』 중에서

어떤 도시는 매혹적인 스카이라인으로 기억
된다. 하늘과 건물들 사이의 경계가 그려내는 아름다운 스카이
라인. 고층 빌딩으로 가득 찬 대도시에서는 좀처럼 느낄 수 없
는, 옛 건물들의 정감 어린 곡선과 나뭇가지들의 행복한 춤사위
가 빚어내는 스카이라인이 아름다운 도시. 그런 도시 중의 하나

가 스코틀랜드의 에든버러다. 에든버러 기차역에 처음 도착했을 때 나는 골목들이 그려내는 엄청난 경사면의 각도에 놀랐다. 한때는 험준한 절벽으로 가득했던 황야가 이제 아름다운 도시로 탈바꿈했다는 것을 알 수 있었다. 가파른 골목길의 경사면 아래에서 도시 위쪽을 바라보면 건물들과 하늘 사이의 스카이라인이 더욱 아련한 느낌으로 펼쳐졌다. 중세 스코틀랜드의 고풍스러운 풍경을 가장 다채롭게 품고 있는 도시가 바로 에든버러다.

에든버러의 중심 프린시즈 거리에는 이 도시의 수호신처럼 느껴지는 위대한 시인 월터 스콧의 기념비가 있다. 작가 기념비로는 세계에서 가장 높고 크다는 이 기념비는 세계 최초로 유네스코 지정 '문학의 도시'로 선정된 에든버러의 자랑이기도 하다. 에든버러 기차역에서 내리자마자 보이는 것도 바로 벽면 곳곳에 인쇄된 월터 스콧의 시 구절들이다. 문학을 사랑하는 에든버러 사람들에게는 매년 한 권의 소설을 '올해의 책'으로 선정해서 무료로 배포한 후 독후감을 쓰는 행사가 열린다. 몇 해 전에는 에든버러를 대표하는 또 하나의 걸출한 작가 로버트 루이스 스티븐슨의 『지킬 앤 하이드』가 뽑혀 어딜 가나 이 작품을 읽는 사람들을 볼 수 있었다고 한다. 한 도시에서 모든 사람들이 똑같은 책을 열심히 읽는 모습을 본다면 어떤 느낌일까. 영화나 드라마도 좋지만, 모두 같은 책을 읽고, 같은 고민을 하며, 같은 화두를 붙들고 있다는 심리적 일체감을 가져올 수 있는 것은 역시 문학만이 가진 힘이 아닐까. 문학의 도시라는 명성에 걸맞게 에든버러에는 재미있는 투어도 많이 있는데, 작가들이 자주 갔던 술집들을 탐방하는 나이트 투어가 대표적이다.

월터 스콧은 아이들에게 시를 가르치는 것이 얼마나 중요한 일인지 강조하곤 했다. "아이들에게 시를 가르쳐라. 시는 마음을 열어주고, 지혜와 품격을 일깨워주며, 영웅의 미덕을 물려주는 힘을 지녔으니." 그의 메시지가 오랫동안 조금씩 실현되어온 듯한 에든버러에는 과연 시를 길거리에서도 체험할 수 있는 소중한 흔적들이 많다. 길바닥의 보도블록에 어떤 글씨들이 새겨져있어 유심히 살펴보면, 아름다운 시 한 편이 돋을새김되어있는 경우도 있었다. 시 한 편의 낱말 하나하나가 영롱한 글씨체로 새겨져있는 보도블록을 걷다 보면, 발걸음 하나하나가 울림 깊은 노랫말이 되는 것처럼 상쾌해졌다. 비가 오면 빗방울이 젖어들고, 눈이 오면 사람들의 발자국에 따라 조금씩 모습을 드러내는 거리의 시들은 항상 문학을 가슴에 품고 살아가는 사람들의 서정과 낭만을 일깨워준다. 에든버러 작가 박물관에는 이 도시의 3대 작가라고 할 수 있는 로버트 번스, 월터 스콧, 로버트 루이스 스티븐슨의 흔적들이 빼곡하게 전시되어있다. 『보물섬』과 『지킬 앤 하이드』의 작가 로버트 루이스 스티븐슨은 엄청난 탐험과 여행을 즐긴 사람이기도 했다. "나는 어떤 장소에 도착하기 위해서가 아니라, 그저 떠남 자체를 위해 떠난다. 나는 오직 여행 자

체를 위해 여행한다. 움직일 수 있다는 것은 위대한 축복이니까."
그는 어떤 장소의 매력보다는 떠난다는 행위 자체를 사랑했다.
떠날 수 있다는 것, 움직일 수 있다는 것, 어딘가를 향해 끝없이
나아갈 수 있다는 것이야말로 자유의 상징이 아닐까.

에든버러의 또 하나의 명물은 바로 스카치위스키 박물관이다.
'어떻게 술이라는 주제로 박물관을 만들 수 있을까?' 하는 궁금
증 때문에 우연히 이곳을 방문하게 되었는데, 기대 이상으로 흥
미로웠다. 스코틀랜드의 특산품으로 출발했던 스카치위스키가
제조되는 과정을 하나하나 보여주고, 각 지방마다 다른 재료와
향을 섞어 만든 독특한 위스키들을 시음해보는 시간은 무척 재
미있었다. 200년이 넘은 위스키들을 보관해둔 엄청난 위스키 컬
렉션도 있었다. 스코틀랜드 각 지역에서 생산된 모든 위스키 종
류를 빠짐없이 수집하는 데 평생을 바친 사람의 이야기도 가슴
을 울렸다. 조앤 K. 롤링이 『해리 포터』 시리즈를 집필했다는 카
페 엘리펀트 하우스도 에든버러의 명소가 되었다. 평범한 카페
에 지나지 않았던 이 작은 문화 공간이 문학 작품의 스토리텔링
을 통해 세계적인 관광지가 된 것이다. 세계 곳곳에서 모은 코끼
리 미니어처가 가득한 진열장에는 조앤 K. 롤링이 직접 사인한
『해리 포터』 초판본도 진열되어있다.

때로는 어딘가에 도착하는 것보다 중요한 것은 여행의 과정 자
체다. 여행의 목적지보다도 여행을 떠나는 과정 자체를 즐길 수

있는 사람이야말로 여행의 정수를 온몸으로 빨아들일 줄 안다. 에든버러 자체도 아름답지만, 에든버러로 가는 길이야말로 최고의 절경을 볼 수 있는 여행 루트들로 가득하다. 런던에서 에든버러를 향해 떠나는 기차는 잉글랜드로부터 스코틀랜드로 이어지는 살아있는 산수화의 풍경들을 매우 느리게 보여준다. 때로는 기차 바로 옆에 절벽이 펼쳐지고, 때로는 눈 쌓인 평원이 펼쳐지며, 갑자기 양떼들이 풀을 뜯는 초원이 나타나기도 하고, 끝없이 이어지는 푸르른 겨울 바다가 펼쳐지기도 했다. 이런 풍경을 바라보면, 정말 사랑하는 사람들과 함께 나누고 싶다는 생각이 든다. "사랑하지 않는 사람과는 절대로 떠나지 말라"고 했던 헤밍웨이의 명언이 떠오르는 순간이었다. 사랑하지 않는 사람과 떠난다면 온갖 갈등과 걱정으로 아름다운 여행의 장소마저 골칫덩이로 전락해버릴 수 있으니 말이다. 시간이 멈춘 듯, 오래된 시간의 흔적들이 가지런한 기왓장처럼 켜켜이 쌓인 에든버러. 그곳에서 나는 언젠가 꼭 이곳에 데려와 밤새도록 수다를 떨고 싶은, 내 사랑하는 사람들을 그리워하며 영원히 이어질 것만 같은 그 아름다운 골목길을 걷고 또 걸었다.

나는 그곳에서
매번 다른 것을 본다

빈(오스트리아)

코페르니쿠스 이후 우리는 지구가 우주의 중심이 아니라는 것을 안다. 마르크스 이후 우리는 인간 주체가 역사의 중심이 아니라는 것을 안다. 그리고 프로이트는 인간 주체에는 중심이 없다는 것을 밝혀주었다. (루이 알튀세르)

—지그문트 프로이트, 『프로이트 전집』 중에서

비틀즈의 노래 〈예스터데이〉의 가사 중에 이런 대목이 있다. "I'm not half the man I used to be(옛날의 나에 비하면 지금의 나는 반도 못 미치지)." 이 대목을 들으면 언제나 가슴이 시리다. 나 또한 그런 사람이 아닐까 슬퍼지는 대목이기에. 과거의 내가 지금의 나보다 오히려 더 낫게 느껴질 때가 있다. 우리는 끊임없이 앞으로 나아가도록 강요받지만, 정작 내가 사랑하는 나, 내가 더 그리워하는 나는 과거에 있을 때가 많다. 살면 살수록 우리는 필연적으로 과거의 순수를 잃어가는 것이 아닐까. 우리는 커가는 아이들을 보며, 이제 막 걸음마를 시작하는 사회초년병들을 보며 '잃어버린 우리 자신'을 만난다. 현재의 능숙함과 안정감을 대가로 지불하고 우리가 잃어버린 순수를 간직하고 있는 사람들을 통해, 우리는 가끔씩 '과거라는 이름의 또 다른 천사'를 엿본다. 내게 빈 또한 그런 장소다. 10년 전에 여행했을 때, 5년 전에 여행했을 때, 그리고 작년과 올해 또 다시 빈을 찾아갔을 때, 이렇게 매번 찾아갈 때마다 '달라진 나의 모습'을 비춰볼 수 있는 마음의 거울 같은 도시가 바로 빈이다.

10년 전 빈은 내게 '너무 볼 것이 많아서 당황스러운 도시'였다. 슈테판 대성당은 물론 빈 국립 미술사 박물관, 알베르티나 미술관, MQ(Museum Quartier), 벨베데레 궁전, 구 시청사 등등. 빈에 볼 것이 얼마나 많은지 제대로 조사하지 못해 겨우 1박 2일을 머물렀던 첫 방문 때 나는 '꼭 다시 오고 싶은 도시'로 빈을 마음속에 적어둔 후 훗날을 기약했다. 두 번째 방문했을 때 나는 빈의 진면목을 비로소 속속들이 느낄 수 있었다. 벨베데레 미술관에서 클림트의 〈키스〉를 바라보며 가슴이 쿵 내려앉아 한동안 움직이지 못했고, 빈 국립 미술사 박물관에서 피터르 브뤼헐의 그림들을 바라보며 평범한 사람들의 위대함을 느꼈으며, 레오폴트 미술관에서 에곤 쉴레와 클림트의 그림들을 바라보며 '빈에 다시 오길 정말 잘했다'는 뿌듯함에 휩싸였다. 세계에서 가장 아름다운 도서관으로 알려진 프룽크잘의 신비와 고풍스러움, 벨베데레 궁전의 아름다운 정원을 거니는 기쁨도 만끽했다. 빈에 일주일 동안 머물면서 '원 없이 빈을 실컷 봤다'는 생각이 들 때까지 바지런히 구석구석을 돌아다녔다. 빈은 다니면 다닐수록 비밀스런 이야기들이 흘러넘치는 이야기의 보물 창고 같았다. 세 번째 빈 방문에서 비로소 나는 프로이트 박물관을 만날 수 있었다. 프로이트 박물관은 모두가 찾아가는 유명한 관광지는 아니지만, 내게는 빈의 또 다른 얼굴을 엿보게 한 소중한 장소가 되었다.

프로이트 박물관은 북적거리는 관광지가 아닌 한적한 쇼텐링 근처에 자리 잡고 있다. 프로이트가 살았던 집이면서 진료실로도 쓰였던 이 공간은 프로이트의 막내딸 안나의 기증으로 더욱 빛을 발하는 곳이었다. 안나 프로이트는 아버지가 쓰던 담뱃대, 온갖 여행지에서 수집한 기념품들, 아버지가 수많은 친구들에게 보냈던 편지들도 기증함으로써 프로이트 박물관을 더욱 온기 넘치게 만들었다. 프로이트가 애지중지했던 딸 안나는 자신도 훌륭한 정신 분석학자가 됨으로써 아버지의 사랑에 화답했다. 아버지의 간호사이자 비서 역할도 했던 안나는 프로이트가 죽은 후

아동 심리학의 권위자가 되었다. 프로이트 박물관의 아기자기한 컬렉션들을 보며 나는 상상했다. 이 의자에 프로이트가 앉아 환자들과 담소를 나누었겠구나. 이 책상에 앉아 글을 썼겠구나. 이 파이프를 물고 시가 연기를 피워 올리며 커피를 마셨겠구나. 박물관에 온 다른 사람들도 프로이트의 책과 편지, 애장품을 바라보며 수많은 상념에 잠겨있었다.

　프로이트는 항상 논란을 몰고 다니는 학자였지만, 사후에도 여러 논란의 주인공이 되었다. 세 번째 빈 여행을 마치고 돌아와 나는 프로이트의 평전 『우상의 추락』이라는 책을 읽었다. 이 책을 읽으니 프로이트 자신이 쓴 프로이트보다 더 풍요로운 이야기들을 발견할 수 있었다. 빈 여행을 통해 더 깊은 관심을 갖게 된 내게 수많은 숨은 이야기들을 들려주었다. 이제껏 프로이트는 자신의 꿈을 진정으로 이룬 몇 안 되는 사람처럼 느껴졌는데, 막상 평전을 읽어보니 프로이트도 수많은 공포와 불안으로 점철된 힘겨운 삶을 살았다는 것을 알았다.

오이디푸스 콤플렉스를 발견해낸 프로이트의 눈에 비친 아버지는 무척 강하고 무서운 이미지일 것이라고 생각했는데, 알고 보니 프로이트의 트라우마로 남은 아버지의 모습은 그다지 위대한 영웅이 아니었다는 점도 놀라웠다. 프로이트의 어린 시절, 아버지와 함께 걷던 어린 프로이트는 아버지 야콥으로부터 유대인의 역사에 대해 들었다. 그때가 1860년대 말이었는데, 아버지는 프로이트에게 "지금은 유대인에게 관대한 시대라 빈에서 유대인들이 살아가는 데는 큰 어려움이 없다"는 이야기를 들려주고 있었다고 한다. 그런데 바로 그 순간 어떤 남자가 프로이트 부친의 모자를 확 낚아채 도랑으로 던지며 "이 유대인놈아! 당장 인도에서 내려와!"라고 소리쳤다. 아버지는 한 마디 대꾸도 하지 않은 채 조용히 모자를 주워 들고는 걸음을 재촉했다. 프로이트는 이 모습에 커다란 충격을 받았다. 그는 훗날 이렇게 고백한다. 어린 프로이트의 눈에 비친 아버지는 늘 씩씩하고 용감했지만 그 순간 아버지는 갑자기 작아지고 초라해보였다. 프로이트는 그런 아버지를 위해 복수하겠다는 생각, 여봐란 듯이 성공해 아버지의 자랑스러운 아들이 되고 싶은 마음, 그리고 아버지를 뛰어넘어 더욱 훌륭한 사람이 되겠다는 야망과 싸우며 정신 분석 이론을 완성해갔다. 내 아들은 반드시 인류 역사에 길이 남을 훌륭한 위인이 될 거라고 믿었던 어머니의 절대적인 지지도 프로이트의 정신적 지지대 역할을 했다. 그는 유년 시절을 추억하며 이렇게 고백하기도 했다. "내 힘의 원천은 나와 내 어머니 사이의 관계에서 시작된다."

프로이트에게도 이런 심각한 정신적 갈등이 있었다니. 놀라운 한편, '이런 마음의 갈등은 어쩌면 누구에게나 일어날 수 있는 일이 아닐까' 하는 생각도 들었다. 프로이트는 한때 자기 자신이 야말로 자신의 정신 분석에서 최고의 환자라고 고백하기까지 했는데, 바로 이런 심각한 내적 갈등이 있었기 때문에 그것을 치유하기 위한 그의 몸부림 또한 여전히 인류에게 영감을 주는 것이 아닐까. 자아(ego)는 주체가 사는 고유한 집의 유일한 주인이 아니라고 선언했던 프로이트는 우리 자신도 어쩔 수 없는 내면의 갈등, 아무리 노력해도 통제할 수 없는 가슴속 깊은 상처와 씨름하는 것이 인간의 숙명이며 그 고통을 예술, 지식, 사랑으로 승화시키는 것이 인류의 아름다운 역사임을 일깨워준다.

모든 것이 시작된 그곳

그리니치 · 에든버러 외(영국)

베토벤의 '환희'의 송가를 한 폭의 그림으로 바꾸어보라. 수백만의 사람들이 전율하면서 먼지 속에 엎드릴 때 위축되지 말고 자신의 상상력을 펼쳐보라. 그러면 디오니소스적인 것의 본질에 가까이 다가갈 수 있을 것이다.

—프리드리히 니체, 『비극의 탄생』 중에서

눈으로 보이는 아름다움으로 여행자를 유혹하는 장소가 있는가 하면, 귀로 듣기에 더욱 달콤한 장소가 있다. 미술과 패션의 도시 파리에서는 눈이 즐겁고, 음악의 도시 빈에서는 귀가 더욱 즐겁다. 스페인과 이탈리아처럼 맛있는 요리로 미각과 후각을 즐겁게 하는 장소가 있는가 하면, 오키나와나 아이슬란드처럼 자연을 체험하는 촉각의 기쁨으로 여행자를 행복하게 해주는 곳도 있다. 영국은 그 모두가 아니었다. 영국에는 오감을 자극하는 화려한 풍경이 많지 않다. 그런데 시간이 갈수록 '이 나라를 더 깊이 알고 싶다'는 생각이 들었다. 감각의 쾌락이 아니라 지적 호기심을 불러일으키는 나라가 바로 영국이었던 것이다. 이탈리아나 스페인은 꼭 로마나 바르셀로나처럼 대도시가 아니어도 구석구석 볼거리가 많지만, 영국에는 그렇게 개성 넘치는 소도시들이 많지 않다. 가는 곳마다 비슷비슷하다고 느낄 수도 있다. 그럼에도 불구하고 나에게 가장 깊은 지적 호기심을 불러일으키는 나라를 꼽으라면 주저 없이 영국을 선택할 것 같다.

본격적인 영국 앓이를 시작한 것은 런던올림픽 개막식을 보면서부터였다. 산업 혁명부터 인터넷까지 인류사를 뒤흔든 거대한 격변들, 셰익스피어부터 찰스 디킨스를 거쳐 『해리 포터』까지 세계적인 작가와 문학 작품들, 전 국민 무상 의료 보험과 의무 교육까지. '이 모든 것이 다 영국에서 시작되었구나' 하는 깨달음에 부러움과 함께 경이로움을 느꼈다. 대니 보일 감독은 올림픽 개막식을 통해 '세상에 하나뿐인 영국'의 온갖 자랑거리를 세련되게 전시하고 있었다. 하지만 노동자들에 대한 조직적 착취가 가장 먼저 시작된 곳, 제국주의가 가장 먼저 발흥한 곳도 바로 영국이다. 스모그라는 이름의 대기 오염이 가장 먼저 시작된 나라,

슬럼이라는 이름의 소외된 도시 공간이 가장 먼저 빠르게 번져 간 나라도 영국이다. 세상 모든 눈부신 것들과 세상 모든 그림자 들이 그 어느 곳보다도 더 빨리, 더 위력적으로 시작된 곳이 바로 영국인 셈이다. 문명의 빛만큼이나 문명의 그림자도 가장 많이 잉태한 곳이 내게는 영국이었다. 이것이 영국이 나의 지적 호기심을 자극하는 수많은 이유 중 첫 번째였다.

그런데 그런 지적 호기심을 넘어 내게 가장 매혹적인 영국의 모습은 따로 있었다. 나에게 영국은 무엇보다도 '좋아하는 작가 들이 가장 많은 나라'였다. 찰스 디킨스, 에밀리 브론테와 샬롯 브론테 자매, 제인 오스틴, 버지니아 울프, 올더스 헉슬리, 로버 트 루이스 스티븐슨, 제임스 매튜 베리 그리고 닉 혼비까지. 이 모든 작가들이 다 영국 출신이다. 언뜻 생각했을 때 좋아하는 작 가가 다섯 명이 넘어가는 나라는 그렇게 많지 않다. 나는 혼자서 매년 '내가 사랑하는 작가 리스트'를 국가별로 만들어보는데, 그 중에 부동의 1위는 항상 영국에 있었다. (물론 한국을 제외한 결과 다. 내가 사랑하는 작가가 가장 많은 곳은 단발머리 중학생 시절부터 늘 한국이었다. 모국어의 위안과 모어 문화의 토착성을 뛰어넘는 외국 문학을 아직은 만나지 못했다.)

2014년 12월부터 2015년 2월까지 영국 일주를 하면서, 나의 지적 호기심을 끊임없이 자극하는 이 놀라운 영국 문학의 비밀 은 바로 그들의 도서관 문화에 있음을 알게 되었다. 어딜 가나

훌륭한 도서관이 마을의 수문장처럼 든든하게 버티고 있었다. 특히 버밍엄 도서관, 리버풀 도서관 그리고 맨체스터 도서관은 런던의 대영 도서관조차 가지지 못한 어떤 특별한 매력을 저마다 품고 있었다. 입장료도 이용료도 필요 없이 오직 지식과 정보를 추구하는 사람이라면 누구나 자유롭게 시간을 보낼 수 있는 곳. 누구나 마음만 먹으면 기탄없이 찾아갈 수 있는 시민의 도서관이 아름다운 인테리어와 친절한 사람들, 문화의 향기로 충만한 사람들로 가득 차있다는 것이 내게는 축복처럼 느껴졌다. 모든 시설을 무료로 이용할 수 있음에도, 어딜 가나 청결하고 쾌적한 공간이 여행자의 마음을 사로잡았다. 그야말로 가장 문화적이고 대중 친화적으로 '공공의 장소'를 행복하게 공유하고 있는 모습이었다.

철학자 이반 일리치는 별도의 요금을 부과하지 않고 모두가 함께 쓸 수 있는 '공용 공간'이 사라지는 것이야말로 현대인의 비극 중 하나라고 했다. 공용 공간의 아름다움과 실용성, 그리고 공동체적 정서를 극대화한 곳이 바로 공공 도서관이 아닐까. 그 수많은 도서관의 중심에는 책을 사랑하고 문자를 사랑하는 이들, 종이로 된 모든 것들을 사랑하는 사람들이 있다. 영국인들은 아직도 종이 신문을 많이 읽고, 지하철 무가지 《메트로》를 아침마다 정독한다. 전자기기를 사용하는 사람들도 자세히 가서 살짝 엿보면 전자책이나 신문을 읽는 경우가 많다. 지하철에서 책을 읽는 사람들이 여전히 많다는 것이 영국의 희망인 것 같았다. 또 하나의 정겨운 풍경은 직접 펜을 들고 '낱말 맞추기 퍼즐'을 하는 사람들이 많다는 것이다. 영화 〈이미테이션 게임〉에서 천재 과학자 앨런 튜링(베네딕트 컴버배치)이 최고의 연구원을 뽑기 위해 5분 내에 자신이 출제한 난해한 낱말 퍼즐을 다 맞추는 사람을 뽑는데, 이런 기상천외한 구직 문화가 가능한 것도 문자를 해독할 수 있는 거의 모든 국민이 매일 낱말 퍼즐을 맞추었기 때문이다. 낱말 퍼즐은 논리적 사고뿐 아니라 감성적 사고에도 커다란 도움이 된다. 온갖 낱말들을 상상하고, 예측하고, 재배치하면서, 우리는 조금 더 사려 깊고, 감수성이 따뜻한 사람이 될 수 있지 않을까.

영국 여행은 그리니치 천문대에서 시작하고 싶었다. 세계 표준시가 시작되는 곳에서 연말연시를 보내는 것이 왠지 뜻깊을 것 같은 예감 때문이었다. 나는 그리니치 천문대에 도착하기 전부터 이미 기분이 좋아졌다. 런던에 숙소를 잡고 이튿날 아침 그리니치 천문대로 가는 길 자체가 무척 아름다웠기 때문이다. 그리니치로 가는 길에는 거대한 커티삭호가 '어서 빨리 이 낡은 땅을 박차고 바다 저편으로 항해하고 싶다'는 표정으로 웅장하게 서있었다. 그리니치 공원에서는 추운 겨울이 무색할 정도로 푸르른 잔디와 청초한 꽃들이 나그네를 반겨준다. '시간에 대한 모든 것'을 다 모아놓겠다는 집념으로 가득한 그리니치 천문대 내

부의 박물관에는 이 세상 모든 시계들을 몽땅 수집해놓은 듯한 엄청난 시계 컬렉션이 있다. '우리 다음 주 수요일 오후 2시에 만나자'는 약속을 할 수 있었던 것은 바로 '근대적 시간의 탄생' 이후였다. '내가 말하는 오후 2시'와 '그가 말하는 오후 2시'가 같기 위해서는 표준시는 물론 시계가 필요했다. 서로 다른 공간에 사는 사람들을 '우리'로 묶어주는 강력한 미디어, 시계가 있었기에 사람들은 더 발달된 문명, 심오한 문화를 공유할 수 있게 되었다.

세계 표준시라는 것이 없었더라면, 24시간의 발명 같은 것이 없었더라면, 우리는 좀 더 낭만적이고 서정적인 세계에서 살고 있을지도 모른다. 닭이 우는 소리로 새벽을 느끼고, 달빛이 차오르는 모양으로 날짜를 세며 살았을지도 모른다. 하지만 24시간 365일의 시스템 속에서 살아가는 우리들에게도 또 나름의 낭만과 서정이 있다. 그리니치 천문대에서 사람들은 신기하게도 '지금 몇 시인가'를 궁금해하는 것이 아니라, '시간이란 무엇인가'를 생각하고 있었다. 어쩌면 지극히 인위적인 규정이겠지만, '세계 표준시'를 정해서 그에 따라 조금씩 서로 다른 시간 속에서 살아간다는 상황 자체가 신기하게 느껴진다. 시차를 느끼며 여행한다는 것은 '두 개의 시간'을 함께 경험하는 것이다. 한국에서 오는 대부분의 전화는 내가 영국에서 쿨쿨 잠을 자고 있는 시간에 왔고, 나는 그 전화들을 받지 못함으로써 '어긋난 시간'을 경험한다. 한국에 있었다면 당연히 할 수 있는 일을 여행 중에는 부득이하게 거절하게 되고, 그 시간 동안 나는 일에만 빠져 사느라 미처 돌보지 못한 나 자신을 돌아볼 수 있다. 그렇게 불가피한 시차 속에서 '두 개의 시간'을 살다 보면, 고국에 두고 온 '나의 시간'이 얼마나 소중한 것인지도 더 절절하게 깨닫곤 한다.

그리니치 다음으로 가보고 싶은 곳은 스톤헨지였다. 아직 '유럽 여행 중독자'가 되기 이전에 막연한 동경의 마음으로 영국 여행 책자를 뒤지면서 가장 설레던 장소였다. 여행 책자 속에서 솔즈베리 대평원의 웅장한 모습과 스톤헨지의 장엄한 석양이 나를 향해 어서 오라고 손짓하는 것 같았다. 날씨가 좋았다면 더욱 아름다웠겠지만, 솔즈베리 기차역에 내리는 순간 짙은 안개로 가득한 옛 도시의 정취가 마음을 편안하게 해주었다. 한겨울 영국 여행 일주일 차쯤 되면 맑은 하늘에 대한 기대를 저절로 접게 된다. 구름이 가득한 그대로, 안개가 자욱한 그대로, 그 나름의 '하늘 맛'이 있다는 것을 알게 된다. 솔즈베리 역에서 버스를 타고 안개 속을 헤치며 한참 달린 후에야 저 멀리서 스톤헨지의 위용이 보이기 시작했다. 스톤헨지 앞으로 한 걸음 한 걸음 내딛을 때마다, 나는 미지의 시간을 향해 정처없이 떠나는 순례자가 된 기분이었다. 때마침 거대한 돌기둥 위에 사뿐히 내려앉아 까악까악 울어대는 까마귀의 실루엣은 스톤헨지를 여전히 살아있는 미스터리로 만들고 있었다.

잉글랜드 지방의 또 하나의 명소는 케임브리지였다. 비 오는 케임브리지에서는 그토록 설레는 마음으로 꿈꾸었던 '펀팅(punting)'은 포기해야 했다. 나룻배를 타고 삿대를 저으며 천천히 케임브리지 강을 저어가는 펀팅은 케임브리지와 옥스퍼드의 명물일 뿐 아니라 영국을 가로지르는 에이번 강의 명물이기도 하다. 작년에 셰익스피어의 생가를 보러 찾아갔던 에이번 강에서는 성수기에도 저렴한 가격에 펀팅을 마음껏 즐길 수 있었다. 날씨가 추운 데다 비까지 내리는 케임브리지에서 내가 그나마 마음껏 즐길 수 있는 것은 바로 서점 구경이었다. 서점에 털썩 주저앉아 책을 읽는 소녀들의 모습은 추위로 얼어붙은 내 마음을 따스하게 녹여주었다. 케임브리지 서점의 도서 분류법은 매우 재미있었는데, 예컨대 '닥치고 읽어라!'라는 코너도 있었고, '당신이 늘 읽으려고 했지만 아직도 읽지 못한 책'이라는 코너도 있었다. 광고의 필요성보다도 서점 직원들의 자신 있는 추천으로 이루어진 컬렉션들이 오밀조밀 정겨웠다.

리버풀과 리즈, 요크, 맨체스터를 거쳐 드디어 에든버러에 도착했을 때 나는 비로소 '스코틀랜드의 정수'를 볼 수 있다는 기대감에 부풀어올랐다. 과연 건축 양식이나 영어의 표기법 자체가 잉글랜드 지방과는 확연히 달랐다. 스코틀랜드 지방을 여행하면 '두 개의 영어'를 동시에 체험하는 듯한 느낌인데, 스코틀랜드게일어와 잉글랜드 지방의 영어는 공통점보다는 차이점이 훨씬 많았다. 엄청난 비바람이 매일 휘몰아쳤던 에든버러에서 나는 급격한 체력 저하를 경험했다. 하지만 "이야기는 나의 피난처"라고 했던 로버트 루이스 스티븐슨의 고백처럼, 나도 여행과 소설과 글쓰기를 피난처 삼아 '삶'이라는 거대한 전쟁을 힘겹게 치르고 있었다. 이번 영국 여행은 글을 쓰기 위한 여행도 아니고, 즐기기 위한 여행도 아니고, '이제 어떻게 살아야 할지 모르기에 다만 무작정 떠났던' 방황의 여행이기에 나는 더욱 빨리 지쳐버렸던 것이다. 그 순간 월터 스콧 경의 시구절이 기차역 한쪽에서 마치 신기루처럼 보이기 시작했다. "인생을 짐이라고 느끼는 사람에게조차도, 삶이란 소중한 축복이다."

이 문장을 보는 순간 왠지 가슴 한구석이 뭉클해졌다. 나는 항상 '무언가 생산적인 일을 해야만 한다'는 압박감, 주변 사람의 기대에 부응하는 사람이 되어야 한다는 의무감, 누구에게도 해를 끼치지 않는 사람이 되어야 한다는 강박관념 때문에 나 스스로를 극한 상황으로 몰아붙이곤 했다. 그런 습관 때문에 좋은 평판을 들을 때도 있었지만, 항상 '내 마음 깊은 곳의 이야기를 털어놓을 사람은 아무도 없다'는 외로움에 시달렸던 것 같다. 이제 그런 나를, 인생 자체가 짐이라고 느끼는 나를 놓아 보내야 하지 않을까 하는 생각이 파도처럼 밀려왔다. 그날 이와 비슷한 아름다운 문구를 또 하나 발견했다. 시인 러스킨의 문장이었다. "인생보다 더 소중한 재산은 없다." 정말 그렇다. 나는 이미 인생이

라는 최고의 재산을 원없이 누리고 있다. 나 자신에게 너무 많은 것을 바라지 말자. 세상에게 좋은 것들만을 기대하지 말자. 이런 생각을 하고 나니, 발걸음이 한결 가벼워졌다. 그후 인버네스, 글래스고, 스털링, 던디, 애버딘 등 스코틀랜드의 명소들을 하나하나 둘러보며 나는 점점 '한겨울 비수기의 겨울 여행'이야말로 내게 필요한 마음의 오아시스였음을 깨닫게 되었다.

마음이 한결 가벼워지자 술집 간판에 이렇게 쓰인 평범한 문구도 나를 미소 짓게 했다. "배고프니? 우린 음식이 있어. 목마르니? 우린 술이 있어. 외롭니? 우리에겐 술이 있다니까." 아주 간결하면서도 확실하게 손님을 유혹하는 그 술집의 간판이 인생의 정수를 요약하고 있는 것만 같았다. 영국은 내게 이렇게 속삭이는 것 같았다. 힘드니? 우리에겐 도서관이 있어. 외롭니? 우리에겐 위스키가 있어. 슬프니? 우리에겐 네 슬픔을 나눌 친구들이 있다니까! 나는 영국의 수많은 도서관에서 나보다 더 힘든 사람들의 인생 이야기를 뒤져보며 시름을 잊었다. 거리 곳곳에 널려 있는 펍(Pub)에서 한 잔씩 홀짝홀짝 반주를 들이키며 외로움을 잊었다. 한겨울의 추위에도 아랑곳 않고 어디든 '마음을 끄는 장면'이 있다면 온갖 악천후에도 불구하고 찾아간 나의 뚝심(?)에 감복한 영국인의 친절 덕분에, 그 겨울 나는 그토록 모국어와 김치찌개와 가족들이 그리웠음에도 불구하고 진정 외롭지 않았다. 우리를 짜증나게 하고 화나게 하는 사람들이야말로 우리 자신에 대한 이해를 증진시켜주는 사람들이다. 우리를 분노하게 하는 사람들을 바라보고, 이해하고, 받아들임으로써 우리는 우리 자신에 대해 더욱 잘 알게 된다. 장소도 마찬가지다. 우리를 힘들게 하고, 고생시키고, 전혀 다른 모험 속으로 몸을 던지게 하는 장소야말로 치유의 장소이자 성장의 장소다.

2장

잃어버린 시간을
찾아서

헤세가 선택한 중세의 도시

뷔르츠부르크(독일)

바람이여, 내 걱정과 무거운 마음일랑 날려버리렴!

이 세상 두루 돌아다니는 것보다

더 큰 희열은 없다네. (…)

새날이 올 때마다

새 친구, 새 형제를 사귀며

온갖 별의 손님이자 친구일지도 모르는

온갖 힘을 기어코 찬미할 때까지.

—헤르만 헤세, 『헤세의 여행』 중에서

나에게 특별한 여행의 재능이 있었으면 하

고 바랄 때가 있다. 낯선 곳에 갔을 때 두려움을 먼저 느끼는 것이 아니라 반가움을 먼저 느낄 수 있기를. 처음 보는 사람들에게 내 생각을 말하고 싶을 때 '외국인'이라는 보호막 뒤로 숨는 것이 아니라 손짓, 발짓을 써서라도 가슴 시린 소통에 도전해보기를. 여행 책자는커녕 지도조차 없을 때조차도 겁 없이 낯선 장소에 뛰어들어 그 장소의 가장 내밀한 매혹의 향기를 포착할 수 있기를. 나는 매번 그렇게 내게 특별한 여행자의 재능이 있기를 기도해보지만, 안타깝게도 그런 재능을 타고나진 못했다. 소도시나 시골 마을에 더 깊은 애착을 느끼면서도 막상 여행지를 선택할 때는 주로 대도시의 유혹을 떨쳐내지 못하는 이유도 바로 그것 때문이다. 내게는 낯선 곳에 재빨리 적응하는 능력이 부족한 탓이다.

그런 나의 소심함을 한순간에 날려준 멋진 장소가 바로 뷔르 츠부르크다. 뷔르츠부르크에 간 것은 그야말로 충동적인 것이었다. 독일 중세의 중후한 매력이 곳곳에 살아있는 로만틱 가도를 천천히 돌아보고 싶었지만 시간이 턱없이 부족했기에 '이 중에 한 곳만 제대로 보고 오자'는 마음으로 택한 여행지였다. 기차를 타고 뷔르츠부르크 역에 도착하자 한눈에 봐도 크지 않은 도시의 아늑한 규모가 눈에 들어왔다. 워낙 준비 없이 떠난 일정이라 나는 뷔르츠부르크에 대한 정보가 거의 없었는데, 다짜고짜 "이곳의 중심가가 어디인지요?"라고 묻는 내게 뷔르츠부르크의 한 신사는 친절한 미소로 화답해주었다. 그는 뷔르츠부르크의 모든 전경을 파노라마처럼 감상할 수 있는 곳, 뷔르츠부르크의 카를교라고 할 수 있는 알테마인교로 나를 안내해주었다.

어디든 역에 내리자마자 여행자 정보 센터를 먼저 찾는 것이 가장 빠른 길이기는 하지만, 나는 아직도 현지인에게 직접 그 고장의 명소를 묻는 쪽이 더 좋다. 그 고장의 풍경이나 건축도 중요하지만, 그 고장의 토박이로 살아온 사람들이야말로 그곳의 아우라를 가장 잘 보여주는 살아있는 문화재라는 것을 경험으로 알게 되었기 때문이다. 뷔르츠부르크에서 나에게 길을 가르쳐주었던 분을 여전히 '신사'로 기억하는 이유는 그의 겉모습 때문이 아니라 그의 따스한 눈빛 때문이었다. 그분은 자신이 뷔르츠부르크에서 태어났다고 하면서 도시의 구석구석을 상세히 설명해주었다. 목적지가 서로 달랐음에도 불구하고 나를 알테마인교까지 데려다주기까지 했다. 그분과 함께 걷는 짧은 시간 동안 뷔르츠부르크의 거리 곳곳에 깔린 보도블록 하나하나가 내게 다정히 손짓해 오는 것만 같았다. 수백 년은 족히 넘은 고풍스러운 건물들과 간판들이 독일 중세의 관문, 뷔르츠부르크의 유구한 역사를 증언하고 있었다.

알테마인교에 도착하자 뷔르츠부르크의 다정다감한 풍경이 사방에서 달려들었다. 재래식 물레방아가 삐거덕거리며 돌아가는 건물 위에 덩그러니 자리 잡은 수백 년 된 카페에는 사람들이

삼삼오오 모여 맥주와 와인을 즐기고 있었고, 온순하게 흘러가는 마인 강을 바라보며 '로만틱 가도의 출발점'인 뷔르츠부르크의 첫인상을 음미하는 여행자들이 천천히 산책을 하고 있었다. 프라하의 카를교가 장엄하고도 화려한 위용으로 여행자를 압도한다면, 뷔르츠부르크의 알테마인교는 아기자기하면서도 고풍스러운 느낌으로 여행자를 포근히 보듬는다. 알테마인교를 걷고 있으면 물레방앗간 위에 덩그러니 자리하고 있는 카페에 들어가서 맥주 한잔 하고 싶은 생각이 절로 든다. 편안한 물가와 소박한 음식이 여행자의 지친 마음을 어루만져준다.

헤르만 헤세는 뷔르츠부르크의 매력에 반해 이렇게 말한 적이 있다고 한다. "만약 다시 태어난다면, 나는 뷔르츠부르크를 선택할 것이다." 고향을 선택할 자유는 누구에게도 주어지지 않지만, 사람들에게는 저마다 제2의 고향, 자신이 선택하고 싶은 고향이 있게 마련이다. 항상 따뜻한 남쪽 지방의 온도와 풍광을 동경했던 헤르만 헤세는 뷔르츠부르크의 매력에 푹 빠졌다. 보통 대도시와 뚝 떨어져있는 소도시는 고즈넉한 느낌을 주는 대신 뭔가 중앙 권력으로부터 소외된 느낌을 주게 마련인데, 뷔르츠부르크는 그런 느낌을 주지 않았다. 이곳에 있어도 충분히 내가 원하는 문화적 자극을 받을 수 있고, 큰 도시로 다시 가고 싶어 '갑갑하다'는 느낌을 주지 않는다. 무엇보다도 뷔르츠부르크는 먼 곳을 향한 동경, 과거로부터도 현재로부터도 미래로부터도 왠지 멀리 떨어져있는 것 같은 아련한 느낌을 자극한다. 향수는 '추억이 많은 곳'뿐 아니라 '모르지만 왠지 오래전부터 알고 있었던 것 같은 느낌을 주는 낯선 곳'을 향해서도 발동한다.

알테마인교와 마르크트 광장을 지나 북쪽을 향해 천천히 완만한 오르막길을 걷다 보면 마리엔베르크 요새가 나온다. 『헤세의 여행』에서 헤르만 헤세는 여행자에게 필요한 최고의 덕목은 바로 "격렬한 향수"라고 선언한다. 여행 중에 낯선 것에 금방 친숙해지는 사람들, 가치 있는 것을 볼 줄 아는 이들은 삶의 근원에 대한 격렬한 향수를 지닌 사람들이라고. 모든 살아있는 것, 창조하는 것, 성장하는 것과 친밀해지고 하나 됨을 느끼려는 갈망. 그 뜨거운 갈망이야말로 세계의 비밀로 들어가게 해주는 여행자의 열쇠라고. 나는 뷔르츠부르크가 로만틱 가도의 '오래된 중세'의 느낌을 간직한 곳임에도 불구하고 '노회한 도시'라는 느낌이 전혀 들지 않은 이유를 오랜 시간이 지나서야 알았다. 뷔르츠부르크의 인구 중 20퍼센트 이상이 대학생이었던 것이다. 이토록 작은 도시에서 노벨상 수상자를 여섯 명이나 배출한 비결도 알 것 같다. 학문을 존중하고 학생을 보호하며 '배운다는 것'의 의미를 기리는 도시. 뷔르츠부르크가 고갈되지 않는 젊음의 향수를 품고 있는 이유는 바로 배움을 향한 끝없는 열정 때문이 아니었을까.

영원히 시들지 않는 신화의 매혹

아테네(그리스)

신화에는 개인이 지닌 완전성과 무한한 힘의 가능성을 깨닫게 하고, 그 세계를 날빛 아래로 드러내는 힘이 있어요.

—조셉 캠벨·빌 모이어스, 『신화의 힘』 중에서

사실 나는 그리스 여행을 오랫동안 망설였다. 그리스의 경제 상황이 워낙 좋지 않아 그곳의 비참한 상황을 눈앞에 맞닥뜨리기가 두려웠던 것이다. 하지만 계속 미루다가는 언제 또 기회가 찾아올지 몰라, 나는 마침내 문학 기행 자료 조사차 그리스를 방문하게 되었다. 세계 문학 기행의 새로운 시작을 그리스 신화에 대한 탐색으로 시작하고 싶었던 것이다. 모라토리엄 상황까지 치달았던 그리스 경제에 대한 걱정을 가득 안고 시작된 여행은 처음부터 긴장 일색이었다. 아테네 공항에서 택시를 타자마자 나는 그 두려움을 확인해야 했다. 택시 기사는 한때 잘 나가는 선원이었지만 지금은 힘들게 비정규직으로 운전을 하며 박봉에 시달리고 있었다. 그는 하루 열두 시간 이상을 일하고 일당으로 겨우 20유로를 받는다고 했다. 아테네에는 지금 물도 나오지 않고 전기도 들어오지 않는 집들이 수두룩하다고 했다. 내마음은 걱정과 불안의 먹구름으로 가득 찼다. 하지만 이후에 이어진 아테네 여행은 생애 최고의 경험이었다. 편안하거나 행복해서가 아니라, 가장 힘든 여행이었지만 가장 많은 것을 느낀 여행이었던 것이다.

사실 나는 그리스 문명을 서양 문명의 기원으로 찬양하는 서양 사람들의 태도에는 일종의 과장이 섞여있다고 믿었다. 아테네가 직접 민주주의의 효시라고는 하지만 그것은 여자와 노예들을 철저히 배제한 직접 민주주의가 아니었는가. 그리스 문명에 대한 유럽인들의 예찬이 자신들의 문화적 뿌리를 완벽한 이상향으로 치장하려는 집단적인 자화자찬으로 보였던 것이다. 나는 파르테논 신전으로 올라가는 길에서 오히려 조금은 '감동받지 않을 준비'를 하고 있었다. 하지만 파르테논은 기이한 마력으로 사람을 사로잡았다. 파르테논은 루브르 박물관처럼 엄청난 소장품들을 자랑하지도 않고 피라미드처럼 완벽한 형태를 유지하고 있지도

않았지만, 멀리서 바라볼 때는 결코 느낄 수 없었던 처연한 감동을 주었다.

8월 말의 그리스 날씨는 한국보다 훨씬 덥다. 섭씨 35도를 훌쩍 넘는 날씨에 놀란 여행자들은 각자 자기 나라 말로 "덥다, 더워, 진짜 덥네"를 연발하며 헤로데스 아티쿠스 음악당을 지나 파르테논 신전을 향해 산꼭대기로 올라가고 있었다. '내가 왜 하필 이렇게 더운 날 아테네에 왔을까' 하는 후회가 밀려왔지만 이상하게도 힘들다는 생각이 들지 않았다. 멀리서 아련하게 보이던 파르테논 신전이 점점 가까울수록 가슴이 나도 모르게 쿵쾅거리기 시작했다. 사실 이전의 여행지인 베니스에서 배낭을 통째로 도둑맞은 상태였기 때문에 나는 심각한 패닉 상태였다. 금전적인 손해도 컸지만, 노트북은 물론 각종 여행 기념품과 소지품까지 몽땅 털렸기 때문에 정신적인 상실감이 훨씬 컸던 것이다. 하지만 파르테논 신전이 눈앞으로 다가오자 나는 어느새 그 미칠 듯한 상실감을 훌쩍 날려버린 나 자신을 발견했다. 오랫동안 마음 깊은 곳에서 동경하고 있던 그 무엇을 맞닥뜨리자 방금까지 내 존재 전체를 압박했던 심한 고통에서 나도 모르게 해방되었던 것이다.

지난 10여 년 동안 유럽을 매년 쉬지 않고 여행해왔지만, 그동안 유럽에서 본 그 모든 것을 합친 것보다도 아테네에서 머문 3박 4일 동안 느낀 바가 훨씬 많았다. 어쩌면 지금까지 대영박물관이나 루브르 박물관을 비롯한 각종 박제된 유물을 통해 바라본 그리스의 문화는 모두 '가짜'일지도 모른다는 생각이 들 정도였다. 그들은 사실 '바람직하지 않은 방법'으로 탈취한 그리스 유물들을 버젓이 전 세계에 전시하며 엄청난 경비 시스템을 동원해 지키고 있었지만, 정작 아테네의 기원이자 유럽 문명의 뿌리인 파르테논 신전은 결코 가져올 수 없었을 것이다. 유물은 훔쳐 올 수 있지만 장소는 훔쳐 올 수 없다. 유물을 갈취할 수는 있지만 장소의 아우라를 갈취할 수는 없다. 유물의 아름다움은 박물관 유리창을 통해 엿볼 수 있었지만, 아테네만이 지닌 장소의 아우라는 결코 복제할 수 없었을 것이다. 고대 그리스의 유물 반환과 관련하여 영국은 그리스와 외교적 갈등을 빚기도 했다. 사람들은 대영 박물관에서 '제국의 유물'은 볼 수 있지만, '그리스 문명의 뿌리'를 보기는 어렵지 않을까.

파르테논은 건재했다. 비록 겉모습은 걷잡을 수 없이 쇠락하고, 붕괴 위험 때문에 온갖 철심을 수없이 박아놓은 채 복원 중인 상태이긴 했지만. 불타오르는 태양빛을 온몸으로 흡수하며 거대한 아테네 시내를 저 높은 곳에서 굽어보고 있는 파르테논의 위엄은 경이로웠다. 그것이 그리스 문명의 뿌리이고, 유럽 문명의 기원이어서가 아니라, 그 모든 배경지식이 다 사라진다고 해도 파르테논 신전은 경이로울 것이다. 아무리 파르테논 신전의 부조 대부분이 대영 박물관에 버젓이 보관되어있다 하더라도,

깎아지른 듯한 험준한 돌산 위에 거대한 돌기둥들을 마치 나무를 심듯이 박아 세운 파르테논의 신비로운 위엄은 빼앗아 갈 수 없었던 것이다.

나는 파르테논에 도착해서야 깨달았다. 내가 지금까지 마음속으로 그리고, 책에서 보고, 텔레비전을 통해 보던 파르테논은 그곳의 진짜 이미지와는 거리가 멀다는 것을. 가난하지만 순박하기 이를 데 없는 아테네 사람들과 직접 만나고, 어떤 고층 건물로도 가려지지 않는 눈부신 하늘과 태양을 머리 위에 이고 있는 파르테논이 보석처럼 반짝이는 바다와 아테네 시내를 굽어보고 있는 모양을 보니 나도 모르게 콧잔등이 시큰거렸다. 이 눈부신 하늘과 이 아테네 도시의 복잡다단한 풍경과 아테네 사람들의 3박자가 어우러지지 않는다면, 파르테논의 유물을 아무리 훔쳐 가도 파르테논의 아우라는 훔쳐 갈 수 없음을, 나는 곧바로 깨달았다. 단순히 장엄함에 대한 압도가 아니라 어느 곳으로도 이식할 수 없는 그 시절, 그 장소의 축적된 문화와 집단적 심성에 대한 깨달음이었다. 너무 많이 훼손되어 마음이 아프긴 하지만 어쩌면 더 적은 부분이 남아있었더라도 파르테논의 고유성은 훼손되지 않았을 것이다. 디오니소스 극장의 비애와 우수로 가득 찬 분위기와 어우러져 저 멀리 반짝거리는 바다와 집들의 호위를 받아, 파르테논은 더욱 늠름한 자태를 뿜어내고 있었다. 그곳에는 타는 듯한 목마름과 더위, 폐허의 쓸쓸함과 비애감이 감돌았지만, 나는 그곳에서 모든 고통을 잠시 잊었다. 인간이 함께 모여 사는 데 필요한 모든 중요한 결정들을 한 사람의 독재가 아니라 모든 사람의 지혜와 노력으로 해결하고자 온갖 노력을 기울였던 아테네 문명의 아름다움을 보았다.

미루면 후회할 매혹적인 여름밤
마르세유(프랑스)

여행을 오래 하다 보면 '여긴 다음에 꼭 다시 오고 싶다'는 마음을 품게 만드는 곳이 있고, '다시 오게 되진 않을 것 같다'는 느낌이 드는 곳도 있다. 예컨대 알프스를 품어 안은 인스부르크나 포르투갈의 수도 리스본이 꼭 다시 가고 싶은 매력적인 곳이라면, 공업 도시 맨체스터를 굳이 다시 찾게 될 것 같지는 않았다. 도시 구석구석 숨은 매력이 많은 곳은 다시 또 찾아가도 새로운 호기심을 불러일으키지만, 그 도시 고유의 독특한 운치를 느끼기 어려운 곳은 다시 가기 꺼려지는 것이 사실이다. 프랑스 남부의 항구 도시 마르세유는 꼭 한 번 다시 가고 싶은 도시다. '왜 진작 가지 않았을까' 하고 뒤늦게 후회하게 된 도시, 좀 더 일찍 가지 못해 안타까운 도시이기도 하다. '다음에 가자, 시간 많을 때 여유 있게 가지 뭐!'라고 차일피일 미루다가 뒤늦게 가본 것이 못내 아쉽다. 여행 책자에는 대부분 "프랑스에서 치안이 가장 안 좋은 도시, 소매치기를 조심해야 함"이라는 식으로 악평이 주를 이루는 곳이었기에, 자꾸만 다음에 가자고 미뤄두었던 것이다. 하지만 큰맘 먹고 막상 가보니, 내게는 파리 못지않게 흥미롭고 매혹적인 도시가 되었다. 다음에 가기엔 너무 아까운 도시, 가보면 사진이나 여행 책자의 이미지보다 백배 좋은 도시가 바로 마르세유다.

나는 리옹에서 며칠 머무르다가 마르세유로 가는 기차를 탔다. 테제베를 타면 2시간이 채 걸리지 않는다. 테제베를 타고 가면 파리에서 리옹까지가 2시간, 리옹에서 마르세유까지가 1시간 40분 정도 걸린다. 파리에서 마르세유까지 직행하는 테제베로는 3시간 30분 정도, 완행열차로는 5시간 16분이 소요된다. 파리에서 마르세유까지 승용차를 이용하면 무려 7시간이 넘게 걸린다. 한밤중에 마르세유 기차역에 도착하면 초행길인 데다가 파리처럼 불야성의 도시는 아니라 조금 무서운 생각이 들지만, 낮에 도착하면 전혀 위험한 도시로 보이지는 않는다. 사실 '치안이 나쁜 도시, 급격한 슬럼화가 진행되는 도시'라는 오명은 마르세유의 과거에 대한 것이다. 지금 마르세유는 그야말로 남부 유럽의 새로운 핫 플레이스로 급부상하고 있다. 유로-지중해 프로젝트, 즉

마르세유를 유럽과 지중해의 중심 도시로 만들려는 대대적인 도시 계획이 성공하면서 마르세유는 쇠락한 옛 항구 도시라는 구태의연한 이미지를 벗고 다양한 국제기구와 기업들을 적극적으로 유치하고 있으며 건축가들의 다양한 실험 또한 활발히 이루어지고 있다.

최근 몇 년간 마르세유는 일대 변신을 꾀했다. 과거의 '복잡하고, 지저분하고, 치안이 좋지 않은 항구도시'의 이미지로부터 탈피하여 남부 유럽의 새로운 문화적 중심이자 신구의 아름다움이 조화롭게 공존하는 흥미로운 도시로 변화하고 있는 중이다. 인구의 4분의 1이 이주민이나 외국인 출신이라는 것이 과거에는 불화와 위험의 신호로 여겨졌지만, 지금은 변화와 다양성의 상징으로 인식되고 있다. 프랑스 본토 출신이 아닌 이주민들 중에서 가장 많은 비중을 차지하는 사람들은 한때 프랑스 식민지였던 알제리 사람들이다. 알제리, 튀니지, 모로코, 폴란드, 터키, 루마니아, 포르투갈, 이탈리아 등 다양한 국가에서 이주해 온 사람들이 조화롭게 공존하는 마르세유. 그에 따라 가톨릭, 이슬람교, 유대교, 개신교, 힌두교, 불교 등 다양한 종교가 공존하고 있다. 마르세유는 다양한 인종과 종교가 어우러져 더욱 변화무쌍한 볼거리를 만들어내는 풍요로운 문화 접변의 도시가 되었다.

그 새로운 혁신의 중심에 마르세유의 새로운 명소 뮤셈이 존재한다. 2013년에 완공된 유럽 지중해 문명 박물관 뮤셈은 낡고 지저분한 과거의 마르세유 항구의 이미지를 단번에 날려준 성공적인 건축 프로젝트였다. 뮤셈에는 지중해 문명에 관련된 훌륭한 컬렉션과 대형 서점, 미슐랭 별점을 무려 세 개나 받은 스타 셰프 제랄드 파세다의 레스토랑이 있다. 평범한 공업 도시였던 빌바오를 세계적인 관광지로 바꾼 구겐하임 미술관처럼, 뮤셈도 이 도시의 운명을 바꾸는 강력한 랜드마크가 될 것 같다. 당시 슬럼화되어가고 있었던 마르세유의 항구 부근을 대대적으로 개조하여 일종의 거대한 야외 복합 문화 공간으로 만든 뮤셈은 이제 마르세유의 새로운 상징으로 거듭났다. 마르세유의 '오래된 것들'을 상징하는 건축물이 노트르담 드 라 가르드 대성당과 마조르 대성당, 롱샴 궁전이라면, 마르세유의 '새로운 것들'을 상징하는 건축물은 뮤셈과 파빌리온이다. 뮤셈의 테라스에 올라가 하염없이 바라보는 마르세유의 석양과 코발트 빛 지중해, 그리고 거울로 만들어진 거대한 파빌리온으로 하루 종일 비춰지는 마르세유 사람들의 역동적인 모습은 이제 마르세유에 가면 결코 놓쳐서는 안 될 명물이 되었다. 마르세유가 2013 유럽 문화 수도로 선정되면서 지어진 이 거대한 파빌리온은 세계적인 건축가 노먼 포스터가 진두지휘하는 포스터 앤 파트너스의 작품으로 명성을 떨치고 있다.

무려 2,600여 년의 역사를 지닌 유서 깊은 도시 마르세유는 기원전 600년경 그리스 사람들이 만든 항구 도시였다. 오랜 세

월, 시간의 벽돌이 하나하나 빼곡하게 쌓여 그 어느 한적한 골목에도 저마다의 굵직한 사연이 숨어있을 법한 도시다. 마르세유는 옛것과 새것, 자연의 아름다움과 인공의 세심함, 토착적인 것과 이질적인 것이 역동적으로 어우러지는 문화의 도가니가 되어가고 있다. 르 코르뷔지에의 과감한 건축 실험의 흔적인 유니테 다 비타시옹이 초기 아파트의 기원을 보여주고 있는가 하면, 구 시가지의 애면글면한 골목 풍경이 자글자글한 시간의 주름을 피워 올리고 있는 르 파니에 지역이 있다. 옛 항구 뷰 포에는 새하얀 돛대를 드리운 요트들이 한가로이 정박해있고, 그 곁에는 아무 데나 주저앉아 달랑 줄 하나로 바다낚시를 즐기는 사람들이 있으며, 독창적인 수영복인지 지나치게 간단한 평상복인지 알 수 없는 지극히 '미니멀한' 옷차림으로 걸핏하면 바다로 뛰어드는 용감한 피서객들이 있다. 아침 일찍 나오면 더욱 활기찬 마르세유를 볼 수 있다. 커다란 그물을 손질하여 물고기를 잡으러 나가는 어부들, 새벽부터 물고기를 경매하는 목청 좋은 생선 장수들이 날마다 한바탕 전쟁을 치르는 활기찬 어시장도 볼 수 있다.

도시의 전망대 역할을 하는 노트르담 드 라 가르드 대성당으로 올라가서 성당 내부를 관람한 뒤, 천천히 항구 쪽으로 내리막길을 걸어오며 마르세유의 골목골목을 음미했다. 노트르담 대성당에서는 그 유명한 『몬테크리스토 백작』의 공간적 배경이 된 이프 섬도 아련하게 보이고(대성당 전망대에 설치된 동전 투입 망원경

을 이용하면 아주 가까이 보인다), 주황색 기와집들이 빼곡히 들어
찬 모습으로 더욱 친근감을 주는 마르세유의 구 시가지가 한눈
에 보인다.

마르세유를 대표하는 인물들의 면면 또한 다양하다. 프랑스
연극계를 대표하던 연출가이자 작가, 배우였던 앙토넹 아르토가
마르세유에서 태어났고, '나는 너무나 못생겼으므로 아무도 나
를 사랑하지 않을 것'이라는 생각 때문에 평생 사랑하는 여인에
게 자신의 마음을 숨기고 살아온 남자의 비극적인 사랑 이야기
『시라노』를 쓴 에드몽 로스탕도 마르세유 출신이며, 유머와 풍자
정신으로 무장한 불세출의 화가 오노레 도미에 또한 마르세유에
서 태어났다.

마르세유 출신의 최고 스타는 역시 축구 선수 지네딘 지단이
다. 지단의 아버지는 알제리 베르베르족 출신으로서 경비원 일을
하며 어렵게 지단을 키워냈다. 지단은 어릴 적에 살았던 가난한
고향 마을을 잊지 않고 찾아가 어린이들과 함께 축구를 하기도
하고, 단지 '성공한 이민자'로서 만족한 것이 아니라 프랑스 내의
이민자들에 대한 각종 차별에 반기를 들었으며, 극우파 정치인
르펜이 대통령 선거에 출마해 프랑스 축구 국가대표팀을 "인종
의 쓰레기장"이라 비난하자 르펜에 대한 분명한 반대 의사를 표
명하기도 했다. 지단 선수 특유의 드리블과 회전을 '마르세유 턴'
이라고 부를 정도로, 지단 선수는 마르세유의 자랑일 뿐 아니라

프랑스 전체의 자랑이다.

마르세유를 대표하는 음식 부야베스는 프랑스식 생선 스튜인데, 우리나라 음식에 비유하자면 온갖 해물을 넣어 끓인 해물 잡탕에 가깝다. 온갖 채소와 토마토, 사프란, 다양한 해산물을 끓인 진한 국물에 치즈와 마늘을 바른 빵을 곁들여 먹는 뱃사람들의 음식이었다. 처음에는 어부들이 팔다 남은 고기들로 만들어 먹었던 서민적인 음식이 지금은 관광객들을 타깃으로 하여 랍스터까지 곁들인 채 비싸게 팔리고 있다. 하지만 진짜 전통적인 부야베스에는 랍스터가 아니라 볼락, 송어, 붕장어, 쏨뱅이 등의 생선이 들어가는 것이 제맛이라고 한다. 부야베스에는 로제 와인이나 화이트 와인을 곁들여 먹기도 하고, 식전주로 마르세유를 대표하는 술 파스티스를 마시기도 한다. 부야베스는 마르세유의 로컬 맥주 카골을 곁들여 먹어도 잘 어울린다. 마르세유의 또 다른 명물은 올리브유와 소금을 비롯한 순수 식물성 원료로만 만드는 수제 비누인데, '사봉 드 마르세유'는 이 지역을 대표하는 전통식 공방에서 만들어진다. 포장도 하지 않은 채로 투박하게 벽돌처럼 쌓아올린 수제 비누 뒷면에는 올리브 함유량이 표시되어 있는데, 72퍼센트 이상이 되어야 마르세유 비누로 인정받을 수 있다고 한다. 지금도 100년이 넘은 오래된 기계로 전통 제조법에 따라 비누를 만드는 장인이 있다.

마르세유의 여름밤은 음악과 춤의 열기로 가득하다. 뮤셈 근처를 지나다가 남녀노소는 물론 온갖 국적의 사람들이 모여 그야 말로 광란의 춤사위를 벌이고 있는 모습을 보았다. 사람들의 몸짓 하나하나가 불꽃놀이의 무지갯빛 폭죽처럼 아름답게 빛났다. 사람들은 정해진 동작의 순서에 따라 춤을 추는 것이 아니라, 각자의 흥에 겨워 알록달록한 막춤을 추고 있었다. 그러나 어떤 춤도 서툴거나 어색해 보이지 않았다. 보고만 있어도 그 신명에 만취할 것만 같은, 질펀한 춤사위의 잔치 한 마당이었다. 피부색도, 언어도, 옷차림도, 종교도 다른 이 모든 사람들이 음악이라는 세계 공통의 언어에 맞추어 눈부신 군무를 추고 있는 동안, 프랑스에서 가장 오랜 역사를 지닌 아름다운 도시 마르세유의 여름밤은 깊어만 갔다.

아주 잠깐, 사라진 나라의
국민이 되어보실래요?

베를린(독일)

여러분에게 벌어지는 일 가운데 긍정적이지 않은 것은 하나
도 없다. 비록 그 순간에는 부정적인 재난처럼 느껴지지만, 사
실은 그렇지 않은 것이다. 재난은 여러분을 물러서게 하지만 거
꾸로 생각하자면 여러분이 힘을 드러내야 할 때가 되었기 때문
에 그런 재난이 생기는 것이다.

—조셉 캠벨, 『신화와 인생』 중에서

2013년 베를린 포츠담 광장에서 나는 무척
신기한 장면을 목격했다. 베를린 장벽의 일부를 떼어내서 거리
한복판에 세워두고, 동독 군인의 복장을 한 남성이 여행자들에

게 웬 도장을 쾅쾅 찍어주며 유쾌하게 기념사진을 찍는 모습이었다. 자세히 들여다보니 군인 복장을 한 남자가 들고 있던 물건은 이제는 사라진 나라 동독의 여권 도장이었다. 여행자들은 여권에 도장 하나를 더 찍는 즐거움에 미소를 짓지만, 알고 보니 돈을 내야 하는 것이었다. 비행기도 타지 않고 국경도 넘지 않고, 여권 스탬프를 하나 더 찍는 흥미로운 광경이었다. 최근 동독을 향한 향수가 일종의 문화 상품이 되어간다는 소문을 들었는데, 이 또한 그 일환이 아닌가 싶었다. 독일 사람들의 향수는 충분히 이해가 되지만, 외국인들이 살아본 적도 없는 낯선 나라 동독에 대한 향수를 느끼는 것은 참 신기한 현상이었다. 이렇게 말하면서도 나 또한 가보지도 못한 나라, 겪어보지도 못한 동독이 왠지 그립고 아련하다. 그리움이란 도대체 어떤 감정이길래, '나의 그리움'도 아닌 타인의 그리움에 기꺼이 돈을 지불할 정도로 강력한 힘을 발휘하는 것일까.

사라진 동독을 그리워하는 감정을 '오스탤지어(ostalgia)'라는 신조어로 부를 정도로, 동독에 대한 그리움은 일종의 집단적인 향수이자 명실상부한 문화 상품이 되었다. 사라진 동독을 향한 만가 같은 영화 〈굿바이 레닌〉을 봤을 때와 느낌이 사뭇 다르다. 이 영화에서 동독은 안타깝지만 청산해야 할 대상으로 그려졌다. 혼수상태에서 깨어나보니 베를린 장벽이 무너져버린 기막힌 상황에 처한 어머니를 위해, 아들은 동독이라는 나라가 아직 건

재한 것처럼 일상의 모든 것을 꾸며냈다. 엄마가 좋아하는 동독산 통조림을 구하러 백방으로 수소문을 하고, 레닌 동상이 무참히 철거되는 모습을 엄마가 보지 못하게 하기 위해 안간힘 쓰는 아들의 모습은 눈물겨우면서도 유머러스했다. 투병 끝에 끝내 세상을 떠난 엄마의 유해를 통일된 독일 땅에 묻는 것이 아니라 로켓으로 만들어 우주로 쏘아 올리는 장면은 의미심장했다. 열렬한 공산당원이었던 엄마의 역사적 신념은 이제 더 이상 새로운 독일에 발 디딜 곳이 없는 것일까. 엄마의 유해를 우주로 쏘아올리는 퍼포먼스는 "동독이여, 이제 역사 속으로, 아니 지구 바깥으로 사라져버려라"라는 냉혹한 작별 인사처럼 보였다.

당시 〈굿바이 레닌〉은 독일에서 엄청난 반향을 불러일으켰고 흥행에도 성공했지만, 나는 그 영화가 못내 불편했다. '사라진 나라와 이별하는 방식'이 어떻게 그렇게 산뜻하고 어여쁠 수 있는가 싶어 마음이 무거워졌다. 무언가를 떠나보낸다는 것이, 어떤 나라가 사라진다는 것이, 어떻게 그토록 간단할 수 있겠는가. 이제 그렇게 세련되고 쿨하게 지구 밖으로 멀리 떠나보내버렸던 동독에 대해 사람들은 다시금 뒤늦은 향수를 느낀다. 역사라는 것이 그렇게 쉽게 청산될 수 없다는 것을, 아무리 실패한 체제라 하더라도 간단히 지워버릴 수만은 없는 문제라는 것을, 독일 사람들은 물론 동독을 기억하는 모든 사람들이 실감하게 된 것은 아닐까. 동독에 대한 노스탤지어는 '사라진 동독을 부활시키자'

는 것이 아니라, 이미 사라져버린 기억 속에도 우리가 배울 무언가가 아직 남아있다는 것을 상기시키는 집단적 문화 현상으로 보인다. 특별한 문화유산이나 엄청난 볼거리가 없음에도 불구하고 DDR 박물관이 선풍적인 인기몰이를 하고 있는 것만 봐도 그렇다. DDR 박물관은 예상을 뛰어넘는 인파로 북적였다. 나는 베를린에 도착한 첫날을 조용히 보내고 싶어서 이곳을 찾았는데, 엄청난 인파에 무척 당황했다. 관광객들보다도 독일 현지 사람들이 훨씬 많았다. 사람들은 동독 시절의 낡은 전화기를 귀에 대고 당시의 방송을 들어보기도 하고, 나체 해수욕장에서 비치발리볼을 하는 사람들의 벌거벗은 미니어처를 보며 살포시 미소 짓기도 한다. 오래된 카메라나 타자기, 우표나 엽서, 동독 시절에 유행했던 옷들과 브로치와 훈장까지, 한마디로 '동독의 모든 것'이 담뿍 담긴 그곳에서 사람들은 마치 '역사'라는 이름의 거대한 연극을 관람하는 것 같았다. 당시 동독의 영화나 텔레비전 프로그램을 볼 수도 있으며, 책이나 엽서 등 인쇄 매체를 열람할 수 있는 곳도 있다. 옛 동독의 가정식이나 별미를 그대로 따라 만들 수 있는 요리책까지 있었다.

나는 DDR 박물관에서 사라진 동독의 타자기를 본뜬 냉장고 자석과 동독식 빈티지 자동차 모형을 샀다. '내가 왜 이러지?' 하는 감정으로 불쑥 샀던 것은 동독의 여권과 똑같은 모양으로 만든 엽서였다. 이곳에 왔다는 기억만으로 마치 사라진 나라, 동독

에 한 번 다녀온 듯한 느낌을 지니고 싶었나 보다. 동독에서 생산되던 각종 공산품, 예컨대 화장품이나 비누, 통조림, 과자, 껌 등을 보니 파주 헤이리에 갔을 때와 비슷한 느낌이 들었다. 그 시절 먹었던 과자, 껌, 캐러멜, 그리고 음식인지 장난감인지 경계가 불분명한 알록달록한 불량식품들까지. 그때 그 시절의 물건들을 보며 다시 돌아올 수 없는 시간을 추억하는 버릇은 그들이나 우리나 비슷한 것 같았다. DDR 박물관은 이제는 사라져 다시는 똑같이 재현할 수 없기에 더욱 아름다워 보이는 것들의 박물관이었다. 그리움의 힘은 이토록 드세고 질기다. 하지만 문제는 '그리움의 힘이 세다'는 것에 그치지 않는다. 이 '그리움의 힘으로 무엇을 할 것인가'다.

노스탤지어라는 단어는 노스토스(nostos: 회귀, 귀향)와 알고스(algos: 고통, 아픔)의 합성어다. 집으로 돌아가지 못하여 생기는 그리움과 슬픔의 감정, 노스탤지어는 삶의 속도가 빨라질수록, 문명의 발전 속도가 빨라질수록 더 깊이 인간의 마음속에 그림자를 드리운다. 미국의 문화학자 스베틀라나 보임은 노스토스, 즉 장소에 집중하는 노스탤지어와 알고스, 즉 그리움이라는 감정에 집중하는 노스탤지어는 무척 다른 것이라고 했다. 사라진 장소를 기리며 각종 기념물을 만들어내는 노스탤지어는 결국 편협한 민족주의와 보수주의로 흐르게 될 위험이 높다는 것이다.

반면, 그리움이라는 감정, 상실감 자체에 집중하는 노스탤지어는 그 아픔을 서러워하면서도 결국엔 그 아픔을 향유하는 측면이 있다. 옥스퍼드 영영 사전에서 노스탤지어를 찾아보니 이 감정은 단지 슬픔만이 아니다. 과거의 행복했던 시절을 떠올릴 때 느끼는 슬픔과 기쁨이 섞인 미묘한 감정, 그것이 바로 노스탤지어다. 기쁨과 슬픔, 그리움과 회한이 겹쳐 정해진 빛깔을 찾을 수 없는 모호한 감정, 그것이 바로 노스탤지어의 복잡한 무늬다. 나는 정해진 장소로 귀환하는 노스탤지어보다는 끊임없이 그리움의 무늬를 되돌아보는 성찰적 노스탤지어가 좋다. 그리워서 고향으로, 그때 그 시절로 돌아가자는 것이 아니라, 잃어버린 시간이 아직 우리 곁에 또 다른 모습으로 남아있다는 것을 여전히 느끼고 과거를 존중하며 곱씹을 줄 아는 사람이 되고 싶다. 아무리 아픈 시간도, 아무리 좋았던 그 시절도, 말끔하게 지워져 사라져 버릴 수는 없다는 것을 되새기고, 그 과거의 기억을 현재와 미래를 더 아름답게 가꾸기 위한 삶의 에너지로 바꾸고 싶다. 그리움은 아픔이지만 그 안에 묘한 중독성이 있어 그리움 자체를 즐기게 되는 경지에 이를 수 있다. 노스탤지어는 본래 아픈 것이지만 그 아픔에서 창조적인 에너지를 끌어낼 수 있는 무한한 가능성을 품고 있기도 하다.

딱 한 도시만 고를 수 있다면

피렌체(이탈리아)

신화는 우리에게 현상계 너머에 있는 초월성을 가리켜 보인다. 신
화의 인물들은 아이들이 학교에서 원과 호를 그릴 때 사용하는 컴퍼
스처럼 한 다리는 시간의 영역에, 또 한 다리는 영원에 걸치고 있다.

─조셉 캠벨, 『블리스, 내 인생의 신화를 찾아서』 중에서

나의 '피렌체 앓이'가 언제쯤 시작되었나 하고
뒤돌아보니, 1995년 샌드라 블록 주연의 영화 〈당신이 잠든 사
이에〉를 봤을 때부터였다. 그 영화 속에는 피렌체의 실제 모습
이 전혀 나오지 않는다. 주인공 루시는 쳇바퀴처럼 반복되는 일
상 속에서 기차역 역무원으로 일하고 있었다. 가족도 없이 쓸쓸

하게 혼자 살아가는 그녀의 유일한 희망은 아직 한 번도 스탬프가 찍히지 않은 여권이었다. 늘 '피렌체로 여행 가고 싶다'고 생각하면서 한 번도 여권에 도장을 찍지 못하고 크리스마스이브에도 묵묵히 일을 하고 있는 루시에게 잭은 피렌체 두오모 성당의 앙증맞은 미니어처로 만든 아름다운 스노우볼을 선물한다. 항상 외롭게 살아온 루시와 멋진 형의 기세에 눌려 자기표현을 하지 못했던 잭이 온갖 우여곡절 끝에 마침내 결혼하게 되었을 때, 두 사람은 오랜 시간 꿈만 꾸어오던 바로 그 도시, 피렌체로 신혼여행을 떠난다. 기차표를 팔며 비좁은 안내 부스에 갇혀 살아온 루시가 마침내 피렌체로 떠나게 되었을 때, 그때부터 내 마음속 피렌체 앓이가 시작되었다. 나도 그때까지는 한 번도 해외여행을 한 적이 없었고, '대학 가면 배낭여행을 가야지' 하고 막연히 꿈만 꾸고 있었기 때문이다.

그로부터 20여 년이 지나 이제 여행 중독자가 되어버린 나에게 만약 유럽 여행 초보자가 "딱 한 도시만 골라 여행할 수 있다면, 어떤 도시를 추천해주시겠어요?"라고 묻는다면 주저 없이 피렌체를 권하고 싶다. 걸어다니는 속도로 여행을 하는 것이 가장 아름답다는 것을 가르쳐준 도시, 몇 번이나 샅샅이 구석구석을 돌았건만 '그래도 그때 놓친 것이 있구나!' 싶어 또 가고 싶어진 도시가 바로 피렌체였기 때문이다. 버스나 지하철을 타지 않고 오직 걷기만으로도 도시 곳곳을 편안하게 돌아볼 수 있는 피렌체는 골목마다 색다른 풍경을 펼쳐놓아 지루할 틈이 없다. 피렌체는 소도시의 매력과 대도시의 매력을 동시에 갖춘 희귀한 도시다. 크기로 치면 소도시이지만, 사통팔달한 교통과 휘황찬란한 볼거리, 다양한 문화적 체험, 여행자의 지적인 욕구와 예술적인 취향을 동시에 만족시켜준다는 점에서는 그 어떤 대도시와 견주어도 손색이 없다. 게다가 대도시의 교통 체증이나 대기 오염도 없으니, 소도시 특유의 아늑하고 정감 있는 매력 또한 함께 갖춘 피렌체는 그야말로 이야깃거리가 무궁무진한 도시다.

나는 피렌체에서 나고 자란 사람들을 향해 강렬한 질투심을 느꼈다. 인류의 빛나는 문화유산이 발길에 채이다시피 하는 곳에서 매일 굳이 입장료를 내지 않고도 거리 곳곳, 광장 도처에서 위대한 문화유산을 만날 수 있는 그들이 정말 부러웠다. 자신이 사랑하는 도시를 예찬하는 옛사람들의 글을 읽다 보면 너무 과장된 것이 아닌가 싶어 냉정하게 거리를 두게 되는데, 피렌체만은 그렇지가 않았다. 『피렌체 찬가』를 쓴 레오나르도 브루니의 표현에 따르면, 피렌체와 비교되는 다른 도시들에는 오히려 미안함을 느낄 정도로 피렌체는 아름다운 도시라고 한다. 아무리 유서 깊고 웅장한 건축물을 가진 도시라도, 아무리 아름답고 축복받은 자연 경관을 지닌 도시라도, 피렌체 옆에서만 서면 뭔가 한 가지쯤은 모자라 보이기 때문이다. 레오나르도 브루니는 이렇게 말한다. "실제로 저는 피렌체와 비교되는 다른 도시들에 미안함

을 느낍니다. 우리의 도시에는 웅대하고 화려하게 장식된 건축물이 자리 잡지 않은 어떤 거리도, 어떤 지역도 없습니다." 그는 멀리서 바라보면 아름답지만 가까이에서 바라보면 온갖 결점과 지저분함으로 가득한 다른 도시와 달리, 피렌체는 멀리서 바라보나 가까이서 바라보나, 똑같이 아름다운 도시라고 한껏 추어올린다. "멀리서 보았을 때 느끼는 피렌체의 아름다움은, 당신이 피렌체에 가까이 다가간다고 해서 결코 초라해지는 것이 아닙니다." "마치 우리 몸의 피가 전신에 걸쳐 흐르고 있듯이, 피렌체에는 훌륭한 건축물과 장식물이 전 도시에 두루 펼쳐져있습니다."

나는 로마에서 기차를 타고 피렌체로 가서 산타 마리아 노벨라 성당과 시뇨리아 광장을 보는 순간, 이미 피렌체에 흠뻑 빠져있었다. 미켈란젤로의 거대한 다비드상과 페르세우스가 메두사의 머리를 들고 승리감에 도취되어있는 조각상을 보니, 그토록 꿈꾸던 피렌체에 왔다는 실감이 들었다. 기차역에서 멀리 떨어진 곳에 관광지가 있는 대부분의 도시와 달리, 피렌체는 기차역에서 여행용 캐리어를 끌고 숙소를 찾아 두리번거리는 순간 이미 '아, 여기가 피렌체구나' 싶은 건축물들이 구석구석 보이기 시작한다. 상점들조차도 옛 건물들의 고풍스러움을 훼손하지 않은 채로 간판과 인테리어만 바꾸어놓았기 때문에 피렌체 곳곳을 걷는 것만으로 이미 르네상스 시대로 시간 여행을 온 듯한 기분이 든다. 피렌체에는 무려 세 개의 거대한 다비드상이 있는데, 시뇨리아 광장의 가장 유명한 다비드상은 모조품이고, 아카데미아 미술관에 있는 작품이 원본이며, 또 하나의 다비드상은 피렌체가 한눈에 내려다보이는 미켈란젤로 광장에 있다. 비가 오나 눈이 오나, 흐린 날이나 햇살이 쨍쨍한 날이나, 변함없이 인파로 북적이는 시뇨리아 광장의 한복판에 서있는 미켈란젤로의 다비드상. 이 조각상은 아직 나이 어린 목동에 불과했던 시절 모두가 두려워하던 거인 골리앗을 물리쳐 나라의 영웅이 된 다비드의 용기를 기리며 여전히 피렌체의 상징으로 빛나고 있다.

시뇨리아 광장에 이어 피렌체의 또 다른 문화적 중심은 우피치 미술관이다. 성수기에는 워낙 기다리는 줄이 길어 평균 네 시간 정도는 밖에서 줄을 서야 한다는 우피치 미술관 앞에서, 나는 정말로 딱 네 시간 동안 꼼짝없이 서있었다. 입구에 서서 입장을 기다리는 동안 르네상스 미술에 관한 책 한 권을 처음부터 끝까지 다 읽었을 정도였다. 인터넷으로 입장권을 미리 구입하면 이렇게 긴 줄을 서지 않아도 되지만, 그때는 경황이 없어 그런 준비성을 발휘하지 못했다. 기다림이 워낙 간절했던 탓인지 우피치 미술관에 들어서자마자 벌써부터 뭔가를 해낸 듯한 뿌듯한 성취감이 밀려왔다. 드디어 '르네상스 미술의 중심'으로 입성했다는 기쁨이 가슴을 가득 채웠다. 사진 촬영이 금지되어있어 무척 아쉽긴 하지만, 대신 여기저기서 들리는 '찰칵찰칵' 셔터 소리 없이

조용하게 미술 작품을 관람할 수 있다고 스스로를 다독이며 우선 가장 궁금했던 보티첼리의 〈프리마베라〉가 있는 방으로 들어갔다.

보는 순간 숨을 멎게 하는 그림들은 '뭔가를 설명하고 싶은 욕구'조차 멈춰버리게 만든다. 〈프리마베라〉가 놀라운 첫 번째 이유는 제목처럼 '봄'을 상징하는 이 그림의 전체적인 바탕색이 숨막히는 검은색이라는 사실이었다. 흔히 봄 하면 연둣빛 새순의 빛깔, 벚꽃의 화사한 연분홍빛이 떠오르지만, 이 그림은 그렇게 봄기운이 만연한 시간이 아니라 봄이 막 시작되려는 듯한 찰나의 경이로움을 표현하는 듯하다. 겨울 숲의 검고 어두운 기운이 아직 화면 전체를 감돌고 있는 가운데 봄을 상징하는 수많은 신화적 인물들이 마치 각자가 한 떨기의 꽃처럼 땅속에서 피어오른 듯 싱그러운 봄의 기운을 온몸으로 전달하고 있다. 그들은 모두 땅을 딛고 맨발로 서있지만 마치 중력의 영향을 거의 받지 않는 듯, 너무도 가볍고 산뜻한 발걸음으로 봄이 다가오고 있다는 사실을 눈빛 하나하나, 손짓 발짓 하나하나에 담아 전하고 있다.

보티첼리의 〈프리마베라〉뿐 아니라 〈비너스의 탄생〉, 라파엘로의 〈방울새와 성물〉 등 르네상스의 황금기를 증언하는 수많은 작품들이 우피치 미술관에 소장되어있다. 우첼로의 〈산 로마노 전투〉, 필리포 리피의 〈성모자와 두 천사〉도 책이나 인터넷으로 볼 때와는 비교도 되지 않는 벅찬 감동으로 다가왔다. 네 시간은 입장을 기다리느라, 또 다른 네 시간은 넋을 잃은 채 그림을 감상하며 걸어다니느라 하루가 다 가버려 발바닥이 타들어가듯 아팠지만, 우피치 미술관과 함께한 날은 정말 완벽한 하루였다. 벅찬 감흥에 젖어 박물관 서점에서 르네상스 미술에 관련된 책을 잔뜩 사서 배낭에 집어넣었다가 며칠 뒤 귀국할 때 공항 검색대에서 수하물 무게 제한에 걸릴 정도였지만, 그 책들은 지금도 피렌체가 그리울 때마다 변함없이 내 친구가 되어주고 있다.

우피치 미술관에서 나와 피렌체의 또 다른 상징 베키오 다리 주변을 산책하며 저녁 시간을 보냈다. 베키오 다리는 언뜻 보기에는 그저 낡고 고색창연한 중세의 다리처럼 보이지만, 천천히 걸어가며 자세히 뜯어볼수록 그 매력이 돋보이는 곳이다. 베키오 다리 안의 수많은 상점들도 알찬 구경거리다. 도시의 젖줄인 아르노 강을 품어 안고 천 년이 넘는 시간 동안 르네상스의 중심으로 성장해온 피렌체의 심장 같은 곳이 바로 베키오 다리다. 가혹한 나치의 폭격 속에서 간신히 살아남은 뜻깊은 건축물이기도 하다. 히틀러와 무솔리니가 나치 정부와 파시스트 정부의 고위급 인사들과 함께 피렌체를 방문했을 때였다. 미술에 남다른 관심이 있었던 히틀러는 바사리의 복도 중앙에 자리 잡은 커다란 창문을 활짝 열고 피렌체의 아름다운 풍경을 내려다보았다. '다른 문화의 아름다운 것들'을 부숴버리거나 태워버림으로써 파괴적 쾌락을 느꼈던 히틀러에게 피렌체는 또 다른 정복의 야망

산드로 보티첼리, 〈프리마베라(La Primavera)〉, 1478년경

을 부추기는 아름다움의 결정체였다. 나치군은 1944년 피렌체를 점령한 뒤 철수하면서 아르노 강에 있는 모든 다리를 폭파할 계획을 세운다. 다행히도 독일군 사령관이었던 게르하르트 볼프는 "베키오 다리만은 폭파하지 말라"고 명령했고, 제2차 세계대전이 끝난 뒤 이탈리아 정부는 그에게 명예 피렌체 시민권을 헌정했다고 한다. 그 파란만장한 역사 속에서 구사일생으로 살아남은 베키오 다리는 지금은 시민들의 안식처이자 피렌체의 뜨거운 상징으로 살아남았다.

피렌체의 조감도를 한눈에 그려보기 가장 좋은 장소가 바로 미켈란젤로 광장이다. 피렌체의 풍요로움은 미술관이나 건축물에서뿐 아니라 '광장'에서 잉태되는데, 그중에서도 미켈란젤로 광장은 두오모를 중심으로 거미줄처럼 뻗어있는 피렌체의 조감도를 시원하게 조망할 수 있는 곳이기에 더욱 뜻깊은 장소다. 두오모의 첨탑도 많은 사람들이 올라가지만 그곳에서는 정작 두오모가 보이지 않기 때문에, 좀 더 전체적인 피렌체의 풍광을 느껴보고 싶다면 미켈란젤로 광장에 가는 것이 좋다.

시뇨리아 광장, 미켈란젤로 광장과 함께 피렌체의 진면목을 보여주는 또 하나의 광장은 산타 크로체 광장이다. 산타 크로체 성당 앞에는 단테의 거대한 석상이 서있는데, 마치 우리나라 옛 마을 골목 어귀에 든든하게 서있는 커다란 장승처럼 단테의 늠름한 모습은 산타 크로체 광장을 지키고 있었다. 산타 크로체 광장 주변에는 가죽 제품을 파는 작은 상점들이 가득한데, 이곳에서는 특이하게도 '메이드 인 이탈리아'가 아니라 '메이드 인 피렌체'임을 자랑하는 제품들이 그득하다. 피렌체는 이탈리아의 일부로서가 아니라 오직 피렌체 그 자체로서 완전하다는 그들만의 자부심이 느껴지는 장면이었다. 나는 여기서 잊을 수 없는 가죽 공방을 하나 발견했는데, 바로 스쿠올라 델 쿠오이오, 피렌체 가죽 학교라는 곳이었다. 산타 크로체 성당을 끼고 돌아 뒤편으로 걸어가면 쉽게 찾을 수 있다.

제2차 세계 대전 당시 전쟁고아들의 자립을 위해 프란체스코 수도회와 가죽 장인들이 힘을 모아 만든 공방이다. 그곳에서 나는 머리 위에 하얗게 눈이 내린 것처럼 아름다운 은발을 드리운 가죽 장인을 만났다. 그는 곁에서 바느질을 하고 있는 수많은 도제들 사이에서 단연 돋보였다. 마치 이 세상에 가죽 하나와 손에 든 공구밖에 없는 것처럼, 그는 완전한 집중력을 발휘하여 가죽에 구멍을 뚫고 있었다. 그렇게 미리 구멍을 뚫는 목타 작업을 거친 뒤 그 구멍에 바늘을 끼워 넣어 한 땀 한 땀 바느질을 하는 것이다. 그런 지난한 작업을 직접 눈앞에서 살펴보니 아까 상점에서 본 가죽 제품을 비싸다고 생각했던 나의 선입견이 부끄러워졌다. 디자인과 무두질, 재단과 본뜨기, 가죽에 구멍 뚫기, 손바느질하기, 엣지코트(마감재) 칠하기에 이르기까지, 어느 공정 하나 엄청난 집중력과 섬세한 솜씨가 필요하지 않은 곳이 없었다.

나는 마치 시간이 멈춘 듯, 수백 년간 장인에서 장인으로 이어져 내려온 바로 그 방식으로 묵묵히 일하고 있는 가죽 장인을 바라보며 우리 삶도 저렇게 정성스럽고, 배려가 넘치며, 세상의 시끄러운 소음에 휘둘리지 않기를 빌었다. 저물어가는 피렌체의 밤, 나는 두오모 성당 주변을 하염없이 걸으며 골목길의 두오모, 가로등의 희미한 불빛 사이로 번져가는 두오모, 멀리서 바라본 두오모를 이리저리 사진으로 찍어보며 시간 가는 줄 몰랐다. 피렌체를 지금까지 지켜온 힘은 단지 군사력이나 경제력이 아니라 저 은발의 가죽 장인처럼, 자신의 자리에서 말없이 소중한 것들을 꿋꿋하게 보살펴온 사람들의 소리 없는 열정임을 느끼며.

구텐베르크 은하계가 시작된 곳

스트라스부르(프랑스)

언어란 원래 마술이었으며, 오늘날까지도 이런 오래된 마술의
힘을 그대로 간직하고 있습니다. 언어를 통해서 어떤 사람이 다른
사람을 행복하게 만들 수도 있고, 저주로 내몰 수도 있는 것이며,
(…) 강연자는 모여든 청중들의 마음을 사로잡을 수도 있고 그들
의 판단과 결정을 좌우할 수도 있는 것입니다.

—지그문트 프로이트, 『정신분석 강의』 중에서

1950년대 미국의 도서관에서는 유래 없는 '책
의 학살'이 감행되고 있었다. 새로운 지식의 탄생을 억압하는 과
거의 분서갱유식 말살 작업이 아니라, 책의 미래를 더욱 위한다는

명목으로 진행된 책의 학살이었기에 더욱 기가 막힌 일이었다. 당시 도서관 사서들은 책의 모서리를 두세 번 2중으로 접어본 뒤, 만약 종이가 찢어지면 '이 책은 21세기가 오기 전에 부스러질 것이다'라고 결론을 짓고, 도서관에서 해당 종이책을 없애고 마이크로필름으로 대체했다. 예일대학교에서는 무려 130만 권의 책이 이렇게 '2중 접기 테스트'에 불합격했다는 이유로 서가에서 축출되었다. 그런데 몇십 년이 지난 뒤 확인해보니, 당시 곧 부스러질 것이라고 예측되었던 종이책들은 여전히 건재한 반면, 영구 보존 가능하다고 믿었던 마이크로필름은 군데군데 흠집이 생기고 기포가 일어나 제대로 글자를 읽을 수 없게 되고 말았다고 한다. 로버트 단턴의 『책의 미래』에서는 이렇듯 예측 불가능한 책의 운명이 흥미롭게 그려지고 있다.

그 이후에도 수없이 종이책의 종말을 걱정하거나 단언하는 사람들의 목소리는 커졌지만, 여전히 종이책을 향한 독자들의 친밀감은 지속되고 있다. 많은 사람들은 인터넷 시대 이후 '구텐베르크 은하계(인쇄 매체 중심의 세계)의 종말'을 예언했다. 그러나 실제로는 '구텐베르크 은하계'와 '뉴 미디어 은하계'가 더욱 상호 보완적으로 서로를 지탱하는 형태로 나아가고 있다. 인쇄술의 발명이 없었다면, 인류의 삶은 과연 어떤 방향으로 흘러갔을까. 정보를 입에서 입으로 전하는 구전(口傳)의 시대를 넘어 활자의 시대로 갈 수 있었던 것도, 구텐베르크 이후 괄목할 만한 인쇄 매체의 발전 덕분이었다. 사실 인터넷을 비롯한 뉴 미디어의 세계 자체도 구텐베르크 은하계에 토대를 두고 있는 셈이다. 나는 구텐베르크가 인쇄술을 본격적으로 발전시킨 도시가 스트라스부르라는 사실을 안 뒤부터 왠지 이 도시가 친근하게 느껴졌다. 스트라스부르가 독일과 프랑스의 접경 지대라는 점, 한때는 독일 영토였다가 지금은 프랑스 영토가 되어 도시 곳곳이 치열한 분쟁의 흔적으로 가득하지만 지금은 브뤼셀과 함께 '유럽의 수도'라 불리며 통합과 화해를 상징하는 도시가 되었다는 점도 호기심을 부추겼다.

만약 인류사의 가장 위대한 발견 열 가지를 꼽으라는 질문을 받는다면, 나는 제일 먼저 구텐베르크의 금속 활자 발명을 꼽고 싶다. 물론 고려의 금속 활자가 구텐베르크보다 먼저 발명되긴 했지만, 인쇄술을 민중을 향한 정보와 지식의 전파라는 목적으로 적극적으로 활용할 수 있는 사회문화적 지원이 아쉽게도 우리에겐 부족했다. 구텐베르크 은하계의 혁명성은 활자 자체의 과학적인 발전보다도 지식과 정보의 독점을 넘어 소통의 대중화와 민주화를 이뤘다는 점이 아닐까. 그런 의미에서 나는 스트라스부르크에 도착해 짐을 풀자마자 구텐베르크 광장부터 방문하고 싶었다.

스트라스부르 구 시가지에서 가장 찾기 쉬운 두 가지가 바로 구텐베르크 동상과 스트라스부르 대성당이다. 구텐베르크 동상

앞에서는 아이들이 좋아하는 회전목마까지 성업 중이기 때문에 눈에 잘 띌 수밖에 없다. 구텐베르크 동상 앞은 인파로 북적였다. 구텐베르크는 과학자나 지식인이라기보다는 상인이었기에, 자신의 발명이 인류에게 미치는 역사적인 영향력보다는 '얼마나 돈을 벌 것인가'에 관심이 있었을 것이다. 그가 인쇄술을 활용해 가장 먼저 찍어낸 인쇄물이 '면죄부'였다는 사실은 그의 재빠른 장사 수완을 엿볼 수 있는 대목이다. 그는 '성서로 돌아가자'는 루터의 종교 개혁이 불러일으킨 새 바람을 타고 '표준 성서'의 대량 생산을 꿈꾸며 더욱 성공적인 상인의 길을 걸어가려 했지만, 모든 것이 그의 뜻대로 이루어지지는 않았다. 구텐베르크는 동업자인 푸스트가 건 소송 때문에 갑작스레 사업을 접어야 했다. 그가 발전시킨 금속 활판 인쇄가 날개를 달고 전 유럽으로 퍼져나가는 동안, 오히려 구텐베르크는 서서히 잊혀진 사람이 되고 말았다. 하지만 구텐베르크가 만든 『42행 성서』는 그 아름다운 편집과 유려한 활자로 인해 여전히 활판 인쇄술의 기념비적 명작이 되었다. 스트라스부르의 상징이 된 구텐베르크 동상 아래에는 인쇄술의 발전에 관련된 당시의 삽화들이 생생한 부조로 조각되어있다.

스트라스부르 기차역에서 옛 시가지로 들어가는 길을 걷다 보면, 자연스럽게 일 강의 두 지류에 둘러싸인 그랑딜 지역을 만나게 된다. 이곳은 알자스 주도의 유서 깊은 역사 도시다. 이 옛 시가지에 스트라스부르의 핵심 관광지가 다 모여있다. 스트라스부르 대성당, 네 개의 고대 교회, 로앙 성(추기경이 머물던 옛 성)을 비롯하여 수많은 유적들이 빼곡하게 있다. 무려 2천여 년의 역사를 자랑하는 스트라스부르는 도시 전체가 유네스코 세계문화유산에 등재된 곳이기도 하다. 스트라스부르의 노트르담 대성당은 제2차 세계 대전 당시 심각하게 파괴되었지만, 프랑스 정부의 노력과 스트라스부르 시민의 힘으로 거의 완벽하게 복원되었다고 한다. 고딕 양식의 날카로운 첨탑에도 불구하고 대성당에서 따뜻하고 부드러운 아우라가 느껴지는 것은 바로 이 건축물이 붉은 사암으로 지어졌기 때문이다.

한여름의 대성당 앞은 그야말로 인산인해라 발 디딜 틈이 없게 느껴지지만, 그 와중에도 수많은 여행자들이 자신도 모르게 보여주는 각양각색의 몸짓들이 눈길을 끌었다. 캐리커처를 그리는 화가 앞에서 포즈를 취하는 사람들의 모습은 언제 봐도 흥미롭다. 캐리커처는 대상을 좀 더 멋지거나 예쁘게 그리는 것이 아니라, 그 사람의 개성을 유머러스하게, 때로는 풍자적으로 그리는 것이기에 다 그리고 난 뒤 사람들의 표정이 그야말로 천태만상이다. 얌전하고 그윽하게, 그야말로 전문 모델처럼 미동도 하지 않고 앉아있던 사람들이, 다 완성된 캐리커처를 손에 쥐면 배꼽을 잡고 폭소를 터뜨린다. 캐리커처를 그리는 화가 주변을 맴

돌며 구경하는 사람들은 모델의 시각에서는 보이지 않는 것들을 미리 다 볼 수 있기에, 그들의 반응도 재미있다. 사람들은 '그가 어떻게 그려지고 있는지'를 이미 알고 있기에, 터져 나오는 웃음을 참느라 입을 가리기도 하고, 미리부터 폭소를 터뜨려 모델들의 눈이 호기심으로 휘둥그레지기도 한다. 아무리 근엄한 사람도, 아무리 차분한 사람도, 캐리커처 화가의 붓 앞에서는 그야말로 어처구니없이 망가져버린다. 모든 엄격하고 단단한 경계를 허물어버리는 캐리커처의 힘. 그런 웃음과 풍자의 시선으로 세상을 바라보는 것만으로도 우리의 감각은 확장되고, 세상을 바라보는 시선 자체가 여유로워질 수 있지 않을까.

스트라스부르는 세 가지 언어로 도시명이 표기된다. 프랑스어로는 Strasbourg, 알자스어로는 Strossburi, 독일어로는 Straßburg이니, 이것만 봐도 스트라스부르가 얼마나 파란만장한 역사의 간난신고를 겪었는지 알 수 있다. 스트라스부르 시민들은 역사 속에서 때로는 프랑스인이었고, 때로는 독일인이었으며, 때로는 프랑스어를 쓰면서도 독일 국민으로 살고, 독일어를 쓰면서도 프랑스 국민으로 살기도 했다. 스트라스부르는 나치 체제 아래서 수많은 유대인들이 학살된 곳이기도 하다. 제2차 세계 대전이 끝나고 나서야 스트라스부르는 프랑스의 영토로 귀속되었고, 1만여 명의 스트라스부르 유대인 중에 무려 2천여 명이 학살당하는 참상이 일어났다. 스트라스부르는 이 참혹한 상처를 딛고 일어나, 이제 명실상부한 '유럽의 수도'가 된 것이다.

문화의 접경지대답게, 스트라스부르에는 독일의 흔적이 강하게 묻어있다. 여기저기서 독일어가 들리고, 스트라스부르 노트르담 대성당도 독일의 쾰른 대성당과 상당히 비슷한 외양을 하고 있다. 파리의 노트르담 대성당에 익숙한 사람들에게는 스트라스부르의 노트르담 대성당이 매우 낯설게 느껴질 것이다. 스트라스부르 대성당은 종교개혁의 커다란 물결이 유럽을 휩쓸던 1521년에는 프로테스탄트 교회가 되었다가, 1681년 스트라스부르가 프랑스 영토로 전환되면서 가톨릭 교회로 되돌아왔다. 이 건물 자체가 프랑스와 독일 사이에 계속된 지난한 영토 분쟁의 산증인인 셈이다. 괴테가 "고딕 성당의 걸작"이라 극찬했던 스트라스부르 대성당은 프랑스에서 두 번째로 높은 첨탑(높이 142미터)을 자랑하고 있으며, 1439년에 완성된 이 첨탑은 한때 세계에서 가장 높은 건축물로 이름을 날리기도 했다.

프랑스와 독일 사이의 분쟁, 2차 대전과 홀로코스트의 상처를 딛고 이제는 브뤼셀과 함께 '유럽의 수도'라는 별명을 얻은 스트라스부르. 스트라스부르를 생각하면 마치 수채화로 그린 엽서 한 장처럼 아련히 떠오르는 이미지는 바로 운하에서 나룻배가 한가로이 드나드는 풍경이다. 몇백 년 동안 허물지 않고 조금씩 보수만 하며 보살펴온 집들의 벽면 색깔은 전혀 낡거나 후줄

근해 보이지 않는다. 오히려 정성껏 칠한 파스텔톤의 페인트로 인해 집집마다 미묘하게 다른 빛깔은 푸르른 하늘빛과 어우러져 자연과 인공의 행복한 조화를 이룬다. 잡념으로 가득한 머릿속을 부드럽게 이완시켜주는 풍경이다.

머릿속 온갖 여행의 필름을 돌려보니, 이런 한가로운 풍경은 베네치아에도 있고, 암스테르담에도 있고, 심지어 중국의 항저우나 쑤저우, 우리나라의 남해 다랭이마을에도 있었다. 무리하게 건물을 부수거나 과도하게 리모델링을 한다든지, 부동산 투기를 위해 건물을 부수거나 짓는 일을 하지 않는 곳. 물론 그런 곳은 도시 전체가 문화유산으로 지정되어있다든지, 마을이나 도시 안에 중요 문화재가 있어서 함부로 개발을 할 수 없는 곳인 경우가 많다. 하지만 꼭 그런 곳이 아니어도, 사람들이 오랫동안 살아온 옛 모습을 존중하고 꾸미지 않고 있는 그대로의 일상의 모습을 보물처럼 소중하게 간직하는 곳은 다 좋다. 그런 장소에 얽힌 추억은 오래오래 마음속에 둥지를 틀어 더 단단한 그리움으로 여물어갔다. 그런 장소에서 나는 깊은 해방감을 느꼈다.

스트라스부르에는 루브르 박물관처럼 화려한 컬렉션도, 나이아가라 폭포처럼 엄청난 스펙터클도 없지만, 그 현란한 구경거리들이 없이도 내 마음을 끄는 무엇이 있었다. 바로 거대한 상처를 딛고 일어나, 상처 안에 갇혀 방어의 탑만 높이 세우는 것이 아니라 더 많은 가능성과 외부인들을 향해 '스스로의 문을 활짝 열어젖힌 도시'라는 점이다. 나는 수많은 트라우마의 흔적을 딛고 유럽의 새로운 중심으로 변모해가는 스트라스부르를 바라보며 언젠가는 내가 사는 이 도시도 그렇게 상처를 극복하고 눈부시게 날아오르는 공간이 되기를 빌었다. 휴전선의 철조망과 아직 터지지 않은 지뢰들로 뒤덮인 이 상처 가득한 나라도, 언젠가는 스트라스부르처럼 아픔과 갈등을 딛고 통합과 화해의 도시로 다시 태어날 수 있으리라는 희망을 품어본다.

3장

빛나는 사람,
빛나는 세상

여행, 부작용 없는 천연 항우울제

더블린(아일랜드)

나는 너를 몰라. 하지만 너를 원해.

I don't know you. But I want you.

— 영화 〈원스〉 중에서

잊을 수 없는 영화 속 한 장면. 연인이 떠나버리고 홀로 남아 아이를 키우는 한 여자는 음악이 너무 듣고 싶어 CD 플레이어를 재생하려 하지만, 건전지가 없다. 건전지를 살 돈조차 없어, 딸아이의 저금통을 몰래 털어 가게로 향한다. 얼빠진 표정으로 건전지를 허겁지겁 사서 집으로 돌아오는 길. 그녀는 '내 아이의 저금통을 몰래 털었다'는 죄책감조차 잠시 잊은 채 마치 구원의 열쇠를 들고 천국의 대문을 열듯, 건전지를 CD 플레이어에 넣는다. 마침내 그녀는 음악이 주는 위안 속으로 미친 듯이 빠져든다. 그녀가 음악에 푹 빠져 모든 시름을 잊은 채 걷고 또 걸었던 그 골목길, 그녀가 '나도 어쩌면 사람들 앞에서 노래를 할 수 있을지 모른다'는 희망을 가지게 된 도시가 바로 더블린이었다. 음악에 빠진 그 순간 그녀는 세상의 모든 아픔을 잊는다. 홀로 남겨졌다는 슬픔도, 벗어날 길 없는 가난도, 홀로 아이를 키워야 하는 현실조차도. 그녀의 음악에는 꾸밈도, 기교도, 허세도 없었다. 오직 음악 속의 멜로디와 리듬이 자아내는 순정한 울림뿐. 평생 거리에서 버스킹 공연에 인생을 바쳐온 한 남자와 함께 그녀는 처음으로 자신의 노래를 부르기 시작한다. "나는 너를 몰라. 하지만 너를 원해." 그 노래를 듣는 순간, 내 가슴에 더블린의 골목골목이 굽이굽이 새겨졌다. 언젠가 저곳에 꼭 가보고 싶다는 가슴속 불씨가 오래오래 꺼지지 않는 화로처럼 마음속에서 조용히 타오르고 있었다.

〈원스〉의 감독 존 카니가 최근에 만든 또 한 편의 음악 영화 〈싱 스트리트〉에서도 더블린은 1980년대 음악의 산실이 된 문화적 배경으로 등장한다. 어떻게 1980년대의 분위기를 그대로 담았을까 궁금했는데, 알고 보니 더블린은 그 당시와 비교해도 크게 변한 것이 많지 않기 때문에 살짝 80년대 분위기만 양념처럼 얹으면 거리 전체가 금세 훌륭한 영화 세트가 된다고 한다.

내가 오랫동안 더블린을 꿈꾼 또 하나의 이유는 이 도시가 수많은 작가들을 낳은 도시라는 점이었다. 조지 버나드 쇼, 제임스 조이스, 윌리엄 예이츠, 오스카 와일드, 조너선 스위프트, 사뮈엘 베케트 모두가 더블린에서 태어났거나 활동한 작가들이다. 더블린은 런던처럼 거대한 도시는 아니다. 면적 115제곱킬로미터, 인구 140만의 중소 도시 더블린에서 노벨문학상 수상 작가가 무려 네 명이나 배출되었다. '이렇게 작은 도시에서 이토록 위대한 작가들이 많이 태어났다니'라는 경탄으로 먼저 다가왔던 더블린. 언제 마셔도 놀라운 맛을 자랑하는 맥주 기네스의 도시이기도 하고, 영화 〈원스〉의 주인공이 거리에서 기타 하나 달랑 들고 노래를 불러 전 세계 사람들을 감동시키던 도시이기도 하며, 록 음악계의 살아있는 전설 U2의 도시일 뿐만 아니라, 〈블로우어스 도터(Blower's daughter)〉라는 노래로 전 세계 음악 팬들을 사로잡은 가수 데미안 라이스의 고향이기도 한 더블린. 나는 글래스고에서 비행기를 타고 더블린으로 가서 며칠간 머무르며 더블린 구석구석을 알차게 여행할 수 있었다.

더블린에 도착하자마자 짐을 풀고 가장 가고 싶었던 곳은 더블린 작가 박물관이었다. 보통 한 도시에 가면 그 도시에서 가장 훌륭한 미술 컬렉션을 갖춘 미술관에 먼저 가곤 했지만, 더블린에서는 미술 작품보다 작가들의 흔적이 더욱 궁금해졌다. 작가 박물관에는 제임스 조이스, 사뮈엘 베케트, 윌리엄 예이츠 등 내가 좋아하는 작가들의 흑백 사진이 가득했고, 그들이 살아온 궤적을 보여주는 각종 기념품들이 오밀조밀하게 모여있었다. 작품을 집필할 때 썼던 타자기, 만년필이나 잉크 같은 필기도구, 지인들과 주고받았던 편지와 엽서, 꼬불꼬불한 전화선이 달린 옛날 전화기, 표지가 나달나달 닳아가는 희귀한 초판본들, 작가들이 썼던 안경. 이 모든 것들은 어쩌면 작가 박물관이라면 어디나 있는 평범한 모습들이지만, 이 작가들을 좋아하는 사람들에게는 매우 특별한 의미를 지닌 물건들이다. 이런 곳에서는 사물들이 사람에게 말을 거는 듯한 따스한 정감이 느껴지곤 한다. 나에게는 제임스 조이스가 직접 연주했던 피아노가 그랬다. 제임스 조이스의 피아노는 마치 그의 뜨거운 분신처럼 느껴졌다. 『젊은 예술가의 초상』이나 『더블린 사람들』에서 보이는 외롭지만 강인한 인물들의 이미지가 그 낡은 피아노 안에 함뿍 담겨있는 것만 같았다.

《론리플래닛》이 선정한 '외국인에게 가장 친절한 도시'가 바로 더블린이라는 소식에 나는 내심 '더블린 사람들'에 대한 기대에 부풀어올랐다. 특히 택시 기사 아저씨들이 무척 친절했는데, 나는 더블린의 택시 기사들과 대화를 나누면서 더블린 사람들을 더욱 좋아하게 되었다. "기사님은 휴가철이 되면 어디로 여행을 떠나세요?"라고 물으니 한 기사는 '스페인'이라고 말했고, 다른 기사는 '포르투갈'이라고 말했다. 특히 스페인 남부의 해변으로

매년 휴가를 떠난다는 기사는 매년 똑같은 호텔의 똑같은 방에 찾아간다고 한다. 나처럼 매년 반드시 다른 곳으로 떠나기 위해 온갖 여행 정보 사이트를 뒤지는 '머릿속이 복잡한 여행자'와 달리, 그분은 휴가란 무릇 편안하고 익숙한 곳으로 떠나는 휴식임을 알고 있었다. 휴가란 익숙한 곳에 편안한 마음으로 아무것도 변하지 않은 그 무엇을 향해 찾아가는 영혼의 휴식임을, 나는 잊고 있었다. 뭔가 새로운 것, 뭔가 대단한 것, 뭔가 특별한 것을 향해 항상 목마름을 느끼는 내 호기심의 안테나를 가끔은 꺼두어야겠다는 생각이 들었다.

또 다른 기사에게는 "더블린에서 가장 좋아하는 장소는 어디세요?"라고 물어보았다. 기사의 대답이 걸작이었다. "아, 더블린에서 내가 가장 좋아하는 장소는 나의 침대죠. 저는 우리 집 침대가 가장 좋아요." 나는 오랜만에 낯선 사람 앞에서 깔깔 웃으며 "저도 집 나온 지 오래돼서 그런지, 정말 우리 집 침대가 그리워요"라고 고백했다. 며칠마다 잠자리가 한 번씩 바뀌는 여행이 처음에는 재미있지만, 여행이 길어질수록 '새로운 잠자리'보다는 '익숙한 잠자리'의 포근함이 점점 그리워졌다. 하지만 '집 같은 편안함'은 꼭 집에만 있는 것이 아님을 깨닫게 해주는 낯선 장소들이야말로 여행의 진정한 매력이다. 파리의 작가들이 카페에서 훌륭한 작품들을 썼다면 더블린의 작가들은 펍에서 맥주를 마시며 글을 쓴다는 소문을 들었는데, 그중에서도 템플 바는 더블린을 찾는 여행자들이 꼭 한 번은 방문하는 명소다. 택시 기사 아저씨의 친절한 안내로 더블린 템플 바에 도착한 나는 향기로운 아일랜드 맥주와 민속 음악에 취해 시간 가는 줄 몰랐다. 맥주 한 잔만 시키면 아름다운 라이브 음악을 실컷 들으며 '더블린 사람들'의 흥취에 흠뻑 빠질 수 있는 그곳에는 언제나 전 세계 관광객들이 붐빈다. 우리 민속 음악의 '추임새'처럼 흥겨운 몸짓과 목소리로 아일랜드 전통 민요를 따라 부르는 관객들 덕분에 템플 바는 취기보다 더 뜨거운 음악의 열기로 가득 찼다. 전통 음악의 매력은 그것이 '나의 전통'이 아닐지라도 단지 그 지방의 토착적인 음악이라는 이유만으로도 묘한 친근감을 불러일으킨다는 점이다. 그곳 사람들이 자신의 집과 가족과 고향을 그리워하는 마음을 담은 노래는 자연스럽게 나의 집과 가족과 고향을 떠올리게 한다. 템플 바에서 나는 아일랜드 전통 음악이 아니라 내 마음속에 흐르던 '우리 동네'를 향한 노스탤지어를 발견했다. 그날 숙소로 돌아가는 길에는 나직하게 우리나라 가요를 흥얼거리며 모국어에 대한 그리움을 달랬다.

작가들의 흔적은 작가 박물관이나 도서관에만 있는 것이 아니라 더블린 거리나 공원 곳곳에 친근한 동상의 형태로 남아있다. 제임스 조이스나 오스카 와일드의 동상은 관광객들에게도 친근한 포토존이 되어준다. 더블린의 최고 명소로 불리는 기네스 공장은 꼭 한 번 가볼 만하다. 기네스를 만드는 전 과정을 속속들

이 체험할 수 있도록 만든 거대한 맥주 체험 테마파크라고 할 수 있는 이곳은 낮에 가도 사람들로 북적인다. 입장료가 살짝 비싼 편이긴 하지만, 마음만 먹으면 하루 종일 그곳에서 다양한 편의 시설과 문화 체험을 즐길 수 있다. 신선한 기네스의 향취를 마음 껏 즐기며 아름다운 라이브 공연을 함께할 수 있는 이곳에서 나는 더블린 사람들의 가장 밝은 미소를 보았다. 술 익는 향기를 온몸으로 느끼며 사랑하는 이들을 향한 그리움과 잃어버린 시간을 향한 그리움도 함께 익어가는 더블린의 밤이었다.

> **코너** 우리 형이 그러던데, 위대한 예술가들은 전부 이 나라를 뜰 수밖에 없었다는데. 여기 남는 사람들은 다들 우울해져서 알코올중독자나 됐으니까.
>
> **라피나** 일리 있는 말이구나.
>
> —영화 〈싱 스트리트〉 중에서

나는 더블린과 작가들의 관계를 알아보다가, 대부분의 작가들이 결국은 더블린을 떠났다는 사실을 알게 되었다. 그들이 청운의 꿈을 펼칠 수 있는 곳은 결국 비좁은 더블린이 아닌 런던이나 파리 같은 대도시였고, 그들은 가난과 비참으로 얼룩진 조국의 현실 속에서 좀처럼 예술의 활로를 찾지 못했다. 나는 이토록 더블린에 오고 싶었는데, 내가 찾던 그들은 그토록 더블린을 떠나고 싶었다니. 『버나드 쇼-지성의 연대기』에는 더블린을 마음의 안식처로 두면서도 결국 한창 왕성한 활동을 할 때는 더블린을 떠나있었던 버나드 쇼의 솔직한 고백이 담겨있다. "내 인생의 과업은 아일랜드에 국한된 경험을 밑천 삼아 더블린에서 펼칠 수 있는 그런 것이 아니었다. 나는 런던에 가야 했다. 내 아버지가 곡물 거래소에 가야 했던 것처럼 말이다. 런던은 영문학의 중심지이자 영어권 예술 문화의 중심지였다." "문화예술계에서 승부를 보려는 아일랜드인은 누구나 대도시에 살면서 국제 문물을 접해야 한다고 느꼈다. 다시 말해, 일단 아일랜드부터 벗어나야 한다고 느꼈다. 나 역시 예외가 아니었다." 버나드 쇼는 문화의 변방 더블린에서 문화의 중심을 창조했고, 노벨문학상과 아카데미 각본상을 모두 탄 세계 유일의 작가가 되었다.

버나드 쇼는 『더블린 사람들』의 작가 제임스 조이스보다 더 직접적으로 더블린에 대한 애증을 표현했다. "더블린에는 고상하고 진지한 것을 비도덕적이고 바보 같은 것과 혼동해서 조롱하고 업신여기는 경박하고 무익한 풍토가 존재하는 듯했다. 나는 실패도 싫고, 가난도 싫고, 비천함도 싫고, 그런 것들과 연결된 배척과 멸시도 싫었다. 그런데 잠재적 야망이 어마어마한 나에게 더블린이 제시하는 거라곤 그런 것들뿐이었다." 더블린의 작가들은 그토록 더블린을 떠나고 싶어했지만, 여행자들은 바로 그들이 그토록 떠나고 싶어했던 더블린에 매혹된다. 그다지도 더블린을

떠나고 싶어했던 그들이 오늘에는 전 세계의 수많은 여행자들이 더블린을 찾는 이유가 되다니, 이 또한 흥미로운 아이러니가 아닐 수 없다. 제임스 조이스는 비록 20대 초반에 더블린을 떠나긴 했지만, 그의 작품 속에는 늘 더블린을 향한 노스탤지어가 살아 숨쉬고 있었다. 그에게 더블린이라는 도시는 단지 아일랜드의 수도이거나 자신의 고향으로서가 아니라 인류의 보편성을 머금고 있는 상징적인 도시이기도 했다. "나는 늘 더블린에 대해 글을 쓴다. 내가 더블린의 심장에 다가간다는 것은 전 세계 모든 도시의 심장에 다가가는 것이다. 부분 속에 전체가 담겨있으므로." 그는 『더블린 사람들』에서 아름답고 살기 좋은 더블린이 아닌, 가난과 범죄, 온갖 부정부패와 비리가 판을 치는 더블린의 참혹한 혼돈을 그려냈다. "밤에 유리창을 쳐다볼 때면 나는 으레 '마비'라는 단어를 속으로 가만히 되뇌었다." "마비라는 단어를 떠올리면 공포심에 사로잡히면서도, 나는 그 곁에 더 바짝 다가가 그 '마비'란 놈이 저질러놓은 죽음의 모습을 보고 싶어 애가 탔다."

더블린의 겨울은 춥고 혹독했지만 나는 하루 종일 2만 보가 넘게 걷고 또 걸음으로써 추위와 우울을 잊었다. 더블린의 겨울은 물론 추웠지만, 우리나라의 한겨울보다는 훨씬 덜 추워서 견딜 만했다. 겨울에는 자칫 따뜻한 실내 공간을 찾아다니면서 움츠러들기 쉬운데, 그러다 보면 침울한 기분에 빠지기 쉽다. 겨울 여행이 매력적인 것은 끊임없이 움직임으로써 자꾸만 가라앉는 기분을 상쾌하게 끌어올리는 것이다. 버나드 쇼는 이렇게 말했다. "내가 행복한지 행복하지 않은지 고민할 시간을 갖는 것"이야말로 불행의 비결이고 "행복하고 행복하지 않고는 기질에 따른 것"이라고. 행복해야 한다는 강박 때문에 더욱 불행해지는 사람들에게 버나드 쇼는 이런 조언을 남겼다. "뭔가에 몰두해있는 사람은 행복하지도 불행하지도 않다. 움직이며 살아있을 뿐. 그건 행복보다 기분 좋은 상태다." 때로는 낯선 도시를 끊임없이 걷고 또 걷는 것이 행복도 불행도 아닌 '그것보다 더 좋은 상태'를 느끼게 하는 마음 챙김의 비결이 아닐까. 유럽의 겨울 여행은 비수기라고들 하지만, 내가 떠난 모든 겨울 여행은 하루하루가 빠짐없이 다 좋았다. 책 속에서만 생각하고 텔레비전이나 인터넷을 통해 세상을 보기보다는, 신발을 신고, 그 신발에 흙을 묻히고, 낯선 사람을 만나고, 더 부지런히 '살아있음'을 느끼고 싶을 때, 나는 여행을 떠난다. 여행은 결코 권태나 매너리즘에 빠지지 않는, 부작용의 위험 또한 전혀 없는 천연의 항우울제가 되어주기에.

당신의 심장을 뛰게 하는 장소, 그곳이 바로 '내릴 곳'입니다

던디(영국)

영원은 시간과는 상관이 없다. 시간은 우리를 영원으로부터 몰아낸다. 영원은 지금이다. 신화가 가리키는 것은 현재의 초월적 차원이다.

—조셉 캠벨, 『블리스, 내 인생의 신화를 찾아서』 중에서

지치고 막막할 때, 가끔은 천사가 내 여행을 돕고 있다는 느낌을 받을 때가 있다. 예상치 못한 던디행을 결정했을 때가 바로 그런 때였다. 사실 내가 가지고 있는 영국 여행 책자에는 던디라는 작은 도시에 대한 안내가 없었다. 던디라는 지명도 에든버러에서 인버네스로 가고 있는 도중에 기차에서 내

리는 다른 사람의 모습을 보고 알게 된 것이었다. 내 좌석으로 예약되어있었던 자리에 어떤 대학생이 앉아있었는데, 그가 노트북을 덮고 황급히 내린 도시가 바로 던디였다. 보통 기차역 주변에서는 도시의 진면목이 잘 보이지 않는 경우가 많은데, 던디는 기차역으로 들어오는 순간 '바로 여기다!' 하는 생각을 하게 만들었다. 화려한 건축물은 없었지만 '참 아늑하고 따스하다'는 느낌을 주는 곳이었다. 시간이 많다면 이 도시에 바로 충동적으로 내리고 싶을 정도로, 첫눈에 옛것과 새것의 조화가 매혹적인 도시였다.

보름 동안 계획되어있던 스코틀랜드 여행을 마치고 잠시 짬이 나자 글래스고에서 던디로 떠날 수 있는 시간이 될 것 같았다. 던디는 작은 도시지만 예전부터 항구가 유명해 인구 유입이 잦은 곳이었고, 그만큼 개방적인 분위기를 지닌 도시였다. 그날은 하루 종일 천사들이 내 여행을 지켜주는 느낌이 들었다. 여행자 정보 센터에 들리자마자 친절한 할머니를 만나 던디 대성당과 박물관, 선박 체험관 등의 정보를 안내 받았다. 대도시의 여행자 정보 센터에는 워낙 사람이 많고 번호표를 들고 한참 기다려야 할 정도로 업무가 밀려있지만, 이렇게 작은 도시에서는 안내를 받아야 할 사람이 나 혼자일 때가 많다. 일요일에도 기쁜 마음으로 출근하신 할머니는 나에게 시종일관 밝은 미소로 던디의 지도와 매력적인 장소들을 일러주셨다. 지역 문화의 중심지인 케어

드홀을 지나 던디 아트 갤러리에 도착하니 뜻밖에도 내가 좋아하는 화가 단테 가브리엘 로제티의 그림이 있어 더욱 반가웠다.

로제티는 단테와 베아트리체의 이야기를 화폭에 자주 남겼는데, 던디 아트 갤러리에는 베아트리체의 죽음 앞에 선 단테의 모습이 정중앙에 자리 잡고 있었다. 평생을 바쳐 사랑한 여인이 죽어가는 모습을 지켜보는 단테의 비통한 표정을 그린 이 그림은 오래도록 머물러 서있고 싶은 감동적인 그림이었다. 던디 아트 갤러리에는 그리스 로마 신화에 관련된 작품들도 많았고, 이 도시의 역사를 자세히 설명해주는 화석들과 선박들, 옛사람들이 즐겨 쓰던 생활용품들도 전시되어있었다. 작은 박물관 특유의 아늑함과 직원들의 친절함도 오래도록 가슴에 남을 것 같았다. 그림과 조각들을 자세히 감상한 후 잠시 앉아서 던디의 역사를 설명하는 안내 책자를 보고 있는데, 미술관 스태프 중 한 분이 나에게 말을 걸었다. "던디에 처음이시죠? 오늘 날씨도 좋은데 실내에만 있지 말고 야외로 나가 던디의 매력을 느껴보는 게 어떠세요?"

박물관에 동양인이 거의 없기도 했고, 내 손에는 던디의 지도가 들려있었기 때문에 금세 '나는 던디에 처음 오는 여행자입니다'라는 정보가 한눈에 들어왔나 보다. 나는 겸연쩍게 웃으며 어디를 추천하고 싶은지 물었다. 스코틀랜드에서 오랫동안 살아온 토박이라 발음을 알아듣기가 어려웠지만, 나는 귀를 쫑긋 세우고 열심히 그분의 이야기를 들었다. "브로우티 페리라는 곳에 한번 가보세요. 제가 좋아하는 곳이거든요. 던디에 왔으면 거길 꼭 가봐야 해요. 아름다운 해변이 펼쳐져있고, 브로우티 캐슬도 훌륭합니다. 거기서 점심도 들고, 차도 마시고, 해변도 걸어보세요. 가볼 만한 가치가 있는 곳이지요." 가볼 만한 가치(worth to visit)가 있다니, 멋진 표현이란 생각이 들었다. 그분은 내가 가지고 있는 지도에 브로우티 페리의 위치를 표시해주고, 버스 정류장과 버스 번호까지 알려주며 이렇게 말했다. "처음 방문하는 사람도 가기 어렵지 않아요. 버스 요금도 아주 싸고요. 꼭 가보세요." 아마 내가 두려움이나 귀찮음 때문에 포기할까 봐 걱정이 되었나 보다. 나는 흔쾌하게 대답했다. "예, 꼭 가볼게요. 정말 감사합니다."

이렇게 찰떡같이 대답했지만, 생전 처음 와보는 이 도시에서 예정에도 없던 또 다른 방문지에 무사히 갈 수 있을지 걱정이 되었다. 하지만 그날은 행운의 연속이었다. 버스 정류장을 가느라 헤맬 때도 모두들 친절하게 길을 알려주었고, 버스에서 타고 내릴 때도 우리의 옛 '안내양'의 역할을 해주는 아저씨 한 분이 "여기 지금 꼭 내리세요"라고 일일이 안내를 해주었다. 도시 전체가 여행자에게 마음을 활짝 열어주는 느낌이었다. '소도시 여행의 매력은 바로 이런 거지' 하고 스스로 뿌듯해하며 나는 브로우티 페리에 성공적으로 도착했고, 드디어 눈부시게 펼쳐진 스코틀랜드의 해변을 만났다. 사실 해변의 모습은 기차를 타고 오가면서 여러 번 봤지만 한겨울이라 날씨가 너무 춥거나 비가 오거나 바람이 불어 가까이 가보는 것은 매번 포기하던 중이었다. 스코틀랜드의 겨울 날씨는 정말 '한 서린 여인의 통곡' 같아서 엄청나게 바람이 불거나 하염없이 비가 내리곤 했다. 그런데 내가 던디에 간 날은 신기하게도 곧 봄이 문턱에 다가온 것처럼 따사롭고 화창했다.

브로우티 페리의 해변을 거닐다 보면 신기한 장면을 많이 보게 된다. 일단 거대한 백조들의 몸짓이 심상치 않다. 그들은 커다란 강아지처럼 우람한 덩치를 선보이며 해변 곳곳에 느긋하게 앉아있다. 사람이 가까이 가서 사진을 찍고 키득키득 웃어도 눈길 한 번 주지 않는다. '원래 내가 여기 주인인데, 객들이 와서 법석을 떠는구나' 하는 표정으로 물장구를 치기도 하고, 물끄러미 바다를 바라보기도 하고, 불현듯 화려한 날개를 펼치며 힘차게 날아오르기도 한다. 수백 마리 백조들이 워낙 거대한 무리를 형성하고 있기 때문에 갈매기나 비둘기 등 다른 새들은 귀여운 엑스트라들로 보일 정도다.

브로우티 캐슬의 위풍당당한 모습도 던디의 명물 중 하나다. 성벽 위로 올라가면 던디의 전경이 한눈에 보이는데, 한겨울에도 파릇파릇한 잔디가 자라나고 놀랍도록 흠집없이 보존된 성곽의 윤곽선이 만들어내는 스카이라인은 파워풀하면서도 단호한 느낌을 준다. 그날 여행의 하이라이트는 해변을 끊임없이 걸어가는 기나긴 산책자들의 퍼레이드였다. 강아지를 네 마리씩이나 데려와 아이들과 해변에서 뛰놀게 하는 부부, 한겨울에도 던디의 햇살이 너무 좋아 신발은 물론 양말까지 벗고 햇살 바라기를 하는 아랍 소녀들, 추운 날씨에도 반바지 차림으로 씩씩하게 조깅을 하는 사람들, 연인끼리 자전거를 타고 달려와 해변의 산책로를 달리는 사람들. 그들을 보고 있으니 1월 말의 한겨울 날씨에도 불구하고 던디에는 이미 '이른 봄'이 와버린 것 같았다. 스스로 윈터 블루스(겨울 우울증)를 걱정하며 침울해졌던 나는 던디에서 마음껏 웃을 수 있었다. 나는 그날 깨달았다. '마음의 봄'이 지닌 감성의 온기만으로도 움츠러드는 겨울 나그네의 마음을 다스릴 수 있다는 것을. 천사의 가이드를 받아 찾아간 던디의 브로우티 페리, 그곳에서 나는 한겨울에도 마음의 봄을 품어 안는 법을 배웠다.

미니멀리즘, 삶을 가볍고
단순하게 만드는 마법

헬싱키(핀란드)

나는 아직도 존재가 무엇인지 잘 모른다. 의식이 무엇인지 잘
모른다. 하지만 희열이 어떤 것인지는 알고 있다. 그것은 온전하게
현재에 존재하는 느낌, 진정한 나 자신이 되기 위해 해야 하는 어
떤 것을 하고 있을 때의 느낌이다.

—조셉 캠벨,『블리스, 내 인생의 신화를 찾아서』중에서

왜 이렇게 모든 것들이 아기자기하고 사랑스
러우며 어여쁠까. 핀란드의 헬싱키에 도착했을 때 가장 먼저 느
낀 도시의 인상이었다. 헬싱키의 항구와 곧바로 연결된 시장 좌
판에 놓인 체리와 블루베리, 길거리의 평범한 카페 입구에 놓인

화분 하나하나, 인테리어 소품을 파는 자그마한 가게의 소품, 그 어느 것도 예쁘지 않은 것이 없었다. 그들은 단지 팔기 위해 상품을 전시하는 것이 아니라 삶을 더욱 아름답게 만들기 위해 상품 하나하나를 소중한 존재로 쓰다듬고 돌보는 듯 보였다. 무심코 놓인 듯한 자전거 한 대, 노천카페의 테이블 위에 놓인 양초 하나하나도 조금 더 정성스러워 보이고 조금 더 사랑스러워 보였다. 거기 유명하고 화려한 것들이 있어서가 아니라 '이름 붙일 수 없는 것들'조차 빨강머리 앤의 수다스러움으로 저마다 나름대로의 이름을 붙이고 싶은 곳이 바로 헬싱키였다.

핀란드 사람들은 좀처럼 충동구매를 하지 않는다고 한다. 물건을 살 때 엄청나게 오랜 시간 고민하고 심사숙고하여 구매를 결정하기 때문에 '싸게 사고, 몇 번 입고, 빨리 버리는' 최근의 패스트 패션(fast fashion) 브랜드식 소비는 발붙일 틈이 없다. 자립심 강하게 키워진 핀란드의 자녀들이 일찌감치 독립을 할 때 부모들은 이렇게 묻는다고 한다. "어떤 그릇을 가져가고 싶니?" "무슨 브랜드 그릇을 좋아하니?" 독립을 하거나 결혼을 할 때 그릇이나 냄비를 무조건 새것으로 사주는 우리 문화와는 달리, 핀란드 사람들은 오래오래 쓰던 식기를 자녀들에게 물려주는 것을 전혀 이상하게 생각하지 않는다. 예컨대 남녀노소 모두에게 두루 사랑받는 이딸라(iittala)의 식기들은 단지 트렌디한 제품들이 아니라 대대로 물려주어도 전혀 촌스럽거나 지겹지 않은 디자인

과 색감을 지니고 있다. 내구성은 기본이다. 옷장에 옷이 꽉 차 있으면서도 '어디 갈 때 입을 옷이 없다'고 걱정하는 우리들과 달리, 그들은 '옷은 해지거나 떨어지면 산다'는 지극히 단순하고도 소박한 신념을 실천한다. 폭탄 세일이나 1+1 행사에 혹하여 많은 물건을 한꺼번에 충동적으로 사기보다는, 대를 물려 쓸 수 있을 만큼 좋은 물건을 제값 주고 구매하여 오래오래 길들이고 소중히 여기는 지혜는 핀란드 사람들이 척박한 환경(혹독한 겨울이 1년에 거의 6개월이나 이어지는 이곳의 기후와 좁은 영토, 부족한 자원 등) 속에서 오랫동안 안정된 라이프 스타일을 유지해온 비결이기도 하다.

나는 특히 핀란드의 대표적인 만화 캐릭터인 '무민 가족'을 워낙 좋아해서, 귀여운 하마 가족 무민네가 그려진 머그컵을 두 개 사고는 엄청나게 뿌듯해하며 '이제부터 나도 이 그릇을 조카들에게 대대로 물려주고 싶다'는 야무진 결심을 하기도 했다. 하지만 나 또한 미니멀리즘을 지금 당장 실천하기엔 너무도 많은 물건을 쌓아놓고 살아온 '귀 얇은 소비자'에 속한다. 당장 쓸 것도 아니면서 할인 행사에 혹해 상품을 신나게 구매하고, 집에 돌아와 보면 거의 비슷한 디자인의 상품들이 곳곳에서 발견된다. 유행은 변해도 취향은 변하지 않으니, 나도 모르게 자꾸만 비슷비슷한 물건을 쟁여놓고 어쩔 줄 몰라 하는 것이다. 요새 유행하는 '살림의 미니멀리즘'은 사실 산더미처럼 쌓여 인간의 누울 자리까지 위협하는 물건과의 전쟁이자, '많이 사놓고 다 못 쓰고, 수납 공간이 없어 한꺼번에 버리기'라는 극단적인 선택을 내포할 위험이 있다. 이미 우린 너무 많은 물건들을 집 안에 쌓아놓아서, '삶의 미니멀리즘'을 실천하기 위해서는 '한꺼번에 버리기'라는 초강수를 둘 수밖에 없는지도 모른다.

미니멀리즘은 하루아침에 물건을 와르르 버리는 이벤트식 대청소로는 지속적으로 실천하기 어렵다. 1인 가구, 2인 가구가 늘어나고 가구들의 평균 임대 계약 기간이 외국에 비해 매우 짧은 한국에서는, 이사할 때마다 버려지는 가구와 의류 쓰레기들이 엄청나다. 핀란드 사람들의 검소함은 그들 특유의 미적 감각과 어우러져 대대로 이어지는 일상의 미니멀리즘을 실천할 수 있는 문화적 토양이 된다. 이사 갈 때마다 인테리어를 시시각각 바꾸면서 그때마다 가재도구를 다 버리는 것을 미니멀리즘이라고 할 수는 없다. 본래 물건의 가짓수가 적어야 하고, 버릴 물건이 없도록 지극히 깔끔하고 단순하게, 그러면서도 스스로의 생활 패턴을 최대한 단순화시키면서도 미적인 감각을 충족시켜주는 인테리어야말로 미니멀리즘의 기본 정신일 것이다. 그러니까 어쩌면 진정한 미니멀리즘은 핀란드 사람들의 가구 물려주기나 그릇 물려주기 문화처럼 최소한 3대에 걸쳐 완성되는 것은 아닐까.
헬싱키를 대표하는 건축물로는 템펠리아우키오 교회가 있다.

1969년 건축가 티모와 투오모 수오말라이넨 건축가 형제가 거대한 암반의 형태를 최대한 유지하면서 만들어낸 교회인데, 워낙 웅장하면서도 장엄한 느낌으로 방문객을 압도하는 곳이지만 막상 교회 안으로 들어가보니 정겨우면서도 아늑한 분위기가 금세 '이곳에 오래오래 앉아있고 싶다'는 느낌을 주었다. 최대한 자연광이 들어오도록 둥근 창을 천장과 외벽 사이에 커다랗게 만들었고, 천연 그대로의 질감이 생생하게 살아있는 천연 암석의 벽면이 목재 가구들과 어우러져 자연의 온기를 느낄 수 있었다.

게다가 내가 방문했던 7월 말은 오케스트라 공연 리허설이 한참 진행되고 있어, 나는 라흐마니노프 제2번 교향곡을 거의 처음부터 끝까지 다 듣는 행운을 누릴 수 있었다. 리허설은 완전히 무료로 공개되고 있었고, 연주자와 지휘자는 방문자를 전혀 개의치 않고 연습에만 집중하고 있었다. 게다가 템펠리아우키오 교회의 장중하면서도 개방적인 분위기 속에서, 천연 암반으로 이루어진 벽과 목재 가구들 사이로 울려 퍼지는 오케스트라의 음률은 천상의 멜로디처럼 영롱하게 마음속으로 스며들었다. 단지 리허설만 봤는데도 벅찬 감동이 밀려와 자리를 뜰 수가 없었다. 이렇게 아름다운 공연을 무료로, 게다가 거의 풀타임으로 관람할 수 있다니. 게다가 천편일률적인 검은 옷차림이 아닌 캐주얼한 옷차림의 연주자들을 바라보며 음악을 들으니, 더욱 자연스럽고 친근한 느낌이 들어 더 편안했다.

헬싱키 여행의 하이라이트는 역시 시벨리우스 공원이었다. 음악가의 삶을 기념하는 공원이 그토록 아름다우면서도 세련되게 조성될 수 있다는 사실이 놀라웠고, 도착하기 전부터 인터넷 사진을 무수히 찾아보며 잔뜩 기대감에 부풀어있던 상태였다. 기대가 크면 실망도 큰 법이라지만, 시벨리우스 공원은 내 상상과 기대를 훌쩍 뛰어넘었다. 광각 렌즈로도 다 담지 못할 정도로 다채롭고도 광활한 풍경이 곳곳에서 입을 딱 벌어지게 만들었다. 시벨리우스의 바이올린 콘체르토를 이어폰으로 들으며 황홀경에 빠진 나는 이미 잔뜩 감동할 마음의 준비를 단단히 하고 있어 눈에 들어오는 모든 풍경이 소담스럽기 이를 데 없었다. 하이드 파크처럼 거대하진 않지만, 그 안에 동식물들의 가짓수가 워낙 많아 시벨리우스 공원만으로도 하나의 오롯한 생태계를 구성하는 느낌을 주었다. 오리와 백조 들이 여기저기서 사람을 전혀 무서워하지 않으며 자기네들끼리 신나게 물장구를 치거나 일광욕을 하고 있었고, 침엽수가 빽빽하게 하늘 위로 치솟은 울창한 숲 곳곳에는 아담한 벤치가 놓여있어 사람들이 마음 놓고 오후의 햇살과 하늘을 만끽할 수 있었다. 무엇보다도 시벨리우스 공원의 하이라이트는 시벨리우스의 초대형 동상과 거대한 파이프 오르간을 닮은 눈부신 조형물이다. 시벨리우스의 비장하면서도 화려한 선율을 시각화하면 바로 이런 조형물이 되지 않을까 하

는 생각이 들었다.

엘라 힐투넨의 1967년 작품인 〈시벨리우스 모뉴먼트〉는 마치 지상의 현실과 천상의 멜로디를 이어주는 꿈의 사다리처럼 보였다. 그는 아름다운 음악을 아름다운 미술 작품으로 멋지게 '번역'해내고 있는 듯 보였다. 전체적으로는 파이프 오르간의 형상을 하고 있지만, 보는 사람의 마음과 각도에 따라 매우 자유롭게 해석될 수 있는 여지를 남겨놓았다. 내 눈에 비친 시벨리우스 모뉴먼트는 '하늘에 걸린 악보'처럼 보였다. 지극히 내성적이고 무대공포증이 심했던 시벨리우스가 단지 특정한 관객이 아닌 저 하늘로 쏘아 보내는 아름다운 하모니를 그려낸 악보처럼 보인 것이다. 시벨리우스 개인의 재능도 물론 중요했지만, 시벨리우스는 예술가에 대한 핀란드의 적극적인 지원의 혜택을 톡톡히 받아 더욱 안정적으로 창작에 몰두할 수 있었다. 음악가가 되고 싶은 그의 꿈에 반대하는 가족들 때문에 자신의 꿈과는 달리 헬싱키 법대에 입학하여 힘든 시간을 보내기도 했고 심각한 무대공포증 때문에 속앓이를 하던 시벨리우스였지만, 1897년부터는 국가에서 그에게 종신 연금을 지급하여 그는 무려 92세까지 돈 걱정 없이 창작에 전념할 수 있었던 것이다.

시벨리우스 공원을 둘러싸고 있는 호숫가를 천천히 걸으며 나는 나도 모르게 중얼거렸다. 이렇게 짧게 방문할 곳이 아닌데, 헬싱키는 오래 머물면서 '살아봐야 제맛'인 도시가 아닐까. 온몸이

둥글둥글, 귀엽고도 정감이 넘치는 무민 캐릭터처럼 한없이 느긋하게, 누구도 공격하지 않고 누구와도 경쟁하지 않는 핀란드 사람들처럼 살아보고 싶었다. 아쉽게 리허설만 구경하는 것이 아니라 오케스트라의 공연 전체를 천천히 관람하고도 싶고, 헬싱키 문화의 진수로 소문나있는 칼리오 거리도 하염없이 걷고 싶었다. 일정 때문에 짧게 방문하고 나면 어김없이 '다음에 꼭 다시 와야지'라고 생각하게 되는 내 마음속의 '살아보면 더 좋을 도시 톱10' 리스트 안에 헬싱키도 기쁜 마음도 기입해 넣었다.

서로 전혀 모르는 사람들끼리도 인터뷰를 통해 '셰어 하우스'를 하며 거리낌없이 '낯선 이방인'을 자신의 삶 깊숙한 곳으로 초대할 수 있는 핀란드 사람들. 가구를 물려받는 것으로도 모자라, 길가에 버려진 가구를 멀쩡하고 어여쁘게 개조하여 가구비 하나 안 들이고 새집 인테리어를 하는 사람들. 넓은 집에 욕심을 내어 부동산에 집착하지 않고 지금 있는 집을 최대한 효율적이고 아름답게 꾸며 기나긴 겨울 동안에는 '내가 직접 꾸민 인테리어 디자인'의 묘미를 즐기며 살아가는 사람들. 재봉사 어머니와 용접공 아버지 사이에서 태어난 진짜 서민의 딸 타르야 할로넨이 대통령이 된 나라, 핀란드. 누구도 도태시키거나 낙오시키지 않고, 한 명 한 명을 소중한 인재로 키워내는 핀란드식 교육 혁명의 내밀한 실상도 속속들이 알아보고 싶다. 언젠가 다시 헬싱키로 떠날 수 있다면, 모든 것이 풍족해서 아름다운 도시가 아닌, 척

박함 속에서도 최고의 아름다움과 격조 높은 문화적 향기를 뿜어내는 헬싱키 사람들의 '다정한 이웃'이자 '속 깊은 친구'가 되어 살아보고 싶다.

유령들의 다정한 속삭임을 듣다

요크(영국)

만약에 어떤 사람이 수백만 개의 별들 중에서도 세상에 단 하나밖에 없는 꽃을 사랑하고 있다면 그 사람은 그 별을 바라보기만 해도 충분히 행복해질 거야. '저 별 어딘가에 내 꽃이 있겠지' 하면서 말이야.

—생텍쥐페리, 『어린 왕자』 중에서

대도시만의 편리함과 화려한 구경거리는 없지만, 오랜 세월이 빚어낸 역사와 추억의 풍경이 하나하나 이야기를 담은 벽돌처럼 아름다운 모자이크를 만들어내는 도시가 있다. 영국의 중세 도시 요크가 바로 그런 곳이다. '영국의 역사를 알려면 요크의 역사를 공부하라'는 말이 있을 정도로, 요크는 영국의 다채로운 역사적 기억을 품고 있는 도시다. 로마시대에 지은 성곽이 아직 건재할 정도로 요크는 오래된 도시다. 서기 208년, 로마인들은 요크에서 처음으로 마라톤을 시작했다고도 전해진다. 요크는 바이킹의 도시이기도 했는데, 요크의 어원인 요르빅(Jorvik) 또한 바이킹들이 지은 이름이라고 한다. 이 도시에 처음 도착했을 때 나는 스페인의 톨레도를 떠올렸다. 1층, 2층으로 올라갈수록 처마가 점점 넓어지는 요크식의 오래된 목조 건물들은 굽이굽이 휘돌아치는 골목길의 아름다움을 느낄 수 있었던 아늑하고 사랑스러운 도시 톨레도의 기억을 되살려주었다.

요크를 방문할 때 꼭 방문해야 할 세 가지 장소를 꼽으라면, 나는 요크 민스터와 요크 성곽 그리고 샘블스 거리를 꼽을 것 같다. 요크 민스터는 성당이나 교회 건축에 별 관심이 없는 사람들까지도 압도시키는 장중한 풍광을 자랑한다. 어느 각도에서 찍어도, 아무리 흐린 날씨에도, 장엄하면서도 고결한 자태를 한껏 펼쳐 보인다. 시시각각 조도와 바람의 방향이 변할 때마다, 요크 민스터는 인간의 생로병사를 하루아침에 다 보여주는 듯 다채로운 건축의 얼굴을 보여준다. 요크 민스터의 꼭대기에 올라가면, 오래된 중세 도시 요크의 아담하면서도 정감 있는 풍경이 한눈에 펼쳐진다. 요크 민스터는 북유럽에서 가장 커다란 고딕 대성당이기도 하며, 이 거대한 대성당을 짓는 데만 무려 250년

(1220~1472)이 걸렸다고 한다.

요크 성곽은 그 자체로 훌륭한 산책로다. 크로아티아의 두브로브니크 성곽이 비싼 입장료를 내야 해서 여행자들을 한두 번 망설이게 하는 곳이라면, 요크 성곽은 무료 입장이기에 누구나 부담없이 성 전체를 천천히 성 위에서 돌아보는 기쁨을 만끽할 수 있다. 중세의 요새 도시답게 여전히 견고하고도 완벽하게 보존된 성곽은 보는 이들로 하여금 찬탄을 자아내게 한다. 성곽을 천천히 걷다 보면, 조금씩 보수 공사를 하고 있는 옛 저택들을 볼 수 있다. 많은 사람들은 편리한 대도시를 향해 떠났지만, 여전히 이 중세풍의 도시를 그리워하는 사람들은 이런 곳에 살고 싶어할 만하다. 그래서인지 요크 곳곳에는 부동산 중개업소가 많이 눈에 띄었는데, 다른 도시와 달리 요크에서는 '첨단의 공법'이나 '세련된 인테리어'를 자랑하는 집이 아니라 '옛 모습을 그대로 간직한 고풍스러운 집'의 모습을 강조하는 광고들이 많았다. 요크 민스터의 아련한 모습이 곳곳에서 다른 각도로 포착되는 동안, 시시각각 변하는 풍경 속에는 요크의 옛 저택들이 저마다 자신들이 걸어온 역사를 뽐내는 것 같았다. 한겨울에도 열심히 잔디를 깎는 사람들, 봄에 나무들이 더 잘 자랄 수 있게 흙을 갈아주는 사람들, 정원에 티테이블을 놓고 차를 마시는 사람들 모두가 요크가 만들어내는 거대한 이야기의 모자이크 속 주인공들이었다.

요크에 있는 짧은 시간 동안 금방 '이 도시에 정이 들어버렸다'고 생각하게 만든 장소는 바로 샘블스 거리다. '샘블스(shambles)'는 원래 도살장, 푸줏간, 난장판, 혼란이라는 뜻인데, 지금은 이토록 아기자기하고 알록달록한 모습을 지니고 있는 이곳이 왜 그렇게 끔찍한 이름을 지녔을까 의아했다. 알고 보니 이곳은 실제로 중세 시대에 푸줏간들이 잔뜩 모여있던 곳이었다. 고기들을 주렁주렁 매달아놓고 여기저기 가격을 흥정하던 푸주한들의 목소리가 골목길을 가득 채우던 곳. 온갖 고기들을 자르고, 무게를 달고, 고기 주위로 몰려드는 파리와 새를 내쫓고, 뼈다귀들과 흐르는 피들이 난무했던 곳. 그곳은 뜨거운 삶의 현장이었지만, '위생'을 최고의 가치로 삼는 현대 사회의 변화 속에서 사라져갈 수밖에 없었다. 고기들은 햇빛을 받으면 금방 상하기 때문에 맞은편 지붕들이 거의 다닥다닥 붙어있는 이 골목길은 지금은 어여쁜 카페들과 오밀조밀한 부티크 상점들이 늘어서있다. 이곳은 유럽에서도 가장 옛 모습을 잘 간직한 중세 상점들의 거리로 알려져있다.

나는 이 거리가 너무 좋아서 밤에 한 번 더 천천히 그 길을 걸어보았다. 눈을 감고 길을 천천히 걸어보니 상인들의 온갖 흥정 소리, 자질구레한 말다툼 소리, 빨리빨리 일을 처리하라는 독촉의 목소리, 여기저기서 터지는 정겨운 웃음소리, 고기들이 탁탁 도마에 잘려나가는 소리들이 아직도 들리는 듯했다. 현대 사회는 삶이 만들어지는 과정을 철저히 숨기고 오직 결과물들만이 깔끔하게 전시되는 데 익숙해져버렸다. 푸줏간은 없어져버리고 이제 고기를 손질하는 모든 과정은 커다란 공장에서 이루어진다. 아이들은 닭이 알을 낳는 장면, 농부가 모를 심는 장면, 어부가 고기를 잡는 장면을 텔레비전이나 인터넷을 통해 마치 '신기한 다큐멘터리'를 보듯 관람한다.

하지만 우리가 여전히 중세의 문화나 역사에 대한 그리움을 간직하는 이유는 삶의 과정 한 컷 한 컷이 골목길 곳곳에 묻어나던 정겨운 삶의 현장에 대한 향수 때문이 아닐까. 실을 한 올 한 올 자아내서 옷감을 만들고 그 옷감을 직접 사람의 몸에 대보고 하나하나 치수를 재서 마름질하고 재단이 끝난 옷감을 또 며칠씩 걸려 바느질을 해서야 옷 한 벌이 완성되는 동안, 사람들은 '내가 이 옷을 만들어냈구나' 하는 뿌듯함, '이 옷이 만들어지는 과정 하나하나가 다 모두 내 것'이라는 만족감을 느꼈을 것이다. 우리는 그런 충족감을 잃어버렸다. 나 또한 가끔 뜨개질을 하고 싶다는 생각, 요리를 잘하고 싶다는 생각, 재봉틀로 하루 종일 이불을 만들고 싶다는 생각에 빠져들 때가 있다. 삶에서 무척 소중하지만 현대인이 한 번도 제대로 배울 기회가 없는 그 창조의 기쁨이 그리운 요즘이다. 나는 요리나 바느질을 한 번도 제대로 배운 적이 없지만, 옷을 사기만 하고 만들 줄은 모르는 내가 어쩐지 바보처럼 느껴지고, 매번 옷을 고를 때마다 '마음속에 생각하는 나만의 옷'의 실루엣이 떠오르기도 한다. 겨울이 다 가기 전에, 초등학교 시절 친구에게 배웠던 뜨개질의 기억을 되살려 도톰한 목도리 하나라도 떠서 친구에게 선물해주고 싶다.

나는 샘블스 거리를 시간 가는 줄 모르고 왔다 갔다 반복하여 걷다가, 문득 배우처럼 완벽하게 분장을 한 듯한 백발의 할아버지가 홀로 연극의 독백을 하듯이 어떤 대사를 중얼거리며 지나가는 모습을 보았다. 할아버지는 마치 방금 연극 무대에서 튀어나온 듯한 복장과 표정으로 또각또각 구두 소리를 내며 검은 가방을 들고 샘블스 거리를 천천히 걸어갔다. 이게 꿈인가 생시인가 싶어 다시 보았더니, 1년 365일 하루도 쉬지 않고 '고스트 투어'를 하는 할아버지였다. 그분은 요크의 유명 인사이기도 한데, 밤마다 요크를 떠도는 유령들의 이야기를 들려주며 이 도시의 숨은 역사를 설명해주는 스토리텔러이기도 했다. 수많은 설화와 전설을 간직한 도시에는 항상 그렇게 따스한 이야기꾼들이 있었다. 우리의 어린 시절에도 동네마다 그런 이야기꾼이 있었다. 아파트와 주상 복합 건물로 가득한 우리의 삭막한 도시에서도 이렇게 옛이야기의 향수를 실어나를 재미난 이야기꾼이 필요한 것은 아닐까.

그럼에도 불구하고
나를 세상 밖으로 불러내는 매혹

파리(프랑스)

장소가 우리에게 말을 걸고 기억을 상기시키며 감정을 풍부하
게 해주고 예술적 영감을 제공하는 공간이라면, 비장소는 우리의
필요와 요구를 충족시켜주는 생존과 일상의 공간이다. 오래된 역
사를 잘 보존하고 있는 의미 있는 '장소'들이 많은 기억의 도시일
수록 예술적 영감을 불러일으킨다.

—정수복, 『파리의 장소들』 중에서

여행기를 쓴 후 '여행을 왜 좋아하냐'는 질문
을 수없이 받았지만, 사실 나의 마음속에는 말 못할 비밀이 하나
있었다. 스스로 여행 중독이라 느낄 정도로 여행을 정말 사랑하

긴 하지만 내 마음 한구석에는 '그래도 나는 집이 제일 좋아'라는 마음이 남아있었기 때문이다. 나는 꼭 나가야 할 업무가 없으면 집 밖으로 좀처럼 나가지 않는다. 그래서 언제든 쉽게 자발적으로 은둔형 외톨이가 될 가능성이 높다. 강의가 없는 방학 때는 일주일 동안 집 바깥으로 나가지 않은 적도 있었다. 사람들은 두문불출하는 것을 우울의 표현이라고 생각하지만, 나는 집에서도 혼자 책 보고 영화 보고 글 쓰며 즐겁게 잘 지낸다. 여행은 이렇게 집에 틀어박혀있길 좋아하는 나를 '그럼에도 불구하고 세상 밖으로' 불러내는 끈질긴 주문 같은 것이다. 여행을 떠나면 비가 오나 눈이 오나 어떻게든 바깥으로 나가게 되어있다. 평소처럼 외출이 힘들거나 귀찮지 않고, 그저 하염없이 걷는다는 행위 자체가 좋아진다. 혼자 놀기의 달인인 나를 세상 사람들과 함께 놀게 만드는 것, 그것이 여행이 지닌 변치 않는 매력이다.

파리에 가면 언제나 바빠진다. 매일 아침 '오늘은 더 일찍 일어나야지' 하는 욕심을 불러일으키는 도시다. 게다가 밤에는 '오늘은 잠들기 싫다'는 생각을 하게 될 정도로, 다채로운 야경이 펼쳐진다. 파리에서는 저절로 잠이 줄어든다. 파리에서는 장소 구경만큼이나 사람 구경이 재미있다. 살짝 자발적으로 정신줄을 놓은 것 같은 사람들을 목격할 때가 많다. 파리의 연인들은 언제, 어디서나 지나치게 열정적으로 사랑을 표현한다. 물불을 가리지 않고 장소와 시간도 가리지 않고 키스신을 연출하는 연인들

이 가장 많은 곳도 여전히 파리다. 분명 저번 여행 때 샅샅이 다 찾아본 것 같은데, 다녀오면 '아참, 그걸 못 봤네!' 하는 아쉬움에 빠지는 도시가 파리다. 게다가 같은 장소를 가도 매번 다른 풍경을 볼 수가 있다. 루브르 박물관만 해도 족히 다섯 번은 가봤지만 갈 때마다 '이게 여기 있었나?' 싶은 놀라움을 느낄 때가 많다. 기획 전시도 늘 바뀌고, 매번 갈 때마다 꼭 빠뜨리는 전시관이 있기 때문이다.

2014년에 네 번째로 방문한 파리에서 가장 인상 깊었던 공간은 셰익스피어 앤드 컴퍼니였다. 그전에는 그저 '서점이구나' 하고 심상하게 지나치던 그곳을, 이번에는 영화 〈비포 선셋〉의 첫 장면을 기억하며, 그리고 작가 셰익스피어와 관련된 공간을 탐험하는 느낌으로 진지하게 바라보게 되었다. 우선 이 서점을 찾으러 가는 길 자체가 아름다웠다. '오늘은 파리를 꼭 걸어서 탐험하리라'는 의욕에 가득 차 루브르 박물관에서 두 시간은 족히 걸어 이곳에 도착했다. 길을 잃어버려 센 강 주변을 뱅뱅 돌면서 한참을 헤매다가 드디어 찾은 셰익스피어 앤드 컴퍼니. 영화 〈비포 선셋〉은 하룻밤의 낭만적인 로맨스로 안타깝게 끝났던, 그래서 '영원한 완전함'으로 남을 수 있었던 두 남녀가 극적으로 재회하는 장면으로 시작된다. 〈비포 선라이즈〉에서 철부지 대학생이었던 제시(에단 호크)가 이제는 저명한 작가가 되어 프랑스의 파리까지 날아와 저자 강연을 하고 있다. 바로 그 강연회가 열리는 장소가 셰익스피어 앤드 컴퍼니 서점이다. 그 옛날 단 몇 시간 만에 자신을 영원히 잊을 수 없는 로맨스의 주인공으로 만들었던 한 남자를 애잔한 눈빛으로 바라보는 셀린(줄리 델피)의 아련한 미소가 얼마나 눈부시던지.

바로 이 두 사람의 두 번째 만남의 배경이 된 셰익스피어 앤드 컴퍼니는 영화에서는 꽤 큰 서점으로 비췄는데, 막상 가보니 생각보다 훨씬 아담했다. 건물이 크지 않은 대신, 장소의 깊이가 남다르다는 느낌을 주었다. 크기가 아니라 깊이로 말하는 건물이었다. 겉보기에는 커 보이지 않지만, 구석구석에 엄청난 분량의 책이 숨어있었다. 사람들은 건물 구석구석에 숨어 독서 삼매경에 빠져있다. 셰익스피어 앤드 컴퍼니 2층에는 타자기와 피아노와 기타가 놓인 아늑한 거실이 있는데, 그곳에서는 기다란 금발을 찰랑거리며 한 소녀가 피아노를 연주하고 있었다. 타자기를 만지작거리며 작가의 꿈을 키우는 아이들, 오래된 책들이 피워 올리는 고소한 책 먼지 냄새에 잔뜩 취한 듯 희미하게 미소 짓는 어른들이 이 서점을 잊을 수 없는 공간으로 만들고 있었다. 2층의 입구에는 이런 멋진 경구가 쓰여있다. "낯선 사람을 냉대하지 말라. 그는 변장한 천사일지도 모르니."

셰익스피어 앤드 컴퍼니 앞에서 시간 가는 줄 모르고 앉아있다가 나는 〈노트르담 드 파리〉의 배경이 된 노트르담 대성당 쪽으로 걷기 시작했다. 길가의 벤치에서 나는 잊을 수 없는 한 노

인을 만났다. 다른 사람들은 끝없이 걸어가고, 두리번거리고, 수다를 떠는데, 그는 마치 그 모든 '움직이는 존재들' 속에서 홀로 움직이지 않는 정물화처럼 정지한 모습이었다. 그는 오직 펜을 든 손만을 조용히 움직이고 있었는데, 자세히 보니 그는 누군가에게 편지를 쓰고 있었다. 일흔을 훌쩍 넘긴 것으로 보인 그 할아버지는 너무도 열정적인 표정으로 쉬지 않고 펜을 움직이고 있었다. 저렇게 정성스러운 손 편지를 받는 사람은 얼마나 기쁠까. 홀로 있는 순간 무엇을 해야 할지 모르는 많은 사람들과 달리, 그는 의연하게 혼자 있는 법을 알고 있었다. 아니, 어쩌면 혼자 있을 때조차도 누군가와 함께 있는 법을 알고 있는 사람이었다.

손쉬운 휴대전화 문자 메시지가 아니라 정성 가득한 손 편지를 씀으로써, 그는 멀리 떨어져있지만 여전히 사랑하는 사람을 바로 지금 '곁에 있는 존재'로 만들고 있었다. 그렇게 누군가에게 혼신을 다하여 편지를 쓸 수 있는 한, 이 할아버지는 영원한 젊은이로 남을 것이다. 무언가에 완전히 열중하고 있는 사람만이 지을 수 있는 황홀한 망아(忘我)의 표정을 보며, 나 또한 오랫동안 연락이 끊긴 친구에게 문득 편지를 하고 싶어졌다. 그리운 이에게 편지를 쓰면, 답장을 받지 못하더라도 우리는 그리운 시공간에 가 닿을 수 있다. 그리움의 위력은 막강해서, 문장의 날개를 달고 날아간 우리의 그리움은 끝내 잃어버린 시간을 되찾게 해줄 테니.

건물이나 작품이 아닌 '사람'이 보이는 시간

런던(영국)

당신의 기쁨은 당신의 슬픔이 가면을 벗은 모습에 불과한 것. 당신의 웃음이 솟아나는 그 우물은 종종 당신의 눈물로 가득 차 있던 우물이기도 했습니다. (…) 슬픔이 당신의 존재 속으로 깊이 파고들면 파고들수록 당신은 더 많은 기쁨을 담을 수 있게 됩니다.

─칼릴 지브란, 『예언자』 중에서

대도시의 복잡함에 대한 본능적인 거부감을 잊게 만드는 도시가 있다. 베를린과 런던이 내게는 그렇다. 거대한 도시 한복판에 엉뚱하게도 영화에서나 볼 법한 드넓은 초원과 목장이 펼쳐지는 유머러스한 도시 베를린. 가장 오래된 것과 가장 새로운 것이 아무런 어색함 없이 완벽하게 공존하는 도시 런던. 한 달이 넘는 긴 시간 동안 머물러도 하루도 지루하지 않았던 도시가 베를린이었다면, 다음에 여행을 떠난다면 이전과는 다른 테마로 또다시 여행하고 싶은 도시가 런던이다. 런던 내셔널 갤러리에서 나는 처음으로 전공은 아니지만 평생 공부하고 싶은 주제, 신화에 눈을 떴고, 코톨드 갤러리에서 처음으로 마네의 그림 앞에서 한 시간 넘게 움직이지 않고 그저 멍하니 털썩 주저앉아있었다. 런던의 하이드 파크에서 나는 처음으로 '매일 공원을 산책하는 삶이 얼마나 아름다운가'를 깨달았고, 런던 웸블리 주경기장에서 나는 처음으로 뛰노는 아이들을 시간 가는 줄 모르고 구경하며 잃어버린 어린 시절을 되찾는 느낌을 알게 되었다.

낯선 여행지에서 그 장소의 명물을 찾아내는 것은 어렵지 않지만, 그 나라 사람들의 '생각'을 읽을 수 있는 기회는 생각보다 많지 않다. 그 나라 사람들과 우리나라 사람들의 차이를 좀 더 깊이 알기 위해서는 한 도시에 오래 머물기가 좋은 방법이다. 런던에 열흘 정도 머물렀을 때 비로소 '아, 이것이 런던 사람들과 우리나라 사람들의 차이구나!' 하는 것을 깊이 느꼈던 적이 있다. 3년 전 런던의 2층 버스를 탔을 때, 나는 커다란 개 세 마리가 주인과 함께 2층으로 올라오는 것을 보고 깜짝 놀랐다. 보통 강아지들을 차에 데리고 다닐 때는 예쁜 반려견 이동 가방에 포

FOUBERTS
PLACE W.1

City of Westminster
GREAT MARLBOROUGH ST

No. 29

**SHAKESPEARE'S
HEAD**

THE SHAKESPEARE'S HEAD WHICH WAS BUILT
IN 1735, WAS ORIGINALLY OWNED BY THOMAS
& JOHN SHAKESPEARE, WHO WERE DISTANT
RELATIVES OF THE POET.
IN ITS EARLY DAYS, THE TAVERN STOOD ON
THE BOUNDARY LINE THAT DIVIDED THE LANDS
OF THE MERCERS COMPANY FROM THOSE OF
THE ABBOT OF ABINGDON, AND NEARBY WAS
A SMALL ESTATE KNOWN AS SIX ACRE FIELD.
DURING THE VICTORIAN PERIOD, THE FIELD
WAS A SITE OF THE RIDING SCHOOL BELONGING
TO MAJOR HENRY FOUBERT, WHOSE NAME IS
COMMEMORATED BY NEIGHBOURING
FOUBERT PLACE.
THE PRESENT DAY SHAKESPEARE'S HEAD
OVERLOOKS CARNABY STREET WHICH WAS ONCE
THE SITE OF AN 18TH CENTURY STREET MARKET
& IS NOW ONE OF THE WORLDS MOST FAMOUS
SHOPPING PRECINCTS.
DOMINATING ITS NORTHERN END IS THE
PUB INN SIGN, WHICH IS A REPRODUCTION
OF MARTIN DROESHOUTS PORTRAIT OF
SHAKESPEARE WHEN THE POET WAS AT THE
PINNACLE OF HIS GENIUS.
ON   PART OF THE BUILDING IS
S   S LIFE SIZE BUST, WHICH
AP   AZING DOWN AT THE BUSY
            EET BELOW
A C   ATION OF THE BUST WILL
SHO   TS HANDS IS MISSING
            ING WORLD WAR II
            OPPED NEARBY

FOOD
served all day

FINE WINES
Great range of
CASK ALES
Delicious
FOOD
Served all day

THE SHAKESPEARE'S HEAD

Good Food
PUB
FOOD

Feeling
Hungry?

근하게 감싸져있는 경우를 많이 봤는데, 이 개들은 워낙 몸집이 커서 버스에 함께 타는 것이 낯설었던 것이다. 내가 탄 곳은 버스의 종점이었는데, 종점에서 다시 순환하여 시작되는 노선이다 보니 많은 사람들이 한꺼번에 2층 버스에 올라타는 중이었다. 그런데 어떤 승객 한 명이 또 다른 작은 반려견을 데리고 타려 하자, 버스 기사가 강하게 저지하는 모습이 보였다. 규정상 버스 안에 세 마리가 넘는 반려견을 태울 수는 없기 때문이었다.

반려견을 데리고 버스에 타려던 여자 승객은 강하게 항의했다. "항상 내 강아지를 버스에 타고 다녔는데, 왜 안 된다는 거예요?" 버스 기사는 다시 "세 마리가 이미 타고 있습니다"라고 대답했지만 승객은 잘 납득이 되지 않았던 것 같다. "지금까지 한 번도 이런 적이 없는데, 왜 이 버스만 안 된다는 거죠?" "그런 게 아니라, 오늘은 버스에 세 마리의 커다란 개가 이미 타고 있거든요. 다음 버스를 타주세요." 승객은 그래도 납득하기 어렵다는 얼굴로 계속 버스 기사에게 항의를 했다. "저는 이 버스를 꼭 타야 해요. 지금 타지 않으면 약속 시간에 늦어요. 제 개는 몸집도 작은데, 이번만 좀 태워주시면 안 될까요?" 나의 번역은 조금 정중한 말투로 되어버렸지만, 그 여자 승객은 사실 이미 화가 많이 나있었다. 부탁이라기보다는 '아무리 규정이 그렇다 하더라도, 나는 꼭 내 강아지와 함께 이 버스를 타야겠다'는 강한 의지의 표현으로 보였다. 그런 식으로 10분 이상 실랑이가 계속되자, 조금씩 걱정이 밀려들기 시작했다. 나도 이 정류장에서 계속 지체하게 되는 것이 아닐까. 도대체 언제쯤이면 이 버스가 출발할 수 있을까.

문득 주변을 둘러보자, 그제야 사람들의 반응이 보였다. 아무도 화를 내는 사람이 없었다. 운전기사도 화를 내지 않았다. 그는 묵묵히 앉아서 '나는 규정을 어길 수 없다'는 사인을 계속 보내고 있었고, 점점 목소리가 높아지는 쪽은 강아지를 데리고 타려는 그 여인이었다. 승객들은 하나둘씩 휴대폰을 들기 시작했고, "아무래도 약속 시간에 늦을 것 같다. 지금 내가 탄 버스에 문제가 생겼다"고 조용히 속삭이기 시작했다. 누구 하나 화를 내는 사람도, 목소리를 높이는 사람도 없었다. 그 순간 '우리나라였으면 어땠을까' 하는 생각이 들었다. 벌써 내리는 사람들도 많았을 것이고, "거 좀 빨리빨리 갑시다!" 하는 아저씨들의 재촉이 들렸을 것이고, 어쩌면 발차 시각을 엄격하게 지켜야 하는 기사 아저씨들은 "안 된다니까요! 규정이 그래요!" 하면서 쌩 하니 출발해버리지 않았을까. 승객 한 사람과 강아지 한 마리 때문에 줄잡아 50명 가까이 되는 사람들이 불편을 겪게 되었는데도 누구도 불만을 제기하지 않았다. 지금 이 상황에서 가장 큰 뚝심을 발휘하고 있는 것은 운전기사였다. 그는 규정을 지켜야 한다는 생각 하나로 묵묵히 그 곤란한 상황을 버티고 있었다. 승객들에게 미안하다는 말을 하지 않는다는 것이 마음에 걸렸지만, 그 모습조차도 무례하다기보다는 '이 버스에서는 저 기사님이 캡틴이니까 그럴 수도 있겠구나' 하는 생각이 들 정도로, 기사의 침묵은 엄청난 위엄을 지니고 있었다.

절박해진 그 여인은 급기야 이런 문장을 쏟아냈다. "이 아이를 도저히 두고 갈 수는 없어요. 얘는 그냥 강아지가 아니라 내 딸이에요." 나는 순간 귀를 의심했다. "내 딸이에요(She is my daughter)"라는 표현이 계속 귓가를 맴돌았다. 기사는 조용히 고개를 가로저었다. '그래도 안 됩니다. 아무리 이 강아지가 당신의 따님이라도, 안 됩니다'라는 사인이었다. 벌써 15분 가까이 지나도 상황이 개선될 기미가 안 보이자 하나둘씩 손님들이 자리를 뜨기 시작했다. 손님들은 화를 내지도, 여인을 쏘아보지도, 강아지를 측은하게 바라보지도 않은 채, 그냥 묵묵히 자리를 떠났다. 다음 버스를 기다리는 사람도 있었고, 택시나 기차를 이용하기 위해 뿔뿔이 흩어지는 사람도 있었으며, 아무 일도 없었다는 듯 조용히 타박타박 거리를 걷기 시작하는 사람들도 있었다. 나는 끝까지 지켜보고 싶었지만 박물관 개장 시간이 걸려있었기에 이만 자리를 털고 일어나기로 했다. 결국 버스 기사와 그 여인, 강아지만 남게 되지 않을까 걱정이었다. 하지만 불통(不通)의 상황에서도 원칙을 지키려는 기사, 버스 기사의 고충을 이해하고 누구도 불평 한 마디 없이 조용히 자신의 길을 선택하는 사람들의 침착함이 내게 '런던다움이 무엇인가'를 생각하게 해보는 순간이

었다. '빨리빨리의 나라' 대한민국에서는 좀처럼 발견하기 힘든 '느릿느릿의 풍경'이었다. '목소리 큰 사람이 이기는 나라'에서는 찾아볼 수 없는 '조용할수록 오히려 이기는 나라'의 풍경 같기도 했다. 조용하게 자신의 권리와 원칙을 묵묵히 지키는 사람들이 이기는 세상을 꿈꾸게 만든 도시, 그곳이 바로 런던이었다.

4장

위대한 문학의
고향

아름답지만 쓰라린 질문을
던지는 장소들

리스본(포르투갈)

하늘의 무지개를 볼 때마다

내 가슴 설레느니,

나 어린 시절에 그러했고

다 자란 오늘에도 매한가지,

쉰 예순에도 그렇지 못하다면

차라리 죽음이 나으리라.

— 윌리엄 워즈워스, 『하늘의 무지개를 볼 때마다』 중에서

나는 가슴 아픈 질문을 던지는 소설에 매혹
된다. 설령 그 질문이 전혀 내 취향은 아닐지라도. "사람들의 만

남이란 한밤중에 아무런 생각 없이 달려가는 두 기차가 서로 스쳐 지나가는 것과 같다는 생각을 자주 한다. (…) 지속성과 신뢰감과 친밀한 이해심을 보이는 이 모든 것이 마음을 진정시키기 위해 만들어낸 속임수는 아닐까?" 파스칼 메르시어의 소설 『리스본행 야간열차』의 한 대목이다. 나는 인간관계를 이렇게 비관적으로 바라보고 싶지가 않다. 내 마음은 이런 비극적인 인식에 알레르기 반응을 일으킨다. 하지만 그 질문이 던지는 파문은 오래오래 가슴에 쓰라린 상흔을 남긴다. 그리고 마침내 어느 순간 그 질문과 동화된다. 두렵지만, 아프지만, 그 질문을 진심으로 내 자신을 향해 던져보는 것이다. 내가 지속적으로 신뢰를 느꼈던 관계, 친밀감과 이해심을 보이려 애썼던 그 모든 관계가 어쩌면 내 불안을 진정시키기 위한 속임수였다면?

나는 '절대 아니다'라고 자신 있게 대답할 수가 없었다. 그래, 내가 이토록 중시하는 친밀감과 이해심도 어쩌면 인생에서 끊이지 않는 불안감을 잠재우기 위한 마음의 진통제일지 모른다. 하지만 그럼에도 불구하고, 내게는 그런 것들이 너무도 소중하다. 그것 없이는 온전한 정신으로 살아갈 수가 없으니. "우리가 우리 안에 있는 것들 가운데 아주 작은 부분만을 경험할 수 있다면, 나머지는 어떻게 되는 걸까?" 이 문장은 내 속을 완전히 뒤집어 놓았다. 아름다우면서도 쓰라린 질문이었다. 급기야 『리스본행 야간열차』를 쓴 작가가 얄미워지기 시작했다. 표지 날개의 작가 사진을 보니 놀랍도록 얌전하고 모범적인 인상을 지닌 사람이었다. 이토록 사람의 마음을 뒤흔들어놓고, 이토록 평온한 염화시중의 미소를 짓고 있다니. 하지만 나는 그때부터 이 작가를 사랑하기 시작했다. 이제는 가슴을 파고드는 강렬한 문장들과 도저히 어울리지 않는 그 수더분한 인상조차 이 작가의 '반전 매력'처럼 느껴지니 말이다.

'희망봉을 돌아가는 인도 항로를 발견해 '대항해의 시대'를 연 개척자 바스코 다 가마의 나라, 포르투갈. 소설 『리스본행 야간열차』를 읽으며 무조건적인 열광에 빠졌던 도시. 포르투갈의 수도인 리스본은 언젠가는 꼭 한 번 가고 싶은 도시였다. 유레일 열차로 산티아고에서 포르투를 거쳐 리스본에 도착한 날. 나는 서둘러 숙소에 짐을 풀자마자 옷만 급히 갈아입고 나와 전철을 타고 리스본의 중심 코메르시우 광장으로 달려갔다. 전철역에서 내리자마자 꿈결처럼 눈부신 바다가 펼쳐졌다. 맥주 한 병씩 들고 삼삼오오 모여 앉아 바다의 풍광을 안주 삼아 도란도란 이야기를 나누는 사람들. 쏟아지는 햇살을 등지고 앉아 말없이 책장을 넘기는 사람들. 연인과 꼭 부둥켜안고 그들이 앉은 벤치를 세상의 중심으로 만드는 이들. 모두가 리스본의 주인공들이었다. 무엇보다도 리스본 사람들의 첫인상은 따뜻하고 친절하다. 영어를 잘하는 사람들도 많고, 영어가 서툴더라도 두려워하지 않고 온갖 눈짓과 손짓으로 정확하게 의사 표현을 해서 여행자의 마

음을 편안하게 해주었다.

나는 어딜 가든 "고맙습니다"라는 인사를 먼저 배우곤 한다. 여행자는 낯선 사람에게 길을 물어볼 일이 많고, 그러다 보니 고맙다는 말을 하고 싶을 때가 가장 많기 때문이다. 포르투갈어로는 고맙다는 단어가 남자와 여자가 다르다는 것에 깜짝 놀랐다. 남자는 '오브리가두(Obrigado)', 여자는 '오브리가다(Obrigada)'가 감사 인사라고 한다. 일본어의 감사 인사 '아리가토'라는 말이 포르투갈어 오브리가도에서 유래한 것이라고도 한다. 나는 리스본에서 그 어느 장소보다도 고맙다는 말을 하고 싶은 순간이 많았다. 리스본에는 내가 굳이 묻지 않아도 먼저 다가와서 도움이 필요하냐고 묻는 현지인들이 유난히 많았기 때문이다. 내가 예수님이 커다랗게 팔을 벌리고 리스본 전체를 떠안고 있는 듯한 아름다운 석상이 있는 크리스투 헤이로 가는 버스를 찾아 두리번거리고 있는데, 한 할아버지가 내게 성큼 다가왔다. 할아버지는 내게 자신의 손바닥을 펴 보이며 볼펜으로 손바닥에 숫자를 천천히 썼다. 101이라는 숫자였다. 크리스투 헤이로 가는 버스 번호였다. 내가 웃으며 '맞다'고 고개를 끄덕이니 저쪽으로 가보라고 친절하게 손짓을 한다. 이렇듯 리스본 사람들은 영어가 통하지 않아도 거리낌 없이 온갖 몸짓과 만국 공통어인 화사한 미소를 통해 내 마음을 환하게 밝혀주었다.

광장 근처의 식당에서 포르투갈 요리인 문어구이와 해물리조

토를 먹자, 한국 음식을 향한 그리움도 진정이 되었다. 저민 마늘과 올리브유를 비롯한 각종 양념에 버무린 토실토실한 문어를 오븐에 구워낸 요리는 우리 입맛에도 잘 맞았다. 게다가 포르투갈식 해물리조토의 얼큰한 양념은 김치찌개나 떡볶이 못지않은 매콤함을 지니고 있었다. 싱싱한 홍합에 각종 야채를 곁들여 올리브유와 와인 식초로 맛을 낸 샐러드 또한 상큼한 별미로 여행자의 피로를 씻어주었다. 거리 곳곳에는 포르투갈의 대표 간식 나타(에그 타르트)를 파는 상점들이 보였고 팬플룻으로 팝송 〈마이 웨이〉를 구성지게 부르는 연주자와 불꽃 쇼에 여념이 없는 건장한 남자들로 북적거렸다. 일곱 개의 거대한 언덕으로 이루어진 리스본은 구불구불하게 이어진 둔덕길을 올라가 골목골목을 헤매며 구경하는 맛이 일품이다. 오래된 상점들과 레스토랑들, 고서점들과 LP 판을 파는 음반 가게들, 높다란 언덕 꼭대기까지 느릿느릿, 그러나 거침없이 달리는 재래식 전차의 정겨운 모습까지. 나는 리스본에 도착한 지 겨우 두 시간 만에 여기서 살아보고 싶다는 생각이 들었다. 특히 리스본의 골목길을 그저 하염없이 걷는 것이 그저 좋아서 '이곳에 살면 그저 한가로운 오후의 산책만으로도 행복을 느낄 수 있겠구나' 하는 생각에 미소 짓기도 했다.

　나를 리스본으로 이끈 두 권의 책이 있다. 앞에서 언급하기도 했던 파스칼 메르시어의 『리스본행 야간열차』, 그리고 페르난두 페소아의 『불안의 서』다. 특히 『리스본행 야간열차』를 읽으면, 이

책이 우리 시대의 '그리스인 조르바' 같다는 느낌이 든다. 독서를 최고의 즐거움으로 여겼으며 묵묵히 학생들을 가르치는 데 만족했던 그레고리우스는 일생동안 모범생으로 살아왔지만 어느 날 갑자기 한 여자와의 만남으로 인해 열띤 수업 도중에 모든 것을 팽개치고 아무 대책 없이 리스본행 열차를 탄다. 그녀가 두고 간 책 속의 인물, 아마데우에 대한 불타는 호기심 때문이었다. 『그리스인 조르바』에서 '나'가 자신에게 극도로 결핍된 모험과 열정, 야생적인 삶에 대한 투혼을 조르바를 통해 간절하게 대리 만족하듯이, 그레고리우스는 머나먼 리스본의 젊은 혁명가 아마데우에게서 바로 그런 '자기 안의 결핍'을 완전히 충족시키는 이상적인 인물을 만난다. 아마데우는 그리스인 조르바와 체 게바라를 반반씩 섞어놓은 듯한 매혹적인 인물이다. 조르바의 야생마 같은 초인적 감수성, 그리고 체 게바라의 혁명에 대한 멈출 수 없는 열정과 두려움 없는 용기를 닮은 이 주인공은 단번에 그레그리우스를 압도한다. 그레고리우스가 책 속에 파묻혀 살았던 것은 책 바깥의 실제 세상에서는 책 속의 인물들만큼 매력적인 인물을 만나기 어려워서가 아니었을까 싶다. 그런데 아마데우는 책에 미친 백면서생 그레고리우스를 단번에 무너뜨릴 두 개의 열쇠를 동시에 가지고 있다. 아마데우는 단 한 권이지만 너무도 아름다운 책을 썼으며, 그리고 그 책의 살아있는 주인공이기도 했다. 아마데우는 책 속의 매력적인 인물이면서 동시에 책 바깥에 살아있는 실존 인물이기도 했던 것이다. 아마데우라는 미지의 인물, 그가 자신의 이야기를 담담하게 써내려간 소책자 한 권으로 인해 스위스에 살고 있던 교사 그레고리우스는 자신이 평생 지켜온 모든 것을 갑자기 내려놓고 그야말로 충동적으로 리스본행 야간열차를 탄 것이다.

『리스본행 야간열차』를 다시 읽으며 내가 리스본에 간 이유를 생각해보니, 나 또한 그리스인 조르바나 포르투갈인 아마데우를 동경하는 꼼짝없는 백면서생이라는 생각이 들었다. 아무런 연고도 없고, 반드시 떠나야 할 실용적인 이유도 없는 곳으로 매년 기갈증에 걸린 사람처럼 떠나는 이유도 바로 그런 내 안의 결핍 때문이 아닐까. 불꽃 같은 삶을 진짜로 살아낼 수는 없고, 오직 책으로, 영화로, 그림으로, 음악으로만 경험하는 내 인생에 대한 결핍감. 그 모자람과 아쉬움이 사무쳐 1년에 한 번씩 열병처럼 도져서, 나는 머나먼 여행을 떠나곤 한다. 여행은 내게 '힐링'이 아니다. 휴식도 아니다. 더욱 격렬한 삶을 향한 갈증이고, 일상에서는 미처 살아내지 못한, 막연하지만 갈급한 그리움의 해방구다. 나는 해변의 선비치에 누워 햇살을 만끽하는 달콤한 힐링을 결코 해내지 못한다. 여행 도중에도 늘 책을 붙들고 글을 쓰는 습관을 버리지 못해 항상 "너는 인생에서 한 번도 제대로 쉬어본 적이 없다"는 지청구를 듣지만, 고칠 수가 없다.

나는 여행 중에 느끼는 '러너스 하이(runner's high)'라는 감정

에 중독된 것 같다. 고통스러운 순간을 참고 운동을 계속하면 어느 순간 찾아오는 행복감, 격렬한 운동 후에 맛보는 도취감이 바로 러너스 하이지만, 글쓰기 같은 정신적인 노동을 할 때도 이와 비슷한 희열이 느껴질 때가 있다. 마라톤 주자가 42.195킬로미터의 고통스러운 질주를 하다가 지칠 대로 지쳤을 때, 그 사점(死點)을 넘기면 신기하게도 기이한 해방감과 카타르시스가 찾아온다고 하지 않는가. 내게 여행 중의 글쓰기가 그렇다. 하루 종일 발이 부르트도록 걸어다녀 온몸이 녹초가 되었을 때, 이상하게도 온몸이 간질간질하며 그 와중에 글을 쓰고 싶어진다. 여행 중에는 사고 없이 무사히 여행을 마쳐야 한다는 긴장감과 일상의 규칙적인 생활 패턴에서 벗어났다는 해방감이 동시에 느껴진다. 가득 찬 긴장감과 느긋한 이완감이 동시에 느껴지는 여행의 체험 속에는 뭔가 중독에 가까운 기쁨이 있다. 평소에는 느낄 수 없는 격렬한 감정, 심리적인 러너스 하이인 것이다. 물론 여행 중 강행군에 지친 상태에서 글을 쓰다가 너무 졸려 노트북 앞에서 까무룩 잠들기도 하지만. 다음 날 그 글을 읽어보면 도저히 아무에게도 보여줄 수 없는 난감한 상태일 때가 수두룩하지만. 그래도 나는 내 안의 그 희귀한 감정, 여행 중의 러너스 하이를 사랑한다. 나는 그 황홀경의 시간 속에서 아주 잠깐이나마 그리스인 조르바가 되어보고, 마음만은 언제든 리스본행 야간열차를 덜컥 타버릴 수 있는 용기를 지닌 사람이 되곤 한다.

리스본에 도착한 둘째 날, 투어용 보트를 타고 리스본의 명소를 쭉 돌아보았다. 항구에서 배가 멀어지는 순간 리스본의 붉은 지붕들이 일제히 손을 흔드는 것 같았다. 항상 바다와 함께 흥망성쇠를 거듭해왔던 리스본 사람들답게, 항구에는 온갖 배들이 많고 낚시하는 사람들도 많았다. 리스본의 밤은 더욱 눈부시다. 여름 내내 음악이나 춤에 관련된 온갖 축제들이 벌어지는데, 아우구스토 거리에서는 '율리시스 21'이라는 이름의 축제가 열리고 있었다. 오디세우스의 모험과 리스본의 탄생을 모티브로 한 화려한 영상이 펼쳐지자 사람들은 환호성을 질렀다. 리스본은 17세기에 커다란 지진을 겪었는데, 그 지진의 피해를 딛고 도시를 다시 복구해낸 기념으로 아우구스토 거리가 지어졌다고 한다. 이곳에는 다양한 퍼포먼스를 보여주는 수많은 공연자들로 북적일 뿐 아니라 온갖 레스토랑과 디저트 카페, 옷과 구두를 파는 상점들이 줄지어 늘어서있다. 포르투갈의 전통 음악 파두(fado)가 울려 퍼지는 아우구스토 거리에서 나는 리스본에서 태어나고 죽은 작가 페르난두 페소아를 떠올렸다. 그는 『불안의 서』라는 책에서 이렇게 속삭였다. "나는 나로 존재하는 것이 피곤하여 나로 존재하지 않는다." 바로 그것이었다. 내가 여행을 떠나는 이유였다. '나'로서만 존재하는 것이 너무도 피곤할 때, '나'를 벗어나 조금이라도 다른 존재로 살아보고 싶을 때, 나는 여행을 떠났던 것이다.

나는 삶에게 극히 사소한 것만을 간청했다. 그런데 그 극히 사소한 소망들도 삶은 들어주지 않았다. 한 줄기의 햇살, 전원에서의 한 순간, 아주 약간의 평안, 생명을 유지할 수 있을 정도의 빵, 존재의 인식이 나에게 지나치게 짐이 되지 않기를, 타인들에게 아무것도 원하지 않기를, 그리고 타인들도 나에게 아무것도 원하지 않기를. 그런데 이 정도의 소망도 충족되지 못했다.

—페르난두 페소아, 『불안의 서』 중에서

페르난두 페소아가 자주 갔던 카페 브라질레이라에 도착한 나는 그의 동상 위에 손을 얹고 한참 동안 거리의 사람들을 바라보았다. 음악에 맞춰 춤을 추는 사람들, 그림을 그리는 사람들, 커피를 마시거나 늦은 저녁을 먹는 사람들, 연인과 사진을 찍으며 흥겨워하는 사람들. 이 모든 사람들이 집으로 돌아가면 텅 비게 될 이 아름다운 거리를 상상해보았다. 페르난두 페소아는 이렇게 속삭였다. "우리는 결코 우리 자신을 실현할 수 없습니다. 우리는 두 개의 아득한 심연입니다. 하늘을 응시하는 우물입니다." 페소아는 왜 우리 자신을 '두 개의 아득한 심연'이라 했을까. 하나는 '현실에 실제로 존재하는 나'이고 또 다른 하나는 '내가 꿈꾸는 나'가 아닐까. 내가 꿈꾸는 나를 현실의 나는 결코 실현할 수 없기에, 우리는 이토록 가슴 아픈 방황을 계속하는 것이 아닐까. 리스본 곳곳을 돌아다니며 읽었던 페소아의 글은 슬픔으로 가득 차있었지만, 이상하게도 그 슬픔의 기록을 들여다보고 있으면 영혼 밑바닥에서 새로운 힘이 솟아나는 것 같았다. 그는 누구에게 잘 보이기 위한 글이 아니라 오직 자신의 영혼을 위한 글, 오직 스스로의 영혼에서 솟아오르는 가장 정직한 언어들로만 글을 썼기 때문이다. 그 투명함과 간절함이 리스본의 아련한 밤 풍경과 어우러져 나를 위로하는, 눈부신 밤이었다.

오직 밤에만, 밤에만 나는 나 자신이며, 다른 모든 사물에게서 멀리 떨어져 잊힌 존재로, 버려진 존재로 있을 수 있다. 현실과 아무런 연관도 맺지 않은 채, 그 어떤 세상의 소용과도 무관한 채, 나는 오롯이 나로 있는 나를 발견하며, 위로를 얻는다.
　　　　　　　　　　　　　　　—페르난두 페소아, 『불안의 서』 중에서

나는 꿈꾼다. 내가 쓰는 글이 마치 지진계처럼 내 마음 깊은 곳의 온갖 울림과 떨림, 미세한 균열과 급작스러운 온도 변화까지 전해줄 수 있기를. 아무리 갈고 다듬어도 아직 '문장'이라는 마음의 지진계는 어딘가 부정확하다. 그때 느낀 그 감정을 온전히 전달할 수 있는 완벽한 언어를 찾지 못한다. 하지만 그 망설임과 궁리 속에서 매번 조금씩 이전과 다른 나를 향해 1밀리미터씩 아주 느리게 바뀌어가는 나를 발견한다. 남들에겐 보이지 않아도 나만이 느낄 수 있는 미세한 진동과 균열이 어쩌면 '진정한

나'에 가까운 그 무엇이 아닐까 싶다. 여행을 떠날 때 나는 비로소 누구에게도 잘 보일 필요가 없는 진짜 나 자신이 된다. 나는 다리가 후들거릴 때까지 걷고, 달리는 야간열차 속에서 이어폰으로 음악을 들으며 책을 읽고, 눈꺼풀이 지구만큼 무거워질 때까지 글을 쓰고, 꿈속에서도 아름다운 문장을 찾아 헤맨다. 그럴 때 나는 가장 나다워진다. 누가 통과 의례를 '성인식'이라고 했던가. 나는 여행을 떠날 때마다 지독한 마음의 통과 의례를 치르고, 그때마다 조금씩 오히려 어려지고, 철없어지고, 해맑아진다. 그 새로 태어남이 좋다. 그 나다워짐이 좋다.

햄릿의 안타까운 청춘을
애도하며

헬싱외르(덴마크)

작가들이 태어난 곳이나 작품 활동의 배경이
된 곳을 찾아가는 여행에는 특별한 매력이 있다. 복잡한 여행 책
자보다는 작가가 쓴 작품 한 편을 읽는 것이 최고의 가이드가 되
는 여행. 예컨대 같은 장소라도 그 장소에 얽힌 이야기를 접하고
직접 방문한다면, 장소 자체의 느낌이 달라진다. 처음 노트르담
대성당에 갔을 때는 그저 엄청나게 웅장하고 장엄하다는 것 이
외에 특별한 감성을 느낄 수 없었는데, 뮤지컬 〈노트르담 드 파
리〉와 소설 『파리의 노트르담』을 보고 나서 다시 가보니 전혀 다
른 매력으로 다가왔다. 작품 속의 장소와 실제 장소의 매력을 천
천히 비교해보는 생생한 탐험의 매력이 여행자들을 설레게 한다.

카프카의 모든 것은 거의 프라하에 있다고 해도 과언이 아니지만, 셰익스피어처럼 많은 작품을 남긴 작가는 서유럽 전역을 돌아다녀도 거의 어디서나 크고 작은 흔적을 찾을 수 있을 정도로 많은 이동을 필요로 한다. 셰익스피어의 작품 속 장소가 다양할 뿐 아니라, 셰익스피어를 사랑하는 이들의 흔적을 찾는 것은 단지 영국뿐 아니라 유럽 전체의 문제가 되기 때문이다. 나는 『햄릿』의 배경인 크론보르 성이 덴마크의 헬싱외르에 있다는 것을 알고 나서 한숨부터 내쉬었다. 이토록 멀다니. 언제쯤 가볼 수 있을까. 하지만 간절히 원한 것들은 언젠가 이루어지곤 했다. 몇 년 동안 헬싱외르를 꿈만 꾸다가 나는 올해 드디어 그곳에 갈 수 있는 기회를 얻게 되었다. 작가 기행을 위한 글쓰기를 준비하던 중, 함께 셰익스피어를 공부하는 동행들과 함께 가장 가고 싶은 장소로 헬싱외르가 뽑힌 것이다.

『햄릿』에 나오는 "엘시노어에 있는 덴마크의 왕궁"이 바로 현재의 크론보르 성이고, 엘시노어는 바로 코펜하겐에서 기차로 50분 정도 떨어진 도시 헬싱외르의 영어식 이름이다. 햄릿의 아버지가 돌아가시자마자 햄릿의 어머니가 숙부와 결혼한 그곳, 아버지의 장례식장에서 흘린 눈물이 마르기도 전에 새로운 왕의 즉위식과 결혼식이 열려 햄릿을 고통스럽게 했던 그곳. 성 자체가 완벽한 요새가 되어 그 안의 사람들을 안전하게 지켜주는 것처럼 보이지만, 밤이 되면 선왕의 유령이 나타나 사람들을 겁에 질리게 하는 그곳. 풍요와 번영의 상징처럼 보이지만 알고 보면 궁중의 암투와 증오의 화신들이 불면증에 시달리며 다음 날 아침이 밝는 것을 두려워하는 그곳, 크론보르 성. 그곳에는 아직도 햄릿의 고뇌에 찬 영혼이 분노와 광기를 뿜어 올리고 있을까. 나는 인터넷에 나온 크론보르 성의 사진을 일부러 자세히 보지 않았다. 여행의 설렘을 한껏 부풀리기 위해서는 여행지에 대해 잘 모를수록, 사전 정보가 적을수록 더 유리한 법이기에.

코펜하겐에서 하룻밤을 머문 후 우리는 헬싱외르로 가는 기차를 탔다. 50분 정도밖에 걸리지 않았는데, 창밖의 풍경이 빠른 속도로 바뀌었다. 코펜하겐은 명실상부한 덴마크의 수도이고 고층 빌딩도 꽤 많이 보이지만, 헬싱외르 근처로 가자 시원하게 뚫린 항구의 모습이 아스라하게 보이면서 갑자기 서울에서 울산쯤으로 순간 이동을 한 느낌이 들었다. 헬싱외르 역에 내리자마자 마주친 기차역의 고색창연한 모습 또한 마음을 끌었다. 건물로 가득 찬 대도시에 비해 이곳은 항구와 바다가 시야를 환하게 열어주고, 거리마저 눈부시게 깨끗해 완전히 다른 세상에 온 듯한 느낌을 주었다. 그날따라 날씨가 정말 좋아 햄릿의 성이 우리를 반겨주는 듯한 행복한 착각도 들었다. 햄릿의 성으로 가는 길은 도보로 30분 정도인데 걸어가는 것이 가장 좋다. 그다지 힘들지 않을 뿐만 아니라 저 멀리 보이는 크론보르 성이 점점 가까워지며 바다와 항구와 배들과 사람들이 걸음을 옮길 때마다 시시각

각 달라지는 모습 자체가 여행자의 마음을 한껏 사로잡기 때문이다.

햄릿의 성 근처에는 연극인들을 매혹시킬 만한 훌륭한 극장도 있는데, 이곳에서는 셰익스피어의 작품뿐 아니라 덴마크의 현대 연극들도 다양하게 상연되고 있다. 극장을 왼쪽에, 항구를 오른쪽에 끼고 우회전을 하면 크론보르 성의 장대한 위용이 드러나기 시작한다. 성문으로 들어가자마자 거대한 대포들이 왼편에 보이고 한 걸음 한 걸음 옮길 때마다 점점 섬세하고도 위엄 있는 자태를 더하는 크론보르 성의 앞모습이 드러난다. 평일인데도 꽤 많은 사람들이 크론보르 성을 찾았는데, 이곳은 1년에 50만 명이 넘는 여행자들이 방문할 정도로 유럽 사람들에게 인기가 높은 곳이라고 한다. 우리는 살짝 길을 잘못 들어 수백 년 전 노예들이나 죄인들의 지하 감옥으로 쓰였다는 땅굴로 먼저 들어가게 되었는데, 그 오싹함을 생각하면 아직도 등줄기에 식은땀이 흐른다. 시간이 많지 않아 지하 감옥은 건너뛰려고 했는데 실수로 그곳에 먼저 들어가게 된 것이다.

하지만 지나고 나서 생각해보니 사람의 모골을 송연하게 만든 그 지하 감옥이야말로 크론보르 성의 또 다른 본질이었다. 엄청난 무역 이권이 걸려있던 헬싱외르 지역을 지키기 위해 거대한 대포와 요새를 필요로 했던 것처럼, 그토록 웅장하고 화려한 성의 위엄과 질서 뒤편에는 그토록 엄격하고 철저한 감시와 처벌의 시스템이 꿈틀거리고 있었던 것이다. 햄릿이 자신의 아버지를 죽인 숙부를 죽여야 할지 말아야 할지 고민하는 장면에서 몸을 숨긴 채 고뇌에 빠졌던 거대한 태피스트리 장식도 바로 그런 궁궐의 표리부동을 생각하게 만드는 오브제다. 복잡한 궁중 예절과 온갖 장식물들과 화려한 의복 속에서 마냥 행복해 보이기만 하는 햄릿의 어머니 뒤에는 아버지의 죽음을 그토록 빨리 잊고 숙부와 결혼해버린 그녀를 도저히 용서할 수 없는 아들 햄릿의 분노와 증오가 꿈틀거리고 있었다. 그들이 서로에 대한 불신과 증오를 숨긴 채 아주 세련되고 우아한 테이블 매너로 저녁을 먹었음 직한 거대한 원목 식탁도 오랫동안 마음에 남았다. 궁 바깥에는 찬란한 여름 햇살이 눈부시게 내리쬐는데, 정작 성 안의 조도는 굉장히 낮았다. 태양의 빛을 적극적으로 흡수하고 실내로 끌어들여 환하게 내부를 비추는 인테리어가 아니라, 바깥세상과 안쪽 세상의 경계를 확실히 긋는 건축, 단단한 요새처럼 '궁 밖의 사람'과 '궁 안의 사람'을 나누는 듯한 방어적인 건축의 느낌을 주었다. 햄릿은 그곳에서 화려하게 부활하고 있는 것이 아니라, 조용히 때를 기다리는 느낌이었다. 자신의 분노가 세상으로부터 이해받는 그날까지.

언젠가 또 다른 시간과 여유가 허락된다면, 헬싱외르에 며칠 머물면서 그 도시의 아기자기한 아름다움을 만끽하고 못다한 햄릿과의 대화도 마저 나누고 싶다. 나는 아쉬운 마음으로 발걸음

을 돌려야 했다. 분노와 복수심 때문에 자신의 푸르른 젊음이 지
닌 원래 빛깔마저 잃어버린 햄릿의 안타까운 청춘을 애도하며.

셰익스피어가 태어나고
사랑받고 기억되는 곳

런던·스트랫퍼드어폰에이번(영국), 베로나(이탈리아)

세상 사람 모두가 '셰익스피어가 좋다'라고 말한다면,

이 세상에서 전쟁은 사라질 것입니다.

— 오다시마 유시, 『내게 셰익스피어가 찾아왔다』 중에서

　　우리가 아는 윌리엄 셰익스피어가 아닌 여
왕의 숨겨진 연인 에드워드 드 비어가 셰익스피어 작품의 진짜
숨은 작가라고 주장하는 영화 〈위대한 비밀〉에는 흥미로운 장면
이 나온다. 익명의 작가에게 셰익스피어의 희곡을 선물 받고 기
뻐하는 여왕 앞에서, 신하는 경멸의 눈초리로 이렇게 말한다. "희
곡은 악마가 만들어낸 더럽고 천박하고 야비한 우상 숭배이자

이단이다." 그러나 여왕 폐하는 그 말을 무시하며 "그 선물을 기꺼이 받겠다"고 말한다. 청교도들이나 귀족들이 '풍기문란의 주범'이라며 경멸해 마지않던 연극이 여왕에게까지 사랑을 받은 것이다. 한쪽에는 남녀노소는 물론 계급과 신분을 뛰어넘어 모든 계층의 사람들이 모이는 당시의 극장을 폭발 직전의 화약고처럼 기피하는 사람들이 있었고, 한쪽에는 그 난장판 같은 극장을 목숨처럼 사랑했던 사람들이 있었다. 역사는 후자의 편이었다.

영화 속에서 여왕은 연극에 흠뻑 빠져 그 답답한 코르셋의 단추를 하나씩 풀어 몰래 휙 던지기도 하고, 셰익스피어는 공연이 끝난 뒤 마치 오늘날의 슈퍼스타처럼 관객들의 손에 몸을 맡기고 하늘 높이 헹가래 쳐지기도 한다. 제대로 된 조명도, 특수장치도 없어 밤에는 공연을 할 수 없었던 시절, 그저 한낮에 지붕이 뻥 뚫린 낡은 극장에서 공연을 하다가 비가 오면 비를 맞고 눈이 와도 눈을 맞으며 연극에 흠뻑 빠진 옛사람들의 흔적이 지금도 런던에 남아있다. 17세기에 불에 타 없어졌지만 1997년에 완벽하게 복원된 셰익스피어 글로브는 지금도 연극을 사랑하는 사람들, 문학을 사랑하는 사람들 그리고 셰익스피어를 사랑하는 전 세계 사람들의 순례지가 되었다. 셰익스피어의 희곡이 전 세계에서 가장 많이 상연되는 런던뿐 아니라, 셰익스피어의 고향 스트랫퍼드어폰에이번은 도시 전체가 셰익스피어 테마파크처럼 가꿔져 있고, 『로미오와 줄리엣』의 배경이 된 베로나, 『베니스의

상인』과 『오셀로』에 등장하는 베네치아 또한 '셰익스피어로 가는 길'이 될 수 있다.

나는 런던의 셰익스피어 글로브에서 〈안토니우스와 클레오파트라〉 공연을 보며 과연 지금까지도 셰익스피어의 연극이 전 세계에서 사랑받는 이유가 무엇인지 생각해보았다. 청교도들을 비롯한 엄숙주의자들에게 그토록 비난을 받았던 희곡은 과연 어떤 면에서 그토록 미움을 샀던 것일까. 당시의 연극 비판의 핵심은 이런 것이었다. 연극장은 점점 늘어나는 실업자들의 집합소이고, 주일날 교회에 갈 사람들을 유혹하는 악마의 예배당이며, 남녀 간 또는 동성 간의 문란한 만남을 부채질하는 장소라는 것이었다. 역설적이게도 그들이 뒷골목의 쾌락으로 치부했던 셰익스피어의 연극이 이제는 고상한 예술의 대표 주자로 자리 잡았다. 셰익스피어는 자신에게 주어진 악조건을 최고의 창조를 위한 기회로 탈바꿈시킬 줄 아는 변용의 귀재였다. 그의 시대에는 사설 극장이 같은 공연을 열 번 이상 할 수 없을 정도로 관객과 후원자들이 끊임없이 새로운 작품을 요구하던 시기였기에 셰익스피어의 펜은 잠시도 쉴 틈이 없었다. '과연 이것이 모두 셰익스피어 본인의 작품이 맞는가' 하는 논란이 끊이지 않는 것도 길지 않은 작품 활동 기간 동안 가히 폭발적이고도 초인적인 속도로 작품을 써내야 했던 당시의 창작 환경 때문이었다. 그러나 셰익스피어는 이 악조건을 창조의 계기로 역전시킨다.

지금처럼 무대 장치를 정교하게 만들 수 없었으니 모든 것은 배우의 대사로 해결해야 했다. 그런 열악한 조건 속에서 작가와 배우의 상상력뿐 아니라, 관객의 상상력도 최고조로 타오를 수 있었다. 〈헨리 4세〉에는 이런 장면도 나온다. "부족한 것은 여러분의 상상력으로 채워서 생각해주세요. 배우는 각자 1,000명의 몫을 하고 있다고 상상해주십시오. 머릿속으로 천만 대군을 상상해보십시오. 우리가 말에 대해서 이야기하면 군마들이 늠름하게 대지를 딛고 서 있는 장면을 머릿속으로 그려보십시오." 당시엔 제대로 된 무대 장치가 별로 없었으니 지금보다 훨씬 자유롭게 무대의 분위기를 바꿀 수 있었다. 셰익스피어 시대 극장은 관객과 무대가 확연히 분리된 현대의 극장과 달리 현실과 연극의 경계도 모호했다. 셰익스피어는 바로 그 모호성을 창조성으로 승화시킬 줄 알았다. 지금도 공연 중간중간에 배우가 관객에게 말을 걸거나 방백을 하는 경우가 많은데, 그때 객석에서는 폭발적인 활기가 넘쳐흘렀다. 클레오파트라가 관객에게 말을 걸자 세 시간 가까이 되는 긴 연극 내내 서있었던 관객 중의 한 명이 그녀에게 뭐라고 작은 소리로 속삭였고, 내 쪽에서는 들리지 않는 그 목소리가 배우에게는 또렷이 들렸는지 클레오파트라는 만면에 환한 웃음을 지으며 관객의 손을 덥석 잡았다. 바로 그 순간, 나는 셰익스피어의 시대에 연극이 그토록 사랑받은 이유를 짐작할 수 있었다. 배우가 스스럼없이 관객에게 손을 내밀어 잡는 모습, 관객이 거리낌 없이 지금 공연 중인 배우에게 다정하게 말을 거는 모습을 보니 바로 그 친밀감과 다정함이야말로 셰익스피어 연극의 진정한 매력이었던 것이다.

"애인을 만나러 갈 땐 학교 파한 학생들처럼 생기가 넘쳤는데, 애인과 헤어질 땐 공부하러 학교 가는 학생처럼 우울하기 그지 없구나"라는 〈로미오와 줄리엣〉의 대사처럼, 연극을 보러 들어가기 전의 관객은 생기가 넘치고, 연극이 끝난 뒤 집으로 돌아가는 사람들은 어쩔 수 없이 학교로 가야 하는 학생처럼 풀이 죽어있지 않았을까. 〈로미오와 줄리엣〉의 첫 대목을 보면 관객들에게 미리 대략적인 스토리를 다 알려주고 작가가 관객 또는 독자에게 이렇게 말하는 장면이 나온다. "부족한 점은 앞으로 보완하겠습니다." 바로 이 다정한 소통이야말로 셰익스피어 연극이 지닌 비장의 무기가 아니었을까. 그의 연극은 이렇게 관객과의 대화적인 긴장 속에서 끊임없이 고쳐지고 다듬어져 더 나은 모습으로 관객 앞에 나타나곤 했다. 이 상호 소통의 역동적 활기 속에서 셰익스피어의 연극은 태어난 것이다.

스트랫퍼드어폰에이번에 있는 셰익스피어 생가의 가장 좋은 점은 지금도 그 정원에서 실제 상연 중인 연극 무대를 볼 수 있다는 점이다. 배우들은 온갖 꽃들이 만발한 아름다운 정원에서 새하얀 천막을 쳐 간이 무대를 만들고 정원 전체를 자유로이 무대로 활용하며 마치 공연 연습을 하듯이 연기를 하고 있었다. 사람들은 삼삼오오 풀밭 위에 앉기도 하고, 벤치에 앉거나 걸어다니기도 하면서, 셰익스피어의 대사 하나하나를 음미하고 있었다. 그곳에 있자니 나는 연극을 본다기보다 연극 속의 환상적인 시공간 속을 여행하는 느낌이었다.

이 고장에서 내가 가장 가고 싶었던 명소는 셰익스피어 생가나 로열 셰익스피어 컴퍼니이지만, 여행이 끝난 뒤 마음속에 또 하나의 잊을 수 없는 명소로 남은 곳은 바로 에이번 강이었다. 나는 에이번 강을 따라 노를 저어가는 보트를 탔는데, 그렇게 천천히 배를 타고 에이번 강 위를 떠다닌 시간이 어쩌면 셰익스피어 시대의 분위기를 가장 비슷하게 재현한 느낌이었다. 셰익스피어 생가나 그의 아내 앤 해서웨이의 집, 그리고 매주 빠짐없이 공연이 펼쳐지는 로열 셰익스피어 극장은 인공적으로 많이 가꾸어지고 다듬어진 장소지만, 에이번 강은 셰익스피어 시대나 지금이나 별로 달라진 것이 없었기 때문이다. 에이번 강 위를 두둥실 떠다니는 나룻배 위에서 나는 현재를 살아가는 인간 군상의 생생한 흔적들을 만날 수 있었다. 나룻배 이름이 각각 로미오, 줄리엣, 햄릿, 오셀로처럼 셰익스피어 작품의 주인공들이었다. 그 배들 중 하나를 잡아타면 로미오와 함께, 줄리엣과 함께 항해하는 느낌이 들 것 같았다. 나는 스무 명 남짓 되는 여행자들과 함께 커다란 나룻배를 타고서 에이번 강의 물결을 따라 몸을 맡긴 채 실로 오랜만에 아무것도 하지 않는 시간의 눈부신 평화로움을 맛볼 수가 있었다.

에이번 강변에는 수많은 보트하우스들이 집결해있는데 그 또한 장관이다. 그냥 별장처럼 잠깐씩 쓰는 보트하우스가 아니라 누군가 매일 숙식을 해결하고, 여러 가지 일상생활을 할 수 있도록 오밀조밀하게 꾸며진 '물 위의 집'이었다. 그 깨끗한 강물에 매일 자기 얼굴을 비추며 살아가는 삶이란 어떤 것일까, 상상하는 것만으로도 마음에 달콤한 평화가 찾아왔다. 에이번 어디에서든 쉽게 찾을 수 있는 셰익스피어의 흔적들을 매일 바라보면서, 햄릿 동상이나 맥베스 부인의 동상을 향해 가끔 나직이 말을 걸어보기도 하고, 셰익스피어에 대한 애정을 듬뿍 품고 전 세계에서 찾아오는 여행자들을 바라보면서 살아가는 삶이란 어떤 것일까. 악의 끝까지 걸어가본 맥베스 부부나, 질투의 끝에 아내를 죽여버린 오셀로를 바라보면서, 사람들은 적어도 그와 비슷한 과오는 저지르지 않도록 스스로를 다잡을 수 있을 것 같다. 인간의 희로애락애오욕을 그 아슬아슬한 극한까지 밀어붙인 셰익스피어의 작품들을 공기처럼 흡입하며 산다는 것은, 작품 속 주인공들보다 조금은 더 지혜롭게, 조금은 더 용감하게 오늘의 삶을 견뎌낼 수 있는 힘을 얻는 비법이 아닐까 싶다.

베로나는 로마의 콜로세움 못지않게 거대한 원형 극장으로도

유명하지만, 나는 줄리엣의 집을 꼭 봐야겠다는 생각으로 베로나에 갔다. 그런데 줄리엣의 집에 도착하기도 전에 이미 인산인해를 이루고 있는 베로나의 광장과 골목길에 반하고 말았다. 그 전날까지 오스트리아의 인스브루크에서 묵고 있어 살짝 쌀쌀한 날씨 속에서 알프스를 바라보다가, 다음 날 아침 기차를 타고 베로나에 가보니 한여름의 뜨거운 햇살이 거리를 비추고 있었다. 불과 몇 시간 사이에 초겨울에서 한여름으로 건너뛴 것 같은 날씨보다 더욱 놀라운 것은 베로나 거리 곳곳의 엄청난 활기였다. 특히 줄리엣의 집에 들어가자마자 "우리 사랑 이루어지게 해주세요"라는 소원을 하나하나 담은 새빨간 자물쇠들이 보였고, 줄리엣 동상을 한 번이라도 만져보고 소원을 빌기 위해 줄을 선 사람들이 줄리엣의 마당을 가득 채우고 있었다. 줄리엣의 발코니에는 로미오와 대화를 나누는 듯 포즈를 취하고 사진을 찍는 사람들이 줄을 서있었고, 줄리엣에게 편지를 쓰는 코너에도 사람들이 줄을 서있었다. 로미오와 줄리엣이, 그리고 셰익스피어가 이토록 사랑을 받고 있었다. 우울한 햄릿이나 분노한 리어 왕이나 질투로 눈이 먼 오셀로, 회한으로 가득한 맥베스에 대한 독자들의 사랑이 '연민'으로 수렴된다면, 로미오와 줄리엣의 사랑에 대한 대중의 감정은 '동경'으로 수렴된다. 살아있는 동안 이만큼만 누군가를 사랑할 수 있다면, 그것이야말로 인간이 누릴 수 있는 최고의 축복이 아닐까. 햄릿, 리어 왕, 오델로, 맥베스는 하나같이 실패한 영웅들이자 비극의 주인공이었지만, 로미오와 줄리엣은 설령 그들이 안타까운 죽음을 맞았을지라도 그 마지막은 찬란한 사랑과 위대한 용서로 마무리되었기 때문은 아닐까. 줄리엣의 발코니에서 사진을 찍고 있는 커플들은 지금 이 순간만큼은 자신들이 세상에서 가장 행복한 사람들인 것처럼 환한 미소를 머금고 있다. '줄리엣에게 보내는 편지'라는 이름의 우체통에는 전 세계에서 지금도 수만 통의 러브레터가 쌓여간다고 한다. 다만 이 러브레터는 "나는 너를 사랑해"라는 내용이 아니라 "내 사랑은 왜 이렇게 힘들까요"라는 내용의 고민 상담 편지다. 자원봉사자들이 그 연애 상담 편지에 정성 들여 답장을 해준다고 하니, 줄리엣은 이제 사랑에 빠진 모든 젊은이들의 멘토로 되살아나 21세기에도 여전히 눈부신 셰익스피어의 주인공으로 살아가고 있는 셈이다.

영화 〈위대한 비밀〉에는 셰익스피어 연극의 아름다움을 관객이 모두 함께 느끼는 장면이 나온다. 햄릿이 그 유명한 "죽느냐 사느냐 그것이 문제로다"라는 대사를 시작할 때, 갑작스레 비가 내리기 시작하고, 여왕은 휘몰아치는 격정에 숨을 가파르게 몰아쉬고, 청년들의 눈시울은 뜨거워지기 시작하여, 마침내 빗물인지 눈물인지 알 수 없는 뜨거운 물이 사람들의 온몸을 적신다. 멈출 수 없는 격정의 회오리가 극장 전체에 휘몰아치고, 거기 모인 모든 사람들을 '내 일도 아닌, 머나먼 딴 나라 왕자의 슬픔'

에 공감하여 꺼이꺼이 울게 만드는 힘. 쏟아지는 빗물은 온갖 경계를 지우는 힘을 가졌다. 신분의 경계도, 남녀의 경계도, 나이의 경계도, 마침내 현실과 연극 사이의 경계조차도. 빗물은 거지의 이마에도, 여왕의 레이스에도 똑같은 무늬의 얼룩을 만들어낸다. 햄릿의 고뇌와 슬픔이 전염되어 마치 내 사랑하는 아버지가 억울하게 죽은 것처럼 서럽게 울고 있는 관객들을 보니 감동의 정체란, 카타르시스의 정체란 바로 그런 것이 아닐까 싶었다. "사느냐 죽느냐, 그것이 문제로다. 어느 쪽이 더 고귀한 일일까. 참혹한 운명의 화살을 맞고도 참아야 하는가, 성난 파도처럼 밀려오는 고난에 맞서 싸워야 하는가. 죽는다는 것은 그저 잠드는 것일 뿐. 잠들어서 시름을 잊을 수 있다면, 숙명적인 고통에서 벗어날 수만 있다면, 그것이야말로 우리가 바라는 생의 극치이니." 대사 하나하나가 마치 심장을 찌르는 화살처럼 날카롭게 사람들의 영혼을 찌르고, 그들은 그 숨가쁜 고통 속에서 햄릿이 그저 먼 나라의 심약한 왕자가 아니라 바로 한 치 앞의 미래를 모르는 채 매순간 불확실성의 화염 속으로 온몸을 던지는 나 자신일 수도 있음을 느꼈던 것이다.

'누가 진짜 셰익스피어인가' 하는 문제보다 더 중요한 것은 그렇게 한날한시에 수많은 사람들이 모여 〈햄릿〉이라는 걸작을 관람하며 온몸을 휘감는 전율을 통해 마침내 하나 됨을 느꼈다는 점이다. 연극이 풍기문란의 주범으로 인식될 때조차도, 왕은 물론 가난한 농부, 상인, 걸인, 창부, 하녀, 귀족에 이르기까지 남녀 노소를 가리지 않고 모인 사람들은 연극이라 불리는 거대한 영혼의 카니발 속에서 잠시 자신의 처지를 깡그리 잊어버리는 희열을 느꼈다. 인간이 느낄 수 있는 희로애락을 극한까지 몰아가는 셰익스피어의 격정과 광기 속에 빠져있는 순간만큼은, 오늘의 슬픔과 어제의 고통, 내일의 불안을 잊을 수가 있었던 것이다. 로미오와 줄리엣을 통해 죽음의 공포마저 이겨내는 사랑의 힘을 느끼고, 햄릿을 통해 치욕 속에서도 끝내 '자기다움'을 지켜내는 삶의 고귀함을 확인하는 것. 그럼으로써 '나'라는 존재의 좁은 울타리를 넘어서 이 세상 수많은 타인과 알게 모르게 연결되어있는 더 커다란 '우리'의 가능성을 믿는 것. 그것이 바로 이야기의 힘이고, 공감의 힘이며, 예술의 힘이 아닐까.

『제인 에어』와 『폭풍의 언덕』이 태어난 곳

하워스(영국)

모든 것이 사라진다 해도 그 애만 있으면 나는 계속 존재하겠지만, 모든 것이 그대로라 해도 그 애가 죽는다면 온 세상이 완전히 낯선 곳이 되어버릴 거야.

—에밀리 브론테, 『폭풍의 언덕』 중에서

이야기의 첫 장면을 읽는 순간, '이곳에 꼭 가고 싶다'는 생각을 품어 안게 하는 장소들이 있다. 『피터팬』의 네버랜드 같은 상상의 장소는 물론, 『맥베스』의 배경이 된 황량한 스코틀랜드의 평원, 『레미제라블』에서 손에 잡힐 듯 생생하게 그려지는 그때 그 시절의 파리까지. 그런 장소들은 지상에 존재하지 않거나, 이제는 '그때 그 시간의 그 장소'와는 너무 달라져 버린 곳이다. 그런데 소설 속의 장소와 실제 장소가 그리 많이 변하지 않은 곳도 있다. 바로『폭풍의 언덕』의 배경이 된 하워스 같은 곳이다. 물론 그 시절과 똑같을 순 없겠지만, 브론테 자매가 살았던 시대의 산과 들, 교회와 학교 등이 거의 그대로 보존되어 있어 '아, 여기가 소설 속의 그 장소로구나' 하는 강력한 기시감을 느낄 수 있는 장소다.

게다가 하워스로 가는 길은 낭만이 넘친다. 기차 여행을 좋아하는 사람이라면, 키슬리 역을 거쳐 꼭 증기 기관차를 타고 하워스로 가기를 권한다. 요크셔 지방의 변화무쌍한 산과 들의 아름다움을 증기 기관차의 느릿느릿한 흔들림 속에서 느낄 수 있는 여정이다. 키슬리에서 출발하는 증기 기관차를 타는 사람들은 모두 시간 여행자들처럼 보인다. 증기 기관차를 타는 순간, 지금이 21세기라는 시간 감각이 사라진다. 요즘의 간편한 모바일 승차권이나 운치라고는 없는 영수증 같은 기차표가 아니라, 기관사가 직접 구멍을 뚫어주는 도톰한 마분지 승차권을 보여줘야 한다. 런던에서 운전을 하거나 버스를 타면 3시간 50분 정도 소요되고, 런던에서 핼리팩스와 헵든 브리지 역을 거쳐 하워스로 가면 3시간 40분 정도가 걸린다. 하지만 나는 증기 기관차를 타기 위해 조금 더 복잡한 여정을 택했다. 런던에서 리즈를 거쳐, 리즈에서 키슬리로, 키슬리에서 하워스로, 여러 번 기차를 갈아타야 하

지만 그 불편함이 결코 헛되지 않았다. 하워스로 가는 길 곳곳에서 만난 옛 시절의 풍광과 순박한 사람들의 표정이 한겨울의 추위마저 녹여주는 느낌이었다. 여름에 갔다면 좀 더 아름답고 생기발랄한 하워스의 풍광을 담아올 수 있었겠지만,『폭풍의 언덕』의 황량하고 스산한 느낌을 그대로 느끼기 위해서는 겨울 여행이 제격이었다.

『폭풍의 언덕』의 첫 장면에서 하워스는 이렇게 그려진다. "이 얼마나 아름다운 장소인가! 잉글랜드 전역을 뒤져봐도 세상의 시끌벅적함으로부터 이보다 더 동떨어진 곳을 찾아낼 수 있을까. 인간 혐오증 환자에게는 더없는 천국임에 틀림없다. 더구나 히스클리프와 나는 이러한 적막감을 함께 나누기 딱 좋은 한 쌍이다." 이 장면을 읽다 보면 강팍하고 성마른 인상을 숨기지 못하는 남자, 누구에게도 길들여지지 않을 듯한 야성의 남자 히스클리프가 하워스의 골목 어귀 어딘가에서 튀어나올 것만 같다. 무엇이 속세와 동떨어진 작은 시골 마을에 무려 7만여 명의 관광객이 매년 찾아오도록 만드는 것일까. 그것은 역시 브론테 자매의 힘이다. 이 안타까운 자매들의 사연은 지금도 평범한 시골 마을 하워스를 위대한 예술의 탄생 공간으로 만들어준다. 하워스는 브론테 자매의 흔적을 빼고는 그리 특별한 볼거리가 없고 이런저런 관광 자원이 풍부한 곳도 아니지만, 하워스로 가는 길이 참으로 유서 깊고 고풍스러워서 영국의 중세를 향해 시간 여행을 하는 느낌을 준다. 키슬리 역에서 하루 동안 자유롭게 영국의 옛날 증기 기관차를 탈 수 있는 티켓을 끊으면, 하워스는 물론 다섯 곳의 전형적인 요크셔 지방 시골 마을을 자유롭게 기차를 타고 오르내릴 수 있다.

지금도 옛 증기 기관차의 방식을 그대로 고수하는 이곳의 열차를 타기 위해 여행을 떠나는 사람들도 많다. 특히 검표원이 직접 나와 한 사람 한 사람씩 옛날식 마분지 기차표에 구멍을 뚫어주며 정겹게 인사를 하는 장면을 보면 마치 타임머신을 타고 영국의 19세기로 날아든 것 같은 기분 좋은 환상에 흠뻑 빠지게 된다. 하워스는 그중에서도 '브론테 마을'로 유명한 곳이다. 샬럿 브론테와 에밀리 브론테, 막내 앤 브론테가 자라난 곳이며, 브론테 자매의 아버지가 교구 목사로 일하던 곳이다. 하워스의 겨울은 혹독하다. 겨울에 방문한 나에게는 하워스의 모진 바람과 추운 날씨가 마치『폭풍의 언덕』의 첫 장면처럼 스산하게 느껴졌다. 브론테 가문의 유달리 잦은 죽음도 바로 이런 가혹한 날씨 때문이 아니었을까 의심이 될 정도로, 하워스의 겨울 날씨는 우중충했다. 대낮에 방문했는데도 마치 금방이라도 땅거미가 질 것처럼 어둡게 느껴지는 하워스 곳곳에서는 살을 에는 듯한 칼바람이 불었다. 하지만 브론테 자매의 유해가 묻혀있는 교회와 브론테 목사관 박물관은 마치 어둠 속에서 반짝이는 샛별처럼 희망을 주었다. 저 안으로 들어가면 브론테 자매의 흔적을 만날 수 있겠지, 하는 기대와 설렘으로 내 가슴은 두근거렸다.

브론테 자매의 유해가 묻혀있는 하워스 교회에 들어가니 알록
달록한 스테인드글라스로 장식된 교회 내부가 무척이나 따뜻하
게 느껴진다. 겨울이라 관광객은 거의 없었지만 교회 내부에 들
어가는 것만으로도 추위에 떨었던 몸은 금방 따뜻해졌다. 브론
테 자매의 유해가 묻혀있는 쪽의 기둥에는 두 작가의 삶을 기리
는 글이 선명하게 새겨져있었고, 그 근처에는 샬럿 브론테의 출
생증명서와 결혼 사진, 친필 편지 등이 유리 상자 안에 소중히
보관되어있다. 브론테 자매는 원래 다섯 명이나 되었는데, 두 명
의 언니는 어렸을 때 폐결핵으로 죽고, 샬럿과 에밀리와 앤은 모
두 작가가 되었지만 세 사람 모두 30대와 20대의 나이에 요절하
고 말았다. 그 짧은 인생 동안 그녀들이 이룬 성취는 실로 눈부
시다. 샬럿의『제인 에어』나 에밀리의『폭풍의 언덕』말고도 여러
편의 작품들이 남아있고, 고향인 하워스에 학교를 세워 열정적
으로 아이들을 가르치고자 했다. 무엇보다도 여성이 작가로 살아
가는 것이 하늘에 별 따기만큼이나 어려웠던 시절, 샬럿, 에밀리,
앤 자매는 모두 작가가 되어 남성들의 세계에 도전했다. 그것도
런던이나 에든버러 같은 커다란 도시도 아닌, 머나먼 시골 마을
하워스에서 말이다.

1816년에 태어난 샬럿 브론테의 인생에서 죽음은 마치 너무
자주 나타나는 복병처럼 그녀의 삶에 깊은 그늘을 드리웠다.

1821년 샬럿이 겨우 다섯 살 때 어머니가 돌아가셨고, 1825년에는 샬럿의 언니인 마리아와 엘리자베스가 사망한다. 브론테 가문의 사람들은 대부분 단명했고, 결혼을 하지 못한 채 사망한 사람들이 많아서 자손도 거의 찾아볼 수가 없다. 하지만 샬럿 브론테와 에밀리 브론테가 남긴 작품들은 여전히 세계 문학사에 유례가 없는 놀라운 성취로 남아있다. 그들은 인간의 우울과 슬픔에 대해 본격적으로 파고든 최초의 근대적 여성 작가가 아니었을까. 『제인 에어』와 『폭풍의 언덕』 모두 아주 침울하고 스산한 분위기로 시작된다. 제인 에어는 자신을 사랑하지 않는 친척집에 얹혀사는 천덕꾸러기로서 그들의 잔소리로 괴로워하고, 사랑받으며 자라는 사촌 아이들에 대한 굴욕감과 열등감을 느낀다. 『폭풍의 언덕』은 한술 더 뜬다. 소설의 첫 장면에서 록우드 씨는 이곳이 흥미롭고 매혹적인 고장이라서가 아니라 '세상과 동떨어진 곳', '염세가들이 좋아할 만한 곳'이라서 하워스를 택했다고 선언한다. 세상을 싫어하는 염세가에게는 천국이겠지만, 세상과 섞여 살아가고 싶어하는 사람들에게는 지옥 같은 곳이 바로 폭풍의 언덕이었던 것은 아닌지.

부모님이 일찍 돌아가신 탓에 고아가 되어버린 제인 에어를 '키운다'기보다는 '학대'하고 있는 리드 부인은 이제 겨우 열 살밖에 되지 않은 제인에게 이렇게 충고한다. 좀 더 싹싹하고 더 어린이다워지라고. "뭔가 더 명랑하고 더 솔직하고 더 자연스러워지도록 노력해라." 마치 제인이 좀 더 상냥하고 어린애다워지기라도 하면 그녀를 사랑해주기라도 할 것처럼. 하지만 리드 가문의 사람들은 깨닫지 못하고 있다. 사실은 제인 에어가 어린이답지 못해서가 아니라 그들이 제인 에어를 보통 어린이로 대해주지 않았기 때문이라는 것을. 그들은 제인을 천덕꾸러기 고아로 대접했고 자신이 엄청난 혜택을 주는 것처럼 생색을 냈다. 어린이는 그저 어린이라는 이유만으로 사랑받을 권리가 있지 않은가. 제인 에어에게는 바로 그런 조건 없는 사랑, 무조건적인 사랑의 경험이 없었다. "저쪽에 가서 앉아. 그리고 내 마음에 들게 말할 수 있을 때까지 입을 다물고 있거라."

『폭풍의 언덕』을 읽는 체험은 마치 세상에서 가장 슬프고 무서운 공포 영화를 보는 느낌을 준다. 눈보라 치는 겨울, 마치 다시는 봄이 올 것 같지 않은 폐허 속에서, 이미 죽어버린 여인 캐서린의 유령이 록우드가 혼자 잠든 창문을 세차게 두드리며 이렇게 외친다. "제발 나를 안으로 들여보내주세요." 이미 이 세상 사람이 아닌 아름다운 여인 캐서린의 유령은 작품 전체를 지배하는 불안과 공포의 정서를 증폭시킨다. 캐서린의 유령은 마치 안개처럼 마을 전체를 드리우고 있어서 이 마을에는 캐서린의 흔적이 스미지 않은 장소란 없는 것만 같다. 하지만 『폭풍의 언덕』의 진짜 매력은 이 서늘한 공포가 아니라 그 공포를 딛고 일어서는 눈부신 사랑의 힘이다. 오누이처럼 자란 캐서린과 히스클

리프는 신분의 차이를 딛고, 마침내 죽음과 삶이라는 경계조차 뛰어넘어 서로를 향한 완전한 합일에 이른다.

에밀리와 샬럿 브론테의 삶은 작품 속 주인공들 못지않게 용감했다. 1844년 샬럿이 스물여덟 살, 에밀리가 스물여섯 살 때 두 사람은 고향인 하워스에 학교를 설립하려고 했다. 1846년 세 자매 샬럿, 에밀리, 앤 브론테의 시집 『커러, 엘리스, 액턴 벨의 시집』을 출판했고 샬럿은 『교수』라는 작품을 여러 출판사에 보냈지만 거절당했으며, 그 쓰라린 상처를 안고 『제인 에어』를 집필했다. 1847년은 에밀리와 샬럿, 앤에게 운명적인 해였다. 샬럿의 『제인 에어』, 에밀리의 『폭풍의 언덕』, 앤의 『아그네스 그레이』가 모두 1847년에 출판되었기 때문이다. 하지만 1854년 아버지의 부목사 아서 벨 니콜스와 결혼한 뒤 바로 이듬해에 샬럿은 사망하고 만다.

너무 일찍 안타깝게 세상을 떠난 브론테 자매의 삶을 돌아보며 그들의 작품을 읽어보면 그들이 감당했을 삶의 짐이 얼마나 무거웠을지, 그럼에도 불구하고 그들의 작품이 얼마나 강인한 불굴의 의지 속에서 태어난 것인지를 새삼 느끼게 된다. 제인 에어가 생애 최초로 자신을 괴롭히는 타인에게 당당하게 맞서는 장면은 언제 읽어도 매번 싱그러운 감동으로 다가온다. 사촌 존은 제인이 책을 읽는 모습조차 못마땅해하며 그녀를 괴롭힌다. "넌 책을 볼 자격이 없어. 엄마 말대로 넌 더부살이에다 돈도 없어.

너네 아버지가 돈 한 푼 안 남겼대. 너는 구걸을 해야 해. 여기서 우리 같은 신사의 자식들과 함께 살고, 우리 엄마 돈으로 우리와 같은 음식을 먹고, 우리와 같은 옷을 입으면 안 돼." 제인 에어가 보는 책조차 '내 책'이라며 볼 수 없게 만든 존 리드는 책을 제인의 머리에 던졌고, 제인의 눈가에 상처가 나면서 엄청난 고통이 그녀를 엄습한다. 바로 그때 제인이 소리친다. "이 사악하고 잔인한 놈아!" "넌 살인자 같아, 넌 노예 감독 같아, 넌 로마 황제 같아!" 열 살에 이미 로마의 역사를 꿰고 있던 제인은 자신을 괴롭힌 사촌 오빠가 '네로와 칼리굴라 같은, 천하의 사악한 악당'이라고 생각했던 것이다. 제인 에어는 자신의 가치를 깎아내리는 사람들 틈바구니에서 결코 굴하지 않았다. 그들이 제인을 혐오하고 비하할 때마다 제인은 오히려 강인해졌다. 결코 꺾이지 않는 자존심의 주인공이 되기 위해 제인 에어는 피나는 노력을 했다. 끊임없이 공부했고 책을 읽었고 그림을 그리고 세상을 관찰했다. 제인 에어의 반짝이는 지성이 상처 입은 그녀 자신의 영혼을 구원한 것이다. 브론테 자매의 용기와 열정을 여전히 간직한 하워스는 오늘도 정겨운 증기 기관차의 방문을 기다리며, '여자는 훌륭한 작가가 될 수 없다'는 견고한 사회적 통념의 유리천장을 깨부순 이 눈부신 여성들의 용기를 기리고 있다.

이제는 '브론테 마을'이라 불러도 좋을 이 작은 시골 마을에서 사람들은 대도시의 온갖 북적임과는 거리가 먼 외딴 장소에서 그 자체로 충만한 삶을 영위하고 있었다. 나는 아직도 옛 모습을 간직하고 있는 빨간 우체통이 하도 정겨워서 한참을 만지작거리고 있었다. 아직도 사람들이 이 우체통에 손 편지를 보낼까. 샬럿 브론테와 에밀리 브론테도 이 우체통에 직접 손으로 꾹꾹 눌러쓴 편지를 넣었을까. 이런 공상에 빠져있는데 누군가가 뒤에서 "잠깐만 비켜주세요"라고 말을 걸었다. 하워스의 우체부 아저씨였다. 우체부 아저씨가 정겨운 빨간 우체통의 자물쇠를 따자 우편물이 쏟아져 나왔다. 아직도 이 옛날 우체통은 활기차게 성업 중이었던 것이다. 좀 더 옛날 방식에 가깝게, 좀 더 아날로그적으로 살아가는 하워스 사람들의 느릿느릿한 삶의 방식이 좋았다. 사람들은 오래된 나무 벤치에 걸터앉아 천천히 커피를 마시며 하염없이 햇살 바라기를 하기도 하고, 반려견과 함께 산책을 하며 몇십 년은 한자리에서 가게를 지켰을 레스토랑 주인과 담소를 나누기도 했다. 나는 사람의 손으로 하나하나 끼워 넣은 돌들이 가지런히 깔려있는 하워스의 옛길을 걸어가며 그토록 짧은 생을 살면서도 이토록 아름다운 작품을 남긴 브론테 자매의 열정을 생각했다.

영국에서 가장 복잡한 대도시 런던에서 상업과 쇼핑의 도시 리즈를 거쳐, 증기 기관차가 오가는 키슬리와 하워스로 향하는 여정 속에서 나는 '도시의 삶에서 우리가 얻는 것과 잃어버리는 것'의 대차대조표를 그려보았다. 나 또한 대도시에서 살지만 소

도시의 매력에 이끌려 무작정 길을 떠나기도 하고, 시골 마을의 매력에 사로잡혀 갑자기 짐을 싸기도 한다. 이런 끊임없는 역마살의 뿌리에는 지금 이 도시의 삶만으로는 만족하지 못하는 내 안의 열망이 자리하고 있을 것이다. 브론테 자매는 반대로 도시의 삶을 동경하기도 했을 것이다. 때로는 이 작은 시골 마을에서 답답함을 느꼈을 것이고, 때로는 더 넓은 세계를 향한 알 수 없는 그리움으로 신열에 들뜨기도 했을 것이다. 브론테 자매에게 책을 읽는다는 것은 더 넓은 세상, 알 수 없는 바깥세상과의 교신이자 소통이었다. 그들에게 글을 쓴다는 것은 미지의 세계를 향해 힘차게 내딛는 간절한 발걸음이었다. 많은 사람들은 '어떻게 이런 외딴 시골에서 이토록 위대한 작품들이 쏟아져 나왔을까'라고 질문하지만, 실은 바로 이런 외딴 시골이었기에 더욱 간절한 목마름으로, 도시의 시끌벅적함과 냉정한 거리를 두고, 자기만의 창조성을 발휘할 수 있었던 것이 아닐까.

우리는 모두 조금씩
돈키호테의 후예

콘수에그라(스페인)

여행의 참된 기쁨 중 하나는 여행이 끝난 뒤 오랜 시간이 지나도 지속되는 설렘이다. 시간이 흘러도 더욱 새록새록 싱그러워지는 추억의 아우라를 곱씹는 것이야말로 여행의 또 다른 기쁨이다. 추운 겨울에 한여름의 바캉스를 떠올리며 따뜻함을 느끼고, 무더운 여름에는 겨울 바다의 고즈넉한 산책을 회상하며 차가운 겨울 바람의 향기를 상상해본다. 유난히 추위가 빨리 찾아온 겨울, 나는 콘수에그라의 뜨거운 햇빛과 새파란 하늘을 그리워하며 여행의 추억에 잠겼다. 한여름의 스페인의 여행은 워낙 더운 날씨 때문에 모두에게 추천하고 싶지는 않지만, 그래도 열정과 낭만이 가득한 스페인 특유의 감수성을 최대한 경험하고 싶은 사람에게는 살짝 귀띔하고 싶다. 정말 무더운 날씨에다 에어컨 없는 건물도 수두룩한 곳이지만, '그래도 스페인은 여름'이라고. 바르셀로나 해변 클럽의 밤새 끝나지 않는 축제의 열기도, 알람브라의 작열하는 태양 아래 장엄하게 펼쳐지는 궁전과 성벽, 정열과 광기가 어우러지는 최고의 향연인 플라멩코의 본고장 세비야에 이르기까지. 스페인에 가장 잘 어울리는 계절은 여름이다.

2016년 여름 나는 세 번째로 톨레도를 방문했다. 두 번째 방문할 때까지는 톨레도 그 자체의 매력을 보고 싶었으나, 이번에는 돈키호테의 풍차로 유명한 콘수에그라를 함께 방문하고 싶었다. 마드리드에서 톨레도까지는 기차로 40분, 버스로 1시간 15분, 운전을 하면 50분 정도의 거리다. 나는 마드리드에서 기차를 타고 톨레도까지 가서 한 번 더 톨레도의 아름다운 골목길을 둘러본 뒤 톨레도에서 콘수에그라로 가는 버스를 타기로 했다. 톨레도에서 콘수에그라까지는 버스로 50분에서 1시간 정도의 거리다. 톨레도에 10여 년 전 처음에 갔을 때는 없었던 거대한 에스컬레이터가 설치되어있었다. 한여름에 언덕길을 땀을 뻘뻘 흘리며 올라가는 수고를 덜어주는 에스컬레이터를 타고 톨레도의 마을 한복판으로 바로 들어갈 수 있었다. 은세공으로 유명한 톨레도에는 각종 은제품을 파는 가게들이 즐비한데, 그 섬세하고도 미려한 은세공 제품들 중에서도 이번에는 유난히 '돈키호테와 산초'

시리즈가 눈에 띄었다.

기사라고 하기보다는 왠지 우아한 광대처럼 보이는 돈키호테, 풍만한 몸집과 너그러운 미소로 사람의 기분을 편안하게 해주는 산초, 그리고 주인을 잘못 만나 팔자에 없는 편력을 떠나게 된 가여운 명마 로시난테. 세 친구의 모습을 앙증맞은 은세공 제품으로 빚어낸 돈키호테 시리즈는 어디서나 넉넉한 미소로 톨레도의 여행자들을 반겼다. 돈키호테에게 못 이기는 척 가짜 기사 작위를 내려주는 여관 주인도, 돈키호테가 소설책 때문에 미쳐버렸다고 걱정하며 모든 소설책을 불태워버려야 한다고 주장하는 사람들도, 그리고 돈키호테가 정상이 아니라는 것을 알면서도 의심의 눈길이 아닌 연민과 우정의 눈길로 돈키호테와 머나먼 고행길을 떠나는 산초야말로 돈키호테의 모험을 가능하게 만든 진정한 인연의 힘이다. 돈키호테로 하여금 실현 불가능한 이상을 품게 만든 것은 중세 기사들의 영웅적 모험담을 펼쳐놓은 책들이었지만, 돈키호테가 자신의 삶 속에서 한 번도 실현해보지 못한 진짜 모험을 떠날 수 있게 만든 것은 산초를 비롯한 주변의 온갖 인연의 힘이었던 것이다.

작가 이창래는 돈키호테를 일컬어 이렇게 말한 적이 있다. "인간 삶의 모든 어리석음, 갈망, 욕망, 그 모든 것이 여기 다 들어있다"고. 나는 그 모든 어리석음과 이룰 수 없는 갈망이 가득한 『돈키호테』의 흔적을 찾아 콘수에그라로 떠났다. 마드리드에서 콘수에그라로 가는 길은 크게 두 가지가 있다. 마드리드에서 콘수에그라로 직행하는 버스를 타거나, 마드리드에서 톨레도로 간 다음 콘수에그라로 가는 버스를 타는 것이다. 나는 톨레도를 한 번 더 보고 싶은 마음 때문에 두 번째 길을 택했다. 톨레도로 가는 기차 안에서 『돈키호테』를 다시 읽다가 멋진 구절을 만났다. "역사는 진실의 어머니이며 시간의 그림자이며 행위의 축적이다. 그리고 과거의 증인, 현재의 본보기이자 미래에 대한 예고다." 첨단 문물로 가득한 대도시보다 오래된 역사의 흔적이 살아 숨 쉬는 곳이 더욱 매력적인 이유가 바로 이것이 아닐까. 오직 현재에만 집착하여 경제적 이익만을 최고의 가치로 생각하는 장소에서는, '진실의 어머니'는커녕 '시간의 그림자'나 '과거의 증인', '미래의 예고'를 전혀 느낄 수가 없으니까. 돈키호테는 책을 통해 역사와 만났고, 역사 속의 그 아름다운 투쟁과 열정의 기사도가 당시의 삭막한 현실 속에서는 더 이상 아무런 의미가 없다는 사실에 안타까움을 느꼈다.

돈키호테는 바보 같아 보이지만 결코 멍청하거나 미친 사람이 아니다. 모두들 현실에만 집착하느라 현실이 어떠해야 하는지를 고민하지 않을 때, 그는 잘못된 세태에 맞서 끝까지 싸우는 이상의 소중함을 일깨웠다. "이상 없이 살 수 없는 용기. 난 그런 거 없소이다." 바로 그것이다. 현실을 모르면 바보 취급을 받지만, 이상도 꿈도 없이 현실에만 안주하여 산다는 것은 바보 취급을 당하는 것보다 더욱 고통스럽다. 나는 톨레도를 거쳐 콘수에그라로 가면서 '나 또한 나이가 들수록 점점 현실에 안주하여 게으르고 타산적인 사람이 되어가고 있는 것은 아닌가' 하고 스스로를 다그쳐보았다. 새로운 이상에 도전하기보다는 현실에 안주하기 좋아하는 우리 어른들의 나태한 가슴속에서 돈키호테의 열정과 순수를 꺼내는 것이야말로 여행의 힘, 문학의 힘 그리고 희망의 힘이 아닐까.

풍차마을 콘수에그라는 마침 장터가 열려 북적거렸다. 중세기사들의 복장을 입은 남자들이 거리를 활보했고, 손에 맥주와 스페인식 전통 요리를 들고 여기저기 자리를 옮기며 만찬을 즐기는 사람들의 모습이 한없이 자유로워 보였다. 파는 물건이나 사람들의 의상은 달랐지만, 우리네 전통 장터의 정겨움과 무척 닮은 시장에서 한 할아버지에게 '풍차마을의 꼭대기'로 올라가는 길을 물었다. 걸어가기에는 멀다며 버스를 타고 올라가라고 했는데, 나는 왠지 투지가 불타올라 걸어 올라가는 길을 택했다. 돈키호테가 겪은 고난의 여정을 아주 조금이라도 체험해보고 싶은 마음 때문이었다. 과연 오르막길은 힘겨웠지만, 풍차 하나가 곧 커다란 집채만 한 콘수에그라의 풍경은 장엄했다. 풍차와 풍차 사이의 간격이 넓고, 험준한 바위들이 곳곳에 포진해있는 마을의 경치는 황량함과 너그러움이 공존하여 묘한 조화를 이루고 있었다. 풍차 아래 고즈넉하니 앉아 흘러간 시간의 뒷모습을 응시하는 여행자의 눈빛이 아련하게 반짝였다. 풍차마을로 가는 오르막길은 힘들었지만, 그 길에서 만난 사람들의 눈빛은 돈키호테를 향한 아련한 향수로 가득했다. 마드리드와 바르셀로나의 비싼 물가에 비하면 콘수에그라는 모든 것이 반값도 되지 않았다. 10유로 정도면 두 사람이서 맥주와 식사를 함께 할 수 있을 정도로 인심이 후했다.

돈키호테는 쓰레기 더미 속에서 보물을 찾는 것이야말로 진정한 기사도 정신이라 보았으며, 가장 미친 짓은 오히려 현실에 안주하여 꿈 따위는 잊어버린 속물주의라고 보았다. 체 게바라는 그 돈키호테의 '두려움 없는 질주'야말로 역사를 바꾸는 힘임을 알았다. "물레방아를 향해 질주하는 돈키호테처럼 나는 녹슬지 않는 창을 가슴에 지닌 채 자유를 얻는 그날까지 앞으로만 앞으로만 달려갈 것이다." 『돈키호테』를 읽고 있으면 우리가 가장 큰 용기를 내야 할 순간은 어느 멋진 훗날이 아니라 바로 지금임을 알게 된다. 머나먼 훗날에, 아주 시간이 남아돌 때까지 꿈을 미루는 것이 아니라, 지금 꿈꾸라고, 지금 사랑하라고, 지금 행복하라고 말해주는 돈키호테. 세상은 우리에게 산초 판사처럼 "현실에 적응하라"고 말하지만, 우리 안에 꿈틀거리는 저마다의 돈키호테는 꿈과 이상을 향한 멈출 수 없는 열정이야말로 삶을 추동하는 힘이라고 속삭인다. 온갖 고된 여정과 쓰라린 객고에도 불구하고 여행을 계속하는 한, 우리는 모두 조금씩 '돈키호테의 후예'가 아닐까. 다른 삶을 향한 끝없는 모험과 열정이야말로 돈키호테의 등을 떠미는 영혼의 바람이었다.

콘수에그라의 거대한 풍차들, 그러니까 돈키호테가 자신이 싸워 이겨야 할 진정한 적수라고 생각하고 용감하게 뛰어들었던 그 풍차들을 바라보니, 입이 딱 벌어졌다. 실제로 돈키호테가 말을 타고 그 풍차로 뛰어들었더라면 목숨을 부지하기 힘들었을 것이라는 생각이 들 정도로 엄청난 규모였다. 산초는 얼마나 당황스러웠을까. 돈키호테는 거대한 풍차들의 무리를 보자마자 감격에 겨워 이렇게 선언한다. "친구 산초 판사여, 저기를 좀 보게! 서른 명이 넘는 어마어마한 거인들이 있네. 나는 싸워 저놈들을 몰살시킬 것이야. 그 전리품으로 부자가 될 걸세. 이것이야말로 정의의 싸움이며, 사악한 씨를 이 땅에서 없앰으로써 하느님께 크게 봉사하는 일인 게지." 돈키호테의 엉뚱한 성격을 익히 아는 산초였지만, 풍차를 괴물로 착각하고 그야말로 용감무쌍하게 적진으로 돌진하는 돈키호테의 모습은 얼마나 속수무책의 철없는 영웅 놀음처럼 보였을까. 산초는 사정없이 내동댕이쳐진 돈키호테의 모습을 딱하게 바라보며 이렇게 말한다. "아이고 맙소사! 제대로 살피고 일을 하시라고 제가 말씀드리지 않았나요? 저건 풍차라고요. 머릿속에 그런 해괴한 생각을 담고 있는 사람이 아니라면 누가 그걸 모르겠냐고요!"

내가 세르반테스의 『돈키호테』에서 가장 좋아하는 장면 중 하

나는 이렇게 산초의 진심 어린 애정이 듬뿍 묻어나는 장면이다. 산초가 극구 말리는데도 굳이 한밤중에 용감하게 모험을 떠나야 한다며 그야말로 난리법석을 피우는 돈키호테. 그날도 어김없이 온갖 화려한 미사여구와 용맹스러운 결심을 담은 문장을 나열하며 자신이 오늘 밤 반드시 길을 떠나야 하는 이유를 구구절절 설명하는 돈키호테 앞에서 산초는 망연자실한다. 산초는 한밤중에 성치도 않은 몸과 마음으로 혼자 적을 무찌르러 나간다는 돈키호테를 붙잡기 위해 기막힌 묘안을 짜낸다. 한밤중이라 돈키호테의 시선을 교묘히 피해 로시난테의 네발을 묶어버린 것이다. 아무리 박차를 가해도 로시난테가 한 발짝도 움직이지 못하자 돈키호테는 어리둥절해한다. 발을 묶여 답답함을 호소하는 로시난테의 비명 소리는 처량하고 구슬프지만 독자는 그럼에도 웃음을 참을 수가 없다. 로시난테에게도 이 위험한 한밤중에 철부지 주인 돈키호테를 태우고 정처도 없이 길을 떠나는 것보다는 산초의 보호를 받으며 발이 묶여있는 편이 안전하기 때문이다.

그야말로 웃지도 울지도 못할 상황이 발생한 것이다. 말 주인 돈키호테는 기를 쓰고 출발하려 하고, 종자인 산초는 기를 쓰고 주인을 막아서며 말리고, 로시난테는 어떻게든 한 발짝이라도 움직여보려 하지만 옴짝달싹하지 못하는 상태가 되어버린 것이다. 돈키호테가 그럼에도 포기하지 않고 계속 길을 떠나려 하자 산초는 곧 죽어도 남의 말은 듣지 않는 이 고집불통의 편력 기사를 보필해야 하는 스트레스에 몸을 떨다가 그만 바지도 내리지 못한 상태에서 '커다란 실례'를 범하고 만다. 자신이 뒷간에 가면 돈키호테가 몰래 혼자 길을 떠날지도 모르기에, 차마 큰일도 보러 가지 못하고 참고 또 참으며 실랑이를 벌이다가 엄청난 실례를 저지르고 만 것이다. 산초는 민망함과 부끄러움에 어쩔 줄 모르고 돈키호테는 평소의 점잖음과 우아함을 유지해보려고 기를 쓰지만, 산초의 몸에서 풍겨 나오는 고약한 분변의 향내만큼은 숨길 수가 없다. 산초는 부끄러움에 몸부림치다가 결국 키득키득 터져나오는 웃음을 참지 못하고, 돈키호테는 산초의 몸에서 풍겨 나오는 냄새에 놀라 떠나고 싶은 비장한 각오까지 잊어버릴 지경이다. 말 못하는 로시난테는 얼마나 황당하고 어처구니없었을까. 『돈키호테』는 이렇듯 주인공이 심각하고 비장해질수록 오히려 우스꽝스러운 상황을 연출하여 독자들로 하여금 웃음과 슬픔이 절묘하게 어우러진 '웃픈 미소'를 자아내게 만든다.

재미있는 것은 이 모든 상황에서 모든 사람들이 심각하고 진지하게 최선을 다한다는 점이다. 한 치 앞이 보이지 않는 한밤중의 공포 속에서도 돈키호테는 진심으로 적들을 물리치는 고행길을 떠나고 싶어 안달이 나있고, 산초는 돈키호테의 엉뚱하고도 기막힌 용기와 기백에 황당해하면서도 진심으로 돈키호테의 안위를 걱정하고 있으며, 영문을 모르는 로시난테조차도 나름대로 열심히 한 발자국이라도 더 앞으로 나아가기 위해 심각하게 발 버둥치고 있다.

이 모든 상황이 안쓰러우면서도 정겹고 애처롭다. 지금 내가 처한 상황에 만족하지 못하고 끊임없이 더 커다랗고 높은 이상을 향해 눈가리개를 한 경주마처럼 앞으로, 또 앞으로 질주할 수밖에 없는 인간의 영원한 결핍을 일깨우는 것이다. 돈키호테는 언뜻 헛된 이상에 사로잡혀 인생을 낭비하는 백면서생처럼 보일 수 있지만, 주인의 학대와 착취에 고통받는 소년을 구하려고 애쓸 때의 돈키호테는 마치 순수한 열정에 불타오르는 혁명가처럼 보이기도 하고, 가상의 연인 둘시네아를 향한 낭만적 사랑을 거침없이 표현하는 대목에서는 그의 늙고 지친 상태와는 상관없이 그저 사랑에 빠진 순수한 청년처럼 보이기도 한다. 돈키호테는 그렇게 현실의 남루함 속에서도 결코 빛을 잃지 않는 우리 안의 순수를 자극하는 존재가 아닐까 싶다. 주인에게 품삯도 제대로 받지 못하고 가혹한 매질을 당하고 있는 소년을 구하려는 돈키호테의 마음은 누구보다도 순수하게 고통받는 자의 아픔을 함께하려는 공감의 몸짓으로 다가온다. 가상의 연인 둘시네아를 향한 열정에 사로잡혀 말도 안 되는 공상과 고백과 모험을 불사하는 돈키호테의 사랑 또한 세속에 찌든 사람들에게서는 찾아보기 힘든 해맑은 순수와 열정으로 읽는 이에게 난데없는 감동을 준다. 돈키호테는 현실의 장벽 앞에서 매번 꿈을 포기하는 데 익숙해진 우리에게 이렇게 속삭이는 것만 같다. 공포가 영혼을 할 퀴어도 좋다. 내가 가진 모든 것을 다 잃어도 좋다. 나의 눈부신 이상을 이 세상 한 귀퉁이에 조금이라도 펼칠 수만 있다면. 콘수에그라의 거대한 풍차를 보면서 나는 뮤지컬 〈맨 오브 라만차〉의 멋진 노래 가사를 떠올리며, 콘수에그라의 여정이 내게는 '내 마음의 돈키호테'라는 별을 되찾는 과정이었음을 깨닫는다.

이룰 수 없는 꿈을 꾸고

이겨낼 수 없는 적과 싸우며

감당해낼 수 없는 슬픔을 견디어내고

용맹한 자도 가기를 꺼리는 곳으로 달려가며

교정될 수 없는 악을 바로잡고

저 멀고 먼 순수와 순결을 사랑하며

두 팔이 피곤할 때도 실천하기를 주저 않고

닿을 수 없는 별에 가 닿는 것

이것이 내가 추구하는 바요.

그 별을 따라가는 것

아무리 희망이 없을지라도

아무리 갈 길이 멀더라도

옳음을 위해 나아가고

그 어떤 의혹이나 쉼이 없이

기꺼이 지옥으로 행진해가오.

하늘의 정의를 위해서!

그리고 나는 아오.

내가 언젠가 이 영광스러운 과업을 마치고 쉬게 될 때

나의 마음이 평화롭고 고요하리라는 것을.

그리고 세상은 좀 더 나아지겠지요.

멸시당하고 상처투성이의 사나이일지라도

단 한 푼만큼이라도 남아있는 마지막 용기를 가지고서

저 닿을 수 없는 별에 나아가 닿는다면!

　　　　　　—〈이룰 수 없는 꿈〉, 뮤지컬 〈맨 오브 라만차〉 중에서

유쾌하고도 우아한 현실주의자, 제인 오스틴

바스(영국)

착한 척하는 건 흔해. 어딜 가나 널렸으니까. 하지만 꾸미거나 의도하지 않고 그냥 착한 것, 모든 사람의 장점을 보고 그걸 더 좋게 만들어주고 나쁜 점을 얘기하지 않는 것은 언니만 할 수 있어.

—제인 오스틴, 『오만과 편견』 중에서

똑같은 바람이 불어도 사람마다 다른 생각을 한다. 작가 윌리엄 아서 워드에 따르면, 비관주의자들은 바람이 불면 궁시렁궁시렁 불평을 한다. 낙관주의자들은 바람을 보며 어떤 변화를 기대한다. 현실주의자는 바람을 바라보며 자기 배의 돛을 점검한다. 나는 어느 쪽일까. 나는 세 가지 모두를 생각하느라 정작 무엇을 먼저 해야 할지 모르는 다중인격자인 것 같다. 바람이 불면, '오늘 또 바람이 부네, 날씨가 얼마나 추울까' 걱정을 하기도 하고, '창밖에 불고 있는 저 바람처럼 내 인생에도 변화의 바람이 불까' 하고 기대에 부풀어오르기도 한다. 가장 취하기 어려운 것은 현실주의자의 태도다. 바람이 부는 방향에 따라, 바람이 부는 강도에 따라, 내 배의 돛을 점검하는 것. 그것은 죄 없는 바람을 비난하는 것도, 바람에 지나친 기대를 거는 것도 아닌, '피할 수 없는 현실'에 맞게 나 자신을 변화시키는 현실주의자의 태도다. 내게 작가 제인 오스틴은 바로 그런 현실주의자의 얼굴로 다가온다. 마음속에는 엄청난 열정과 낭만을 품었지만, 여러 가지 현실적인 장애물에 부딪혀 자신의 진로를 조금씩 변경한 사람. 여성 작가의 창조성이 환영받는 현대 사회에 태어났더라면 헤밍웨이 못지않은 인기를 누렸을 사람. 그러나 여성이 '작가'가 되는 것 자체가 쉽지 않아 자신의 첫 작품 『이성과 감성』을 가명으로 출판했을 정도로, 명실상부한 작가가 되기까지 너무도 험난한 여정을 걸어갔던 사람, 그가 바로 제인 오스틴이다.

런던 근교의 수많은 소도시 중 내게 가장 매력적인 곳은 제인 오스틴 센터가 있는 바스였다. 제인 오스틴의 여성 주인공들은 자신에게 주어진 현실적인 제약을 뛰어넘기 위해 고군분투한다. 그런데 그렇게 투쟁하는 과정이 결코 비극적으로만 그려지지 않는다. 그녀들은 귀족의 자제로 자라나 인생에 대한 맷집이 부족한 연약한 남성들보다 훨씬 씩씩하고 지혜롭게 난관을 헤쳐나간다. 『이성과 감성』에서 두 번째 부인의 딸이라는 이유로 제대로 유산 상속을 받지 못해 열아홉 살의 나이에 가족의 생계를 모두 책임지게 된 엘리너. 그녀는 거센 바람이 불어오는 것을 보면 묵묵히 자신의 돛대를 수리하고 배의 안전을 점검할, 침착한 현실주의자다. 바람이 불면 평소보다 더욱 호들갑을 떨며 슬픈 피아노 곡조를 읊조리고 허리케인에 못지않은 변화무쌍함으로 오르락내리락 감정선을 타는 여동생 매리언과 달리, 엘리너는 열아홉 살이라는 나이가 믿기지 않을 정도로 차분하고 이성적이다. 엘리너만이 주인공이었다면 자칫 무겁고 어두워져버렸을 이야기인데, 매리언의 과도한 낭만과 우스꽝스러울 정도로 순수한 열정이 가세함으로써 '이성과 감성'이 훌륭한 조화와 균형을 이루었다.

바스 또한 '이성과 감성'이 잘 어우러질 것만 같은 도시였다. 바스의 고풍스러운 건축물들을 보면 인간의 합리적 이성이 도달할 수 있는 최고의 균형미를 느끼게 되고, 눈부신 들판과 파스텔톤의 하늘을 보면 이성따윈 획 날려버리고 드넓은 잔디밭 위에 훌러덩 눕고 싶어진다. 영국 사람들이 가장 살고 싶어하는 도시로 에든버러와 함께 매년 1, 2위를 다투는 바스는 2천 년의 역사가 담긴 로마의 온천이 있는 유서 깊은 역사의 도시이기도 하고, 30채의 대주택을 180미터에 걸쳐 초승달 모양으로 연결한 로열

크레센트는 세계에서 가장 아름다운 연립주택으로도 유명하다. 영화 〈레미제라블〉에서 자베르 경감이 장발장을 평생 괴롭힌 죄책감으로 자살한 바로 그 무시무시한 다리도 바스에 있다. 로만 배스와 로열 크레센트, 풀터니 다리, 모두가 매력적이었지만 내게 가장 인상 깊은 곳은 역시나 여행이 시작되기도 전에 내가 수백 번도 더 상상 속에서 방문해본 제인 오스틴 센터였다. 그곳은 장소 자체의 아름다움이나 유서 깊음이 아니라 나에게 생각할 거리, 오랫동안 질문할 거리를 던져주었기 때문에 더욱 의미 있는 곳으로 거듭났다.

물론 제인 오스틴 센터에서 제인 오스틴이 살았던 시대의 모든 것들이 완벽히 복원된 상태를 원한다면, 관람객은 실망할 수도 있다. 영국인들에게 넘치는 사랑을 받은 나머지 도시 전체가 셰익스피어 기념관이 되어버린 스트랫퍼드어폰에이번과 달리, 바스는 제인 오스틴의 도시이긴 하지만 제대로 된 제인 오스틴 박물관이라고 하기에는 여러 가지로 허점이 많다. 일단 박물관 입구에 들어선 제인 오스틴의 마네킹이 전혀 제인 오스틴스러운 느낌을 주지 않고, '정말 실물과 많이 다를 것 같다'는 허술한 이미테이션의 느낌을 주어 실소를 자아냈다. 하지만 사정을 알고 보니 그건 현실적으로 어쩔 수 없는 장벽이기도 하다. 유일하게 남아있는 제인 오스틴의 초상은 그녀의 자매가 그렸는데 당시 주변 사람들의 반응이 '제인과 전혀 닮지 않았다'는 것이었으니, 실제로 우리가 제인 오스틴의 얼굴을 상상할 수 있는 객관적인 자료 자체가 턱없이 부족한 것이다.

하지만 제인 오스틴이 살았던 시대의 역사, 그녀의 주변 사람들, 그녀가 쓴 수많은 작품들에 얽힌 이야기들, 제인 오스틴이 바스에 살았을 당시의 여러 가지 에피소드들을 하나하나 친절하게 설명해주는 가이드 프로그램이 있어, 진짜 제인 오스틴의 흔적을 찾지 못한 사람들의 헛헛한 마음을 어루만져주었다. 어쩌면 그녀가 쓴 편지, 그녀가 쓴 장신구, 그녀가 입었던 옷을 복원하지 못하는 것보다 더 심각한 것은 제인 오스틴을 제대로 읽지 않고 원작을 지나치게 변형시킨 몇 편의 영화들만 본 채 '나는 제인 오스틴을 잘 안다'고 믿게 만드는 대중문화의 수박 겉핥기식 원소스 멀티유즈 산업일 것이다. 나는 카프카와 괴테, 셰익스피어, 헤르만 헤세, 찰스 디킨스 등의 박물관에서 정말 그들이 한 작가를 사랑할 때 얼마나 열과 성의를 다해 그들을 향한 애정과 경의를 바치는지를 확인하고, 그렇게 작가를 아끼고 존중하는 문화 자체의 품격을 부러워했다. 하지만 제인 오스틴의 진짜 흔적을 찾는 것이 거의 불가능했던 제인 오스틴 센터를 돌아보며, 여성이기 때문에, 그리고 결혼을 하지도 아이를 낳지도 않았기에 더더욱 남아있는 자료가 없는 그녀의 삶을 더욱 애틋하게 바라보게 되었다. 뜻깊은 장소에서 작가의 흔적을 찾는 것은 결국 내 마음속에서 작가의 흔적을 찾는 일의 보람을 따라가지 못할 때

도 있다. 나는 그날 끝내 찾지 못한 제인 오스틴의 진짜 흔적을 『이성과 감성』을 다시 읽으며 진정으로 되찾고 있다. 위대한 기념물이 되지 못한 제인 오스틴 센터보다 훨씬 소중한 것은 바로 여전히 우리가 기쁘게 읽을 수 있는 그녀의 작품 그 자체니까.

머물지 말라,
그대 자신에게 하나의 꿈이어라

바이마르(독일)

사람들이 사유하면서 꿈꾸고 꿈꾸면서 사유하던 시절, 촛불은
영혼의 고요를 재는 압력계일 수 있었고, 결이 고운 평온, 삶의 세
세한 부분까지 내려가는 평온의 척도일 수 있었다. 평온해지고 싶
은가? 조용히 빛의 작업을 수행하는 가벼운 불꽃 앞에서 가만히
숨 쉬어보라.

—가스통 바슐라르, 『촛불』 중에서

어떤 도시는 맛으로 기억되고, 어떤 장소는
소리로 기억되며, 어떤 나라는 촉감으로 기억된다. 예컨대 벨기
에는 달콤 쌉싸름하면서도 얼큰한 홍합 요리로 기억되고, 빈은

어느 교회에서 나지막하게 울려오던 파이프 오르간 연주로 기억되며, 피렌체는 온몸을 아주 천천히 스며들며 적시던 빗방울의 감촉으로 기억된다. 오늘 우리가 함께 떠날 이 도시는 '바람'으로 기억될 것 같다. 바이마르는 한여름에도 싸늘하게 불어오는 바람결의 감촉으로 가슴에 남았다. 이런 바람을 소슬바람이라고 하는구나, 나는 한여름에 느껴보는 으슬으슬한 추위에 흠칫 놀랐다. 8월에 그토록 추운 날씨를 예상하지 못했던 나는 어깨를 오들오들 떨며 바이마르 곳곳을 잰걸음으로 누볐다. 바이마르 공화국 시절의 옛 정취를 아직도 담뿍 머금고 있는 이 도시는 괴테의 도시, 실러의 도시 그리고 음악가 리스트의 도시이기도 하다.

괴테와 실러가 나란히 늠름하게 서있는 동상은 바이마르의 상징이다. 괴테 혼자 서있는 다른 동상들보다 이 동상이 나는 좋다. 협업을 극도로 꺼리는 대부분의 작가들과는 달리 괴테와 실러는 우정을 통해 더 깊은 경지까지 나아갔다. 당시 인구 6천여 명에 불과했던 '소공국' 바이마르는 괴테와 실러의 맹활약으로 인해 바이마르 고전기를 꽃피웠으며, 그때부터 독일 전체의 문화적인 자부심을 상징하는 도시로 거듭났다. 두 사람이 서로 영향을 주고받으면서 마치 서로의 뜨거운 열정에 대한 답가를 부르듯, 때로는 함께 듀엣을 열창하듯 만든 시들은 '발라데'라고 불렸다. 이 두 사람의 우정과 작품에 대한 열정이 최고조로 달했던 1797년은 '발라데의 해'로 불릴 정도다. 그들은 함께 그리스 로

마 신화뿐 아니라 인도의 신화에까지 관심을 확장하면서, 고전이 뿜어내는 영감의 빛을 자신들의 문학 속에 고스란히 담아냈다.

나는 프랑크푸르트의 괴테 하우스를 몇 년 전에 방문한 후, 바이마르에 있는 괴테 하우스에도 가보고 싶어졌다. 프랑크푸르트보다 바이마르의 괴테 관련 컬렉션이 훨씬 풍부했다. 괴테의 작품에 나오는 요리를 직접 만들어볼 수 있는 레시피 책도 있었으며, 괴테의 작품에 슈베르트가 곡을 붙인 수많은 가곡들을 녹음한 음반들도 있었다. 여행하는 도시마다 수많은 염문을 뿌리고 다녔던 괴테의 사랑 이야기를 다룬 책들도 있었고, 괴테 초상화 모양의 과자를 만드는 쿠킹 도구와 뜨거운 냄비를 잡는 도구도 있어 관람객들을 미소 짓게 했다. 괴테 하우스, 실러 하우스, 리스트 하우스를 모두 볼 수 있다는 점에서 바이마르는 여전히 예술의 도시로서의 명성을 굳건하게 유지하고 있었다. 독일 중세의 소박하면서도 정겨운 건축 양식이 그대로 살아있는 바이마르 시청사 앞에서 점심을 먹었는데, 그곳에서 먹은 감자와 양배추, 소시지 요리는 '독일 요리는 맛없다'는 편견을 한번에 날려주었다. 바람이 무척 찼지만, 나는 바이마르 시청을 바라보면서 야외에서 밥을 먹는 기분을 느껴보고 싶어 노천카페 식당에 오래도록 앉아있었다.

바이마르에서 베를린으로 돌아오는 길에 나는 괴테의 시집을 읽으며 독일 문학의 르네상스를 꽃피웠던 두 사람의 우정에 대해 생각해보았다. 괴테는 때로 너무 교훈적이어서 독자의 반항 심리를 자극하기도 하지만, 샛길로 뛰쳐나가려는 열망을 지그시 누르고 들어보면 그 교훈성이야말로 괴테가 독자들에게 베푸는 생의 따뜻함임을 알게 된다. 때로는 지긋지긋한 운명으로부터 도망치고 싶고, 때로는 올바르게 사는 것보다도 화려하게 사는 사람들에게 이끌릴 때, 괴테는 이렇게 타이른다. 「명심하라」라는 시는 언제 읽어도 따뜻한 울림으로 다가온다. "운명을 거역해서는 안 되지만 운명으로부터 도망쳐서 안 된다!" "그대가 운명에게로 마주하여 나아간다면 운명도 그대를 다정하게 끌어당겨줄 것"이라고. "자신에게 충실하라, 또 남들에게 충실하라. 그러면 이 협소한 곳이 충분히 넓다." 정말 그렇다. 나 자신에게 최선을 다하고, 타인에게 최선을 다하다 보면, 내가 살아가는 좁은 땅덩어리야말로 우주만큼이나 넓은 축복의 장소로 거듭난다. "인생을 진지하게 생각하지 않는 자 결코 성취하지 못하며 자기 자신에게 명령하지 않는 자 언제까지고 노예다." 남에게 '이러이러하게 살아라'라고 명령하는 것이 아니라 오직 나에게만 이렇게 살라고 명령하는 사람이야말로 누구의 노예가 되지도 않고, 누구의 주인으로도 군림하지 않고, 오직 자신이 만든 법 아래 창조적으로 살아가는 사람이 아닐까. 괴테는 우리가 살아가면서 궁극적으로 애써야 할 가장 중요한 것은 "세상을 잘 알기 그리고 세상을 경멸하지 않기"라고 말한다. 세상을 속속들이 잘 알면서도 세상을

경멸하지 않기란 힘들다. 세상을 그토록 속속들이 알면서도 세상을 사랑할 줄 아는 자가 진정으로 현인일 것이다.

머물지 말라 그리고 그대 자신에게 하나의 꿈이어라

그리고 여행을 하면 어느 공간에든 감사하라

뜨거운 것에도 차가운 것에도 순응하라

그대에게 세계가 낡지 않을 것이며, 세계에게는 그대가 결코 늙지 않을 것이다.

—괴테, 「명심하라」 중에서

괴테는 예술의 가치를 잘 알았을 뿐 아니라 예술의 가치 자체를 궁극의 경지까지 이끌어낸 사람이었다. 그는 지극히 행복한 순간이나 지극히 곤란한 순간에도 우리는 예술가를 필요로 한다고 말했다. 그는 대중이 예술가를 원하고 예술이 대중을 포용할 수 있었던 지극히 행복한 시대를 살았으나, 그것은 그 자신의 노력과 열정의 결과물이기도 했다. 나는 바이마르 괴테 하우스에서 괴테의 시를 가사로 삼아 만든 가곡집을 샀다. 책으로만 보는 괴테가 아니라 음악으로 듣는 괴테는 더욱 매혹적일 거라는 기대를 담아. 현실과 이상의 차이를 너무도 잘 알았던 괴테는 이런 말을 한 적이 있다. "이상의 세계에서는 모든 것이 열정에 달려있다. 하지만 현실의 세계에서는 모든 것이 인내심에 달려있다." 우리는 꿈을 향한 열정이 모든 아픔을 치유해줄 거라고 믿고 싶지만, 현실의 세계에서는 참고 또 참아야만 간신히 자신의 열정을 조금이라도 표현할 수 있다. 그렇게 자신의 꿈과 열정을 잊지 않기 위해서, 현실의 아픔을 견디기 위해서 우리에게 필요한 것은 무엇일까. 그것은 당신이 가고 있는 길이 옳다고, 당신의 꿈이 아름답다고 말해줄 수 있는 친구가 아닐까. 그래서인지 요새 내 마음을 울리는 괴테의 문장은 바로 이것이다. "타인의 잘못을 지적하는 것은 큰 도움이 된다. 하지만 타인에게 용기를 불어넣는 일은 더욱 커다란 도움이 된다." 나 또한 누군가에게 그런 친구가 되고 싶다. 그의 잘못을 지적하기보다는, 그에게 용기를 불어넣을 줄 아는, 따스하고 다정한 벗이 필요한 요즘이다.

5장

세상의
모든 예술

모네에게 가는 길,
빛의 심장을 찾아서

파리·투르빌·지베르니(프랑스)

나는 우주가 내 앞에 펼쳐 보이는 광경을 보고 붓이 그것을 증
언하도록 했을 뿐이다. (모네)

—데브라 맨코프, 『모네가 사랑한 정원』 중에서

　유럽 여행을 향한 내 꿈의 불씨를 당긴 첫 번
째 여행은 유럽 박물관 기행이었다. 당시 서울대 고고미술사학과
김영나 교수의 인솔로 석·박사 과정 학생들과 화가들이 함께 박
물관 기행을 떠났는데, 나는 그 그룹에서 유일한 비전공자였다.
모두가 미술사 전공자이거나 화가였는데, 나만 국문과 대학원생
이었다. 나는 명백한 이방인이었기에 내 무지를 들키지 않으려고

엄청나게 애를 썼지만, 박물관에 간 첫날 들통 나고 말았다. 피카소의 도자기에 대한 대화를 나누고 있던 사람들의 이야기가 재미있어 호기심을 참지 못하고 질문을 하고 말았다. "피카소가 도자기도 잘 만들었나요?" 그분은 실소를 금치 못하며 나를 딱하다는 듯 쳐다보았다. "피카소가 조각뿐 아니라 도자기에도 소질을 보였는데, 잘 모르시나 봐요?"

내 얼굴은 순식간에 발갛게 물들었지만, 결과적으로는 '질문하는 용기'가 '무지를 숨기는 것'보다는 낫다는 생각이 들었다. 잘 모른다고 움츠러들 것이 아니라, 이렇게 많은 미술 전공자들이 모여있는 흔치 않은 기회에 뭐든지 자꾸 물어야겠다는 생각이 스쳤다. 숨기려 할수록 무지는 쉽게 탄로 나기 마련이니까. 무엇보다도 책에서만 보던 그림이나 조각을 실제로 코앞에서 볼 수 있다는 사실이 미치게 좋았다. 문학청년이었던 나에게 미술은 새로운 세계를 향한 신비로운 비상구처럼 느껴졌다. 나는 그 여행 이후 미술에 대한 진지한 관심이 생겨 틈만 나면 도록을 사 모으고 전시회에 다니기 시작했다. 잠깐의 부끄러움을 참고, 뭐든 모르는 것이 있으면 누구에게든 물어보았다. 교과서에 나오는 작품 외에는 거의 알지 못하던 내가 미술에 대한 뜨거운 관심을 느끼기 시작했다.

그때부터 나는 유럽 여행을 갈 때마다 박물관 투어를 1순위에 놓았다. '이 도시에 가고 싶다'고 결정하면 일단 박물관에 있는 작품부터 알아보기 시작했다. 모네나 샤갈, 피카소 같은 익숙한 화가들뿐만 아니라 퓌비 드 샤반이나 피에르 아돌프 발레트 같은 다소 낯선 화가들까지 좋아하게 되었다. 그 후로는 기갈 들린 사람처럼 유럽의 미술관과 박물관을 찾기 시작했다. 처음에는 루브르 박물관이나 내셔널 갤러리처럼 웅장한 컬렉션에 마음을 빼앗겼지만, 점차 한 작가의 이름을 딴 박물관이나 개인이 운영하는 소규모 미술관을 좋아하게 되었다. 파리의 로댕 미술관과 귀스타브 모로 미술관, 바르셀로나의 후안 미로 미술관, 그리고 런던의 월러스 컬렉션, 베를린의 케테 콜비츠 미술관 등이 마음속에서 오랫동안 추억의 보물 상자가 되어주었다. 그중에서도 내가 미술 작품을 바라보는 '눈' 자체를 완전히 바꾸게 한 박물관이 바로 파리에 있는 마르모탕 모네 박물관이었다. 모네의 작품들을 한눈에 볼 수 있는 명소로는 루브르 근처의 오랑주리 미술관도 있지만, 워낙 사람이 많아 연일 북새통을 이룬다. 나의 '모네 사랑'이 시작된 미술관이 바로 오랑주리였지만, 조금 더 조용한 분위기에서 오랫동안 모네의 작품을 감상하고 싶다면 마르모탕 모네 미술관에서 '클로드 모네 투어'를 시작하는 것이 좋다.

마르모탕 모네 미술관은 파리 시내에 있지만 한적하고 고요한 느낌을 준다. 전철역에서 내려 박물관까지 걸어가는 길에서 커다란 말을 타고 가는 가족들을 보았을 정도로, 지도상으로는 도시가 분명하지만 뜻밖의 한가로운 전원 풍경을 살짝 품어 안은 곳이다. 공원에서 한낮의 소풍을 즐기고 있는 사람들을 바라보자 저절로 입가에 미소가 번졌다. 미술관 내부에서는 '사진을 찍을 수 없다'는 비보에 잠시 망연자실했지만, 그럴 때는 사진 촬영을 포기하고 작품 자체에 마음껏 몰입할 수 있다는 장점이 있다. 인상파의 신호탄이 된 모네의 걸작 〈인상: 해돋이〉도 바로 이곳에서 관람객들을 기다리고 있었다. 마치 해가 눈앞에서 생생하게 떠오르는 것 같은 〈인상: 해돋이〉의 신비로운 이미지가 당시 사람들에게도 전폭적인 환영을 받은 것은 아니었다. 모네는 혹독한 비난을 감수했지만, 색채와 형태를 고정적인 실체로 바라보지 않고 끊임없이 움직이는 유동체로 바라본 모네의 시각적 실험은 결국 긍정적인 평가를 받기 시작했다. 1883년 쥘 라포르그는 "인상주의의 눈은 인간의 진화 단계 중에서도 최고의 단계에 도달했다"라고 극찬할 정도였다. 마르모탕 모네 미술관은 공간 전체가 '모네의 자서전'이라고 할 수 있을 정도로 구석구석 모네의 흔적들로 가득하다. 컬렉션의 규모는 암스테르담 반 고흐 미술관을 따라갈 수 없지만, 그 내실에 있어서는 결코 반 고흐 미술관에 뒤지지 않는다.

모네의 청년기를 지배한 것은 바다였다. 모네는 평생 아름다운 해안 도시 투르빌을 줄기차게 그린 외젠 부댕에게 그림을 배우면

서 자연의 소중함을 배우고, 자연을 이해하고 사랑하는 법을 배운다. 시시각각 변화하는 햇빛에 비친 바다의 변화무쌍함이 부댕과 모네의 공통적인 관심사였다. 부댕은 사진처럼 고정된 인상이 아니라 찰나의 환영처럼 매번 변화를 멈추지 않는 자연의 모습을 포착하기 위해 야외 작업을 고집했다. 모네는 바로 그런 부댕에게서 생생한 묘사의 중요성과 야외 작업의 장단점들을 고스란히 배웠다. 투르빌에서 모네는 천변만화한 바다의 눈부신 아름다움을 배웠고, 단지 기존의 미술 아카데미에서 고수하는 묘사의 정공법만을 추구하다가는 그 생동감 넘치는 자연의 아름다움을 결코 화폭에 담을 수 없다는 사실을 배웠을 것이다.

파리에서 살고 있는 소설가 구소은 씨 부부의 도움으로 그야말로 우연히 투르빌에 가게 된 나는 그곳에 가서야 투르빌이 모네와 연관된 곳임을 알게 되었다. 모네가 투르빌에서 그림을 그렸다는 사실을 알게 된 순간, 어찌나 반갑고 신이 나던지. 투르빌에서는 마치 우리나라 부산이나 속초의 해변에 늘어선 횟집들처럼 싱싱한 해산물을 바로 그 자리에서 직접 손질해서 레몬과 소스만 살짝 뿌려 먹는 가게들이 즐비하게 늘어서있었다. 조리를 부탁하면 굽거나 쪄주기도 하지만, 해산물 자체가 워낙 싱싱하기 때문에 많은 사람들이 즉석에서 해산물을 커다란 접시에 뷔페처럼 양껏 담아 먹는다. 바닷가재나 생굴은 물론 전복까지 믿을 수 없을 만큼 싼 가격이라 우리 일행은 모두 흥분해서 커다란 해산물 뷔페 한 접시를 30분도 채 넘기지 않고 싹싹 비우고 말았다.

그저 '파리에서 가까운 바다가 어디 있을까' 검색하다 우연히 찾은 투르빌에서, 나는 '어떻게 하면 자연을 가장 생동감 있는 색채와 붓 터치로 담을까'를 고민하는 모네의 젊은 시절과 극적으로 조우할 수 있었다. 20대 시절, 나는 모네의 관조적이고 성찰적인 그림이 마치 난해한 선문답 같아서 그리 좋아하지 않았다. 자신이 그리고 있는 꽃이나 인물에 대한 사랑이 너무 극진하여 대상 속으로 꿰뚫고 들어갈 것만 같은 고흐의 붓질과 달리, 모네는 그야말로 멀리, 아주 멀리서 수련과 연못과 하늘을 바라보고 있다. 신기하게도 나이가 들수록 모네의 그림이 좋아지는 것은 왜일까. 삶도 나 자신도, 타인들도, 현미경처럼 가까이 관찰하기를 좋아하던 20대와 달리, 지금은 '거리 두기'야말로 삶의 피로를 견디는 비결임을 알 것 같다. 그가 밉고 싫어서 거리를 두는 것이 아니라, '나무'를 넘어 '숲'을 보기 위해, 세상의 평면도를 넘어 조감도를 굽어보기 위해, 나는 모네처럼 대상에서 '거리 두기'를 배우고 싶어진다.

모네를 사랑하는 사람들에게 가장 중요한 장소는 바로 지베르니다. 모네가 〈수련〉 연작을 죽을 때까지 그린 곳이 바로 이곳이며, 그가 젊은 시절 새로운 형태와 색채를 연구하기 위해 이곳저곳을 떠돌았던 여행을 멈추고 완전히 정착한 곳이 바로 이곳이기 때문이다. 고흐가 해바라기나 붓꽃, 농부나 우체부의 인물화를 통해 무한성을 추구했다면, 모네는 연못 위에 떠있는 수련을 통해 무한성에 다다르고 있었다. 젊은 시절 모네도 고흐 못지않게 방황하며 수많은 도시와 농촌, 해변 등을 전전했지만, 모네는 다행히도 가족이라는 최소한의 공동체에서 만족을 얻었고 지베르니라는 작은 마을에서 지상의 천국을 발견했다. 지베르니는 파리와 멀지 않으면서도 파리의 복잡함을 피할 수 있는 아름다운 은둔의 장소였다. 모네가 정착하기 전까지는 인구 300명의 작은 마을이었던 지베르니는 이제 전 세계에서 매년 수백만 명의 관광객들이 찾는 최고의 명소가 되었다. 지베르니를 찾는 여행자들의 목적지는 하나같이 '모네의 정원'이다. 모네가 평생 머무르며 연못과 온실을 만들고, 무려 여섯 명의 정원사를 고용하여 온갖 꽃들과 나무들을 심고 가꾼, 모네에게 있어 제2의 고향 같은 곳이다.

모네의 집이자 화실이고, 모네 학파의 산실이며, 인상주의의 성지인 이곳에 들어가는 입구부터 관광객들이 인산인해를 이루고 있었다. 힘겨운 어린 시절을 보낸 모네는 단란한 가정을 꾸리고 안정된 환경에서 작업하기를 간절히 소망했는데, 그 소망에 딱 맞는 집을 구하는 것이 여간 어려운 일이 아니었다. 파리 변두리의 여러 마을을 전전하던 모네는 마침내 지베르니에서 안식의 거처를 찾았다. 처음에는 지금처럼 아름다운 정원이 있는 집이 아니었다. 지베르니는 파리 사람들은 거들떠 보지도 않는 작은 마을이었고, 동네 주민들은 낯선 예술가 모네를 경계했으며, 모네 또한 아직 이곳이라는 확신이 없었다. 하지만 한 해 한 해 꽃과 나무들이 늘어갈수록, 그저 관상용으로 심었던 수련이 그에게 '최고의 오브제'이자 '눈부신 뮤즈'가 되어갈수록, 모네는 지베르니에서 살아있는 낙원을 발견하기 시작했다. 처음부터 아름다운 낙원이었던 것이 아니라 모네와 그의 아내 카미유, 아이들, 정원사들이 모두 나서서 맹렬하게 꽃과 나무를 심고 가꾼 결과, '꽃의 정원'과 '물의 정원'은 하루가 다르게 눈부신 변신을 거듭하는 인공의 천국이 되어갔다.

작가 미야사코 지즈루는 '가정'이란 '집'과 '뜰'의 결합임을 잊지 말아야 한다고 말했다. "가정이란 집과 뜰로 이루어진 것이란 것을 알았을 때 내 영혼은 노래하기 시작했다." 부엌과 침실, 화장실 등 인간에게 꼭 필요한 의식주를 실현할 수 있는 시설이 '집'이라면, '뜰'이란 꽃과 나무, 새들과 동물들, 심지어 벌레들과도 함께하는 공존의 장이다. 모네는 이 '집'과 '뜰'의 미묘한 균형 감각을 잃지 않은 희귀한 예술가다. 집은 우리를 편안하게 보호하고 안정된 감각을 갖게 해주지만, 집에 지나치게 집착하고 안주하는 순간 창조성은 고갈되고 나태와 권태감이 지배하게 된다. 뜰에 나가 신명나게 자연과 함께하는 것도 좋지만, 마음이 지나치게 외부를 향하면 스스로를 성찰하고 반추하는 판단력을 잃

게 된다.

집이 나의 내부를 향하는 열망을 표현하는 공간이라면, 뜰은 나의 외부를 향하는 열망을 표현하는 공간이다. 도시의 아파트나 원룸은 집의 시설을 발전시키는 데는 성공했지만 자연과 함께하는 '뜰'을 삭제해버렸기에, 현대인은 점점 우울하고 착잡하게 오직 '나'에게로만 침잠하는 존재가 되어가는 것은 아닌지. 우리는 '나'를 지키고 보호하느라 꽃과 나무, 동물과 벌레들과 공생하는 길을 잃어버리고 있는 것은 아닌가. 모네의 꽃의 정원과 물의 정원을 산책하며 나는 이 수많은 여행자들이 찾고 있는 '마음의 낙원'도 결국 집과 뜰이 행복하게 공존하는 이상적인 공간이 아닐까 상상해보았다. 모네는 집과 뜰을 모두 끌어안는 환상의 공간을 창조해냈고, 마침내 그 어디로도 외출하지 않고 뜰의 자유와 집의 평온을 모두 누리는 완벽한 균형 감각을 찾을 수 있었다.

빛의 움직임에 따라 시시각각 변화하는 〈루앙 대성당〉을 그린 연작을 통해, 모네는 인상주의의 이론적 틀을 완성한 것으로 보인다. 루앙에서는 마침 대규모 인상파 전시회가 열리고 있었다. 모네뿐만 아니라 드가, 세잔, 르누아르, 마네, 피사로, 시슬레 등 인상파라 불릴 만한 화가들의 수많은 작품들이 한자리에 모여있었다. 루앙 대성당의 웅장한 모습에 잠시 넋을 잃고, 중세의 골목길 풍경을 고스란히 보존하고 있는 루앙의 거리를 산책하면서, 나는 모네가 눈길을 두었을 만한 곳들, 모네가 마음을 빼앗겼을 만한 장소들을 나도 모르게 찾고 있었다.

젊은 시절의 모네는 자신이 원하는 이미지, 자신을 떨리게 하는 색채를 찾아 세계 곳곳을 여행했다. 하지만 몇 번의 실패를 거쳐 지베르니라는 인공의 낙원을 만들어내고는 더 이상 세계를 떠돌지 않았다. 거의 15년 동안 '여행 열병'에 걸려 조금이라도 짬이 나면 어떻게든 배낭여행을 떠났던 나도 모네처럼 마음의 정원을 만들고 싶었다. 세계를 이리저리 떠돌 필요 없이 내 작은 집이 곧 소우주이자 완전한 세계인 양, 소박하게 자족할 수 있는 곳. 모네의 정원처럼 거대하지는 않더라도, 내가 가꾸는 나무, 내가 가꾸는 꽃 몇 송이는 생겼으면 좋겠다.

지베르니 전체가 온갖 색채의 향연이 펼쳐지는 거대한 팔레트였고, 모네는 호수의 물빛과 하늘빛, 바람의 세기와 태양의 광선에 따라 시시각각 변화하는 수련의 모습을 때로는 춤추는 요정처럼, 때로는 명상에 잠긴 수도승처럼 그려내기 시작했다. 호수에서 피어나는 평범한 수련이 그토록 천변만화한 표정과 몸짓과 색채로 이 세계를 수놓을 수 있다는 사실에 사람들은 커다란 감동을 느꼈다. 단순히 관상용으로 심었던 수련이 이제는 다시없는 뮤즈가 되어 모네로 하여금 끊임없이 새로운 빛의 세계로 인도하고 있었다. 파리에서는 무뚝뚝하고 차갑다는 평을 들었던 모네가 지베르니로 이사하자 온화하고 자비로운 사람으로 변했다며 반기는 사람들도 많았다. 과묵하기로 유명한 모네를 인터뷰하기 위해, 그리고 이제는 '인상파의 전설'이 되어버린 지베르니의 연못을 독자들에게 알려주기 위해 기자들이 앞 다투어 지베르니로 찾아왔다. 모네가 굳이 파리로 나가지 않아도 사람들이 모네를 끊임없이 찾아왔다. 모네의 눈부신 화폭의 비밀이 마치 이 정원에 숨어있기라도 한 것처럼. 모네는 두 번째 아내 알리스에게 이렇게 말했다고 한다. "내 심장은 항상 지베르니에 머무르고 있소." 정말 그렇다. 나는 느낄 수 있었다. 지베르니에는 아직도 모네의 심장이 뛰고 있는 것을. 지베르니에는 예술의 심장, 아름다움의 심장, 그리고 아름다움에 감동할 줄 아는 사람들이 품은 공감의 심장이 아직도 펄펄 살아 숨 쉬고 있다.

고흐의 화폭을 품어 안은 도시

암스테르담(네덜란드)

위대한 일은 우연이 아니라 분명한 의지로 이루어지는 거야.

—빈센트 반 고흐, 『고흐의 편지』 중에서

암스테르담을 생각하면 늘 via(경유하여)나 transfer(갈아타다) 같은 단어가 떠올랐다. 10여 년 동안 유럽 여행을 하면서 가장 많이 비행기를 갈아탄 도시가 바로 암스테르담이었기 때문이다. 스키폴 국제 공항은 전 세계의 여행자들이 즐겨 찾는 경유지이기도 하다. 그래서 스키폴 국제 공항 안에는 네덜란드 국립미술관 분점이 있을 정도다. 다음 비행기를 기다리는 동안 오랜 비행에 지친 여행자들이 잠시나마 네덜란드의 미

술 작품을 관람하며 영혼의 휴식을 취할 수 있도록 배려한 것이다. 암스테르담에는 늘 오래 묵은 적이 없지만 최근에 처음으로 2박 3일 동안 암스테르담의 곳곳을 돌아보게 되었다. 10여 년 전 단 하루 묵었던 암스테르담의 기억은 고흐의 강렬한 화폭으로 각인되어있었다. 나는 반 고흐 미술관은 물론, 베르메르의 걸작이 있는 국립미술관에도 꼭 한 번 다시 가고 싶은 소망을 품고 암스테르담에 숙소를 정했다.

늘 비행기로만 다니던 암스테르담에 이번에는 유레일 기차로 오니 색다른 매력이 느껴졌다. 어딜 가나 시원스럽게 운하가 뚫려있었고, 운하가 관통하는 도시 곳곳의 풍경은 잘 정돈된 레고 마을을 보는 것처럼 잃어버린 동심을 자극했다. 암스테르담 중앙역에 도착하자마자 펼쳐진 광장의 풍경은 놀라웠다. 옛날 기차역의 고풍스러운 건물을 충실히 재현하면서도 주변의 신축 건물들과 행복하게 조화를 이루는 듯한 광장의 분위기가 마음을 사로잡았다. 나는 벨기에 브뤼셀에서 네덜란드의 암스테르담으로 국경을 넘어오는 길이었는데, 기차로 네 시간 거리의 두 나라가 이토록 다른 풍경을 지니고 있다는 것도 신기했다. 아늑하고 아담한 건축물들로 포근한 느낌을 주는 곳이 브뤼셀이라면, 네덜란드는 굵직굵직하고 과감하며 호쾌한 느낌을 주는 건물들로 마음을 탁 트이게 해주었다. 역에서 내리자마자 신기한 자전거를 타고 있는 사람들이 보였다. 알고 보니 자전거가 아니라 자전거 모양의 인간 동력 발전소였다. 사람들이 휴대전화 플러그를 꼽은 채 자전거를 타면 그 자전거 페달에 실린 사람의 에너지가 휴대전화로 충전되는 귀여운 친환경 동력기였다. 이어폰으로 음악을 들으면서 신나게 자전거 페달을 밟으며 전화기를 충전하고 있는 젊은이들의 모습은 쾌활하고 발랄하기 이를 데 없었다.

무엇보다도 거의 두 사람 중 한 사람꼴로 자전거를 타고 있는 암스테르담 사람들의 모습이 무척 인상적이었다. 비가 주룩주룩 내리는데 한 손으로는 우산을 받치고 한 손으로만 자전거를 운전하며 씽씽 달리는 날렵한 소녀, 사이좋은 노부부가 나란히 자전거를 타며 도란도란 대화를 나누는 모습, 자전거에 유모차를 매달아 앞좌석에는 두 아이를, 뒷좌석에 또 한 아이를 앉혀 총 세 명을 태우고 믿을 수 없는 속도로 씽씽 달려가는 젊은 엄마, 열 명의 아이들을 커다란 수레에 태우고 그 수레를 자전거에 매달아 달리는 유치원 선생님, 여자 친구를 앞자리에 태우고 자신은 자전거 페달을 열심히 밟으며 의기양양하게 달려가는 청년……. 신호등이 바뀌면 민족의 대이동처럼 거대한 자전거 부대가 엄청난 속도로 일사불란하게 길을 건넌다. 최고의 친환경 교통수단인 자전거는 암스테르담을 더욱 활기차게 만들어주고 있었다.

오랫동안 그리워하던 반 고흐 박물관에 찾아가니 역시나 길게 늘어선 인파가 질서정연하게 줄지어 입장권 구매를 기다리고 있었다. 반 고흐 박물관 하나만 제대로 관람해도 암스테르담 여행은 전혀 아깝지 않다는 생각이 들 정도로, 고흐 컬렉션은 여전히 감동적이었다. 10여 년 전 다급한 일정 때문에 아쉬움을 뒤로한 채 급히 떠났던 암스테르담이 그리울 때마다 가장 먼저 떠오르던 장면도 고흐의 그림을 처음 실제로 마주했던 그 벅찬 순간이었다. 진로 고민으로 밤마다 머리를 싸매던 시절 나 자신을 위한 위로의 선물로 고흐 화집을 샀을 정도로 사랑했지만, 고흐의 〈아를의 침실〉이나 〈붓꽃〉을 직접 봤을 때의 감정은 감동보다 충격에 가까웠다. 아무리 훌륭한 화집으로도 2차원의 평면이라기보다는 3차원의 입체에 가까운 고흐의 그림을 결코 재현할 수 없다는 것을 깨달았기 때문이었다.

실로 오랜만에 다시 찾은 고흐의 그림은 이제 충격보다는 뜨거운 감동으로 다가왔다. 그때는 너무 문화적 충격이 커서 제대로 하나하나 찬찬히 살피지 못했던 그림들을 이제야 연대순으로 섬세하게 다시 살펴볼 수 있었다. 옛날에는 9유로였던 관람료가 지금은 15유로로 껑충 뛰어올라 놀라긴 했지만, 고흐의 가장 많은 그림을 한 박물관에서 편안하게 볼 수 있다는 것만으로도 아깝지 않았다. 항상 물감 값을 걱정해야만 했던 고흐는 노랑, 파랑, 빨강이라는 가장 원초적인 세 개의 색으로만 그 모든 변화무쌍한 색채들을 스스로 만들어냈다고 한다. 〈감자 먹는 사람들〉을 완성하기 위해 그가 한 사람 한 사람 면밀히 관찰해 가난한 농부의 가족들을 그린 습작들 또한 또 다른 감동으로 다가왔다.

그가 아름다운 그림으로 남기지 않았다면 이 세상 어디에도 기록되지 못했을, 찢어지게 가난했던 한 농가의 저녁 식사 장면은 이제 처연함을 넘어 숭고함으로 다가왔다. 껍질도 제대로 벗기지 않은 감자를 마치 위대한 성찬처럼 소중하게 다루며 사이좋게 나눠 먹는 가족들. 이 세상 가장 낮은 곳에서 가장 밝게 빛나는 뜨거운 삶의 비밀을 조용히 웅변하는 듯한 그 그림. 〈감자 먹는 사람들〉은 그렇게 여러 번 보았음에도 불구하고 마치 처음 보는 것처럼 싱그럽고 뭉클한 감동으로 다시 다가왔다.

먼 훗날 암스테르담을 떠올리면 또 하나 추억의 한 페이지로 남을 만한 것은 바로 암스테르담의 날씨였다. 암스테르담의 날씨는 변화무쌍한 매력으로 여행자들을 반겼다. 화창한 햇살이 온몸을 따스하게 녹여주다가도 금방 천둥번개가 치고 폭우가 내리기도 했고, 그러다가 언제 그랬냐는 듯 햇살이 내리쬐며 살랑살랑 시원한 바람이 젖은 머리카락을 말려주었다. 국립미술관이 보이는 거대한 잔디밭에서 서로를 꼭 끌어안은 채 로미오와 줄리엣처럼 사랑스럽게 잠들어있던 커플의 모습도, 먼 훗날 암스테르담을 떠올리면 추억의 한 페이지로 남을 것이다. 암스테르담은 고흐를 품어 안은 도시인 줄로만 알았다. 다시 가보니 오히려 고흐가 암스테르담을 품어 안고 있었다. 세상 끝의 나락으로 떨어진 고흐, 아무에게도 이해받지 못했던 고흐가 죽어서도 너른 품으로 끌어안은 도시. 그곳이 바로 암스테르담이었다.

뭉크와 피오르드
그리고 고요한 내면으로의 여행

오슬로(노르웨이)

오래전 웅장한 건축물과 위대한 미술 작품에 대한 관심으로 시작된 나의 여행은 점점 '실내 공간에서 실외 공간으로' 관심의 초점이 이동하고 있다. 정원, 공원 그리고 숲을 향한 매혹은 인공의 예술 작품이나 화려한 건축물에 대한 불타는 호기심보다 훨씬 잔잔하고 여유롭게 찾아왔다. 느긋함이나 '쉬엄쉬엄'이라는 느낌과는 거리가 먼 삶을 살아온 나에게 정원과 공원, 그리고 숲과 산은 오직 자연만이 줄 수 있는 마음의 평화를 가르쳐주었다. 특히 과거에는 개인의 사적 공간이었지만 현재는 누구나 방문할 수 있는 공간으로 탈바꿈한 예술가의 정원들(로댕의 정원, 모네의 정원, 헤세의 정원 등), 자연의 호흡과 예술가

의 정신이 함께 살아 숨 쉬는 아름다운 공원들(헬싱키의 시벨리우스 공원, 오슬로의 비겔란 공원 등)은 힘들 때마다 사진을 꺼내 보는 것만으로도 마음의 평온을 가져다주는 내면의 장소가 되었다. 오슬로는 노르웨이 곳곳에 산재해있는 피오르드 여행의 출발점으로도 유명하지만 해마다 노벨평화상이 수여되는 오슬로 시청, 『인형의 집』으로 페미니즘의 대중화에 크게 기여한 헨리크 입센의 국립 극장, 그리고 뭉크의 그림과 비겔란 조각 공원으로도 유명하다. 스웨덴의 수도 스톡홀름에서 출발하면 기차로 5시간 30분, 버스로 8시간, 승용차로 6시간 30분 정도 거리에 오슬로가 있다.

오슬로의 상징이자 행정적 중심으로도 유명하지만 해마다 노벨평화상 수상식이 열리는 장소로 더욱 유명한 곳이 바로 오슬로 시청이다. 노벨평화상을 제외한 모든 부문의 수상식은 스웨덴의 스톡홀름에서 열리고, 오직 평화상만이 노벨의 유언에 따라 오슬로에서 수여된다고 한다. 시청 앞에는 오슬로의 상징인 백조를 형상화한 아름다운 분수가 가로놓여있고, 강가를 산책하거나 자전거로 달리는 사람들로 늘 북적인다. 시청으로 들어가자마자 가장 먼저 여행자들을 반기는 것은 거대한 벽화들의 퍼레이드다. 벽화들 앞에 앉아 반대쪽 벽화를 바라보며 그림을 감상하는 사람들, 뭉크의 작품 〈라이프〉가 전시된 2층 '뭉크의 방', 마치 야외 놀이터인 듯 자유롭게 뛰노는 아이들로 가득한 시청 내부는 의외로 어수선한 느낌이었다. 마치 거대한 야외 광장과 우아한 미술관을 한곳에 합쳐놓은 듯한 느낌을 주었다. 실외적인 느낌과 실내적인 느낌이 공존하는 독특한 공간 배치가 처음에는 낯설게 느껴졌지만, 광장처럼 여기저기 자유롭게 거닐어도 보고 미술관처럼 가만히 앉아 그림을 감상하기도 해보니, 바로 그런 '실외'와 '실내'의 평화로운 공존의 느낌이 이 장소의 매력임을 알 수 있었다.

오슬로 시청 앞을 걸어 나오면 극작가 헨리크 입센의 동상이 서있는 국립 극장의 모습이 보인다. 2017년 여름 오슬로의 국립 극장은 공사 중이었지만 헨리크 입센의 동상만은 여전히 비바람에 풍화된 모습 그대로 의연히 거기 있었다. 입센의 동상을 보니 〈인형의 집〉 중 한 장면이 저절로 떠올랐다. '내 가정을 위해서는 무엇이든 해야만 한다'는 '가정의 천사' 역할에 만족하는 척 스스로 완벽한 연기를 하며 살아왔던 노라. 노라는 언제든지 남편을 위해서라면 모든 것을 희생해왔지만, 정작 남편은 자신에게 그만큼의 책임감을 느끼지 않는다는 사실을 깨달았을 때 절망한다. 남편은 그녀가 아름답고 매혹적인 인형처럼 느껴질 때만 '완벽한 아내'로 대했고, 아내가 자신의 뜻대로 되지 않을 때, 왠지 예측 불가능한 존재가 될 때마다 불편한 심경을 숨기지 못했다. 노라가 자신이 위기에 처하자 싸늘하게 등을 돌리는 남편의 이기적인 모습을 보며 '내 결혼의 진정한 좌표'를 깨닫는 모습은 언제 다시 읽어도 소름이 돋는다.

낭만적이지만 지극히 자기중심적인 남편의 그늘 아래 항상 완벽하고 행복해 보였던 노라가 사실은 '행복한 척 연기를 해왔던 것'이라는 점을 깨닫는 순간이다. "행복한 적은 없었어요. 행복한 줄 알았죠. 하지만 한 번도 행복한 적은 없었어요. (…) 재미있었을 뿐이죠. 그리고 당신은 언제나 내게 친절했어요. 하지만 우리 집은 그저 놀이방에 지나지 않았어요. 나는 당신의 인형 아내였어요. 친정에서 아버지의 인형 아기였던 것이나 마찬가지로요. 그리고 아이들은 다시 내 인형들이었죠. 나는 당신이 나를 데리고 노는 게 즐겁다고 생각했어요. 내가 아이들을 데리고 놀면 아이들이 즐거워하는 것이나 마찬가지로요. 토르발, 그게 우리의 결혼이었어요." 오슬로의 국립 극장은 입센 연극이 가장 많이 상연되는 장소로서 노르웨이 공연 문화의 메카 역할을 해왔는데, 〈인형의 집〉과 〈민중의 적〉, 〈유령〉을 비롯한 대부분의 입센 작품이 이곳 국립 극장에서 상연되었다.

'그곳에 가면 뭉크의 작품을 볼 수 있다'는 생각 때문에 더욱 가슴 설레던 장소가 바로 노르웨이 국립미술관이다. 뭉크는 자신의 인생을 돌아보며 이렇게 말했다. "질병, 광기 그리고 죽음은 나의 요람을 둘러싼 천사들이었다. 그리고 그들은 삶이 끝날 때까지 나를 따라다녔다." 질병과 광기, 그리고 죽음은 마치 영원히

이별하지 않는 삼총사처럼 뭉크를 따라다녔고, 뭉크는 평생 그 고통에 시달렸다. 그런데 아이러니하게도 그 질병과 광기, 죽음이야말로 뭉크의 예술을 창조해낸 원동력이기도 했다. 물론 뭉크 자신의 강력한 의지와 노력이 없었다면 고통이 저절로 예술로 승화될 수는 없었겠지만, 뭉크의 주변에는 유난히 질병과 광증을 앓는 사람이 많았고 소중한 사람들의 연이은 죽음이 끊이지 않았다. 어머니, 누이, 아버지가 차례로 그의 곁을 영원히 떠나버렸고, 살아남은 다른 누이와 그 자신도 병약했으며 우울증이 심각했다. 질병, 광기, 죽음은 항상 그의 가족 곁을 드리우고 있는 옅은 안개처럼 사라질 줄 몰랐지만, 그는 그 사라지지 않는 우울과 무기력의 안개를 뚫고 불굴의 의지로 수많은 걸작을 쏟아냈다.

노르웨이의 1,000크로네 지폐에도 새겨져있는 뭉크의 실제 얼굴보다도 우리는 〈절규〉의 일그러진 자화상을 통해 뭉크를 더욱 친근하게 느낀다. 사실은 참으로 무서운 얼굴인데 신기하게도 보면 볼수록 묘한 친근감이 들어 온갖 분장과 코스프레의 도구로도 잘 활용되는 〈절규〉의 얼굴. 노르웨이 국립미술관의 〈절규〉는 마치 루브르 박물관의 〈모나리자〉처럼 그 장소 자체의 아이콘이기 때문에 워낙 사람들이 많아 기념 촬영을 하기조차 어렵다. 나는 기념 촬영 같은 것은 포기하고 〈절규〉, 〈마돈나〉, 〈사춘기〉 등 뭉크의 대표작을 한자리에서 언제나 감상할 수 있는 오슬로 사람들의 행운을 마음껏 즐겨보기로 했다. 책에서 볼 때마다 훨씬 압도적이고 매혹적인 이미지로 살아 숨 쉬는 그림은 〈절규〉보다도 오히려 〈마돈나〉와 〈사춘기〉 그리고 〈생의 춤〉 등의 작품이었다. 성모 마리아를 인자하고 자애로운 어머니상이 아니라 도발적이고도 관능적인 여성으로 묘사한 〈마돈나〉, 이제 막 2차 성징이 시작되는 사춘기 소녀가 '어른이 된다는 것'에 대해 느끼는 공포와 불안을 눈부시게 포착해낸 〈사춘기〉, 질투와 의심에 사로잡혀 인생이라는 아름다운 춤을 제대로 즐기지 못한 채 춤을 추면서도 그 춤의 아름다움에 흠뻑 빠지지 못하는 가여운 인간 군상들을 그린 〈생의 춤〉. 이 모든 작품들이 노르웨이 국립미술관에 한데 모여있다는 사실만으로도 짜릿한 흥분감을 안겨주었다.

뭉크는 자신을 시시각각 죄어오는 죽음과 우울의 그림자, 그리고 당시로서는 제대로 이해받지 못했던 독특한 그림을 그린다는 이유로 견뎌야 했던 온갖 수모와 모욕감을 잘 참아내고 마침내 '예술가의 방'이라는 베이스캠프를 지켜냄으로써 그 누구도 침해할 수 없는 내면의 공간을 창조해냈다. 그는 자신에게 걱정과 질병이 얼마나 '소중한 존재'인지 아는 사람이었다. 그는 이렇게 고백한다. "온갖 걱정과 질병이 없었더라면, 나는 마치 사다리 없는 배와 같은 존재가 되어버렸을 것이다." 고통은 그의 평화로운 일상을 위협하는 장애물이기도 했지만 고통을 통해 그는 살아있음을 더욱 생생하게 느꼈다. 뭉크는 자신의 일기에서 이렇게 썼다. "우리는 더 이상 책을 읽는 사람이나 뜨개질하는 여인이 있는 실내 정경을 그려서는 안 된다. 숨을 쉬고 느끼며 아파하고 사랑하는 살아있는 존재를 그려야 한다." 이렇게 말하는 순간, 그는 '고통받는 인간, 고통을 통해 자신의 살아있음을 느끼는 인간'이야말로 아프지만 우리가 받아들여야 할 우리 자신의 꾸밈없는 모습임을 깨달았던 것이 아닐까.

공포와 불안이라는 힘겨운 감정에 일찍이 이토록 몰입하고 집중하여 오롯이 하나의 세계를 구축한 작가는 없었다. 잠시 잠깐 작품의 주제가 될 수는 있지만 화가의 인생을 관통하는 단 하나의 주제로서 공포와 불안이 주제가 된 것이야말로 뭉크의 기념비적 성격일 것이다. 그는 공포 속에서 인간의 본질을 발견했다. 불안 속에서 인간의 본성을 발견했다. 그리고 우울 속에서 인간의 숨길 수 없는 정직함을 발견했다. 그것은 바로 해결되지 않은 상처는 반드시 인간의 마음과 몸에 지울 수 없는 상흔을 남긴다는 사실이었다.

그 공포와 불안 밑바닥에는 삶에서 한 번도 '안정된 믿음의 진지'를 구축해본 적이 없는 자신의 인생 이야기가 자리하고 있었다. 그는 어머니와 누이들이 일찍 죽음으로 인해 여성들과의 관계 속에서 편안함이나 안정감을 느낄 기회가 없었는데, 그는 연인들과의 관계 속에서마저도 안정감이나 평화로움보다는 극심한 불안과 공포를 느꼈다. 그의 첫사랑이었던 여인은 뭉크에게 마음을 다 주지 않고 끝없이 다른 연인을 찾았고, 두 번째 연인은 뭉크에게 심하게 집착하여 자살극까지 벌였으며, 뭉크는 여인의 자살을 말리다가 자신 또한 손가락에 상처를 입기까지 한다. 아버지 또한 어머니가 돌아가신 뒤 심각한 우울 증세를 보이고, 아들의 재능을 인정해주지 않았으며, 그에게 권위적이고 억압적인 태도로 일관하여 뭉크의 마음을 아프게 했다. 이런 불행한 사건들의 연속이 뭉크에게 '지속적인 관계 맺음'에 대한 불신과 사랑 자체에 대한 회의감을 안겨주었을 것이다.

나는 뭉크의 〈인생의 춤〉을 바라보며 그가 사랑에 대해 느낀 심각한 불안의 정체를 이해할 수 있었다. 뭉크는 색채로 인해 얻은 깨달음을 이렇게 고백한 적이 있다. "색채는 캔버스에 칠해지고 나서야 그 자신의 고유한 삶을 뚜렷하게 살기 시작한다." 뭉크는 캔버스에 칠해져 다른 색과 어우러지고 스며드는 색채, 캔버스에 칠해지며 뭉개지고 으깨지는 물감의 번짐 속에서 비로소 제대로 숨 쉬기 시작하는 색채의 아름다움을 보았던 것이다. 그렇게 뭉크는 색채 속에서 조화와 어우러짐을 보았다. 그는 마침내 깨달았다. 어떤 색채들은 그저 서로 충돌하고 부딪히기만 하지만, 어떤 색채들은 서로 대화를 하며 타협하고 조화를 이룬다는 것을. 뭉크는 공포와 불안으로 자기 안에 침잠하기만 한 것이 아니라 마침내 그 공포와 불안을 예술 작품으로 승화시켜 세상과 소통할 수 있는 어우러짐의 창구를 발견한 것이다.

에드바르트 뭉크, 〈인생의 춤(Livets Dans)〉, 1899-1900년

비겔란 조각 공원은 한 사람의 예술가가 만든 것 중에 세계에서 가장 커다란 조각 공원이다. 노르웨이의 가장 유명한 관광지 가운데 하나이기도 하다. 이 공원은 비겔란의 유언에 따라 365일 전 세계인에게 개방되어있다. 세계적인 조각가 구스타프 비겔란이 수십 년 동안 심혈을 기울여 만든, 무려 200여 개가 넘는 대형 조각상들이 공원을 가득 채우고 있는데, 조각상 하나하나에 정겨운 이야기와 독특한 개성이 넘쳐흐르고 있어 하나하나 감상할 때마다 마치 '내가 알고 싶은 진짜 사람'을 한 명 한 명 만나는 듯 반갑고 설렌다. 비겔란은 조각상만 만든 것이 아니라 공원의 디자인과 건축 설계에도 참여했다. 구스타프 비겔란은 1924년에서 1943년 사이, 무려 20년에 걸쳐 이 장대한 야외 조각 컬렉션을 완성해냈다. 한 사람에게 이토록 오랜 시간 이렇게 광활한 공간을 창조성의 실험 공간으로 내어줄 수 있는 오슬로 사람들의 과감함과 예술에 대한 사랑이 부러웠다. 한정된 돈과 짧은 시간을 선심 쓰듯 내어주면서 예술가들에게 '너의 창조성을 마음껏 펼치라'고 강요하는 것이 아니라, 이렇듯 화가에게 최소한 20년은 주고 이 정도의 드넓은 대자연의 공간을 마음껏 쓰게 해줌으로써 자신의 잠재력을 그야말로 마음껏, 검열 없이 쓸 수 있게 해주는 자세야말로 '빨리빨리'에 길들어버린 우리와는 다른 '느리지만 언제나 승리하는 전략'이었다.

원래 이곳의 정식 명칭은 프로그네르 공원이지만, 워낙 비겔란의 작품이 지니는 중요성이 잘 알려지다 보니 비겔란 조각 공원이라는 별칭으로 더 많이 알려지게 되었다. '화가 난 소년' 또는 '우는 소년'으로 알려진 비겔란 조각 공원의 마스코트는 이곳에 들르는 사람들이라면 누구나 한 번쯤 손을 꼭 잡고 기념 촬영을 하고 싶어하는 작품이다. 분명 짜증내고 징징대는 얼굴이지만 그럴수록 더욱 사랑스럽고 귀여운 어린아이의 모습이 익살스럽고 해학이 넘치는 터치로 실감나게 빚어져있다. 이런 따뜻하고 정감어린 작품을 보면 과연 이것이 청동처럼 차가운 금속으로 만들어진 것이 맞나 싶어 다시 한 번 만져보고 싶어진다. 여느 미술관의 실내 전시물과 달리 이런 공원의 야외 전시물은 손을 잡을 수도 있고 만져볼 수도 있어 더욱 친근하고 정겹게 느껴진다. 전체 공원에서 조각들이 차지하고 있는 넓이는 80에이커(약 32만 제곱미터)를 초과하며, 청동이나 화강암으로 만들어진 212개의 작품이 자유롭게 전시되어 있다. 화강암으로 만들어진 다리는 공원이 최초로 공개되었을 때 처음으로 선보인 작품이었다. 당시에는 아직 한참 만들어지고 있었던 비겔란의 다른 조각상을 대중들도 볼 수 있었다고 한다. 거대한 다리 건너편에는 아이들이 마음껏 뛰놀 수 있는 놀이터가 있다. 그곳에는 아이들이 자유롭게 뛰노는 모습을 형상화하고 있는 여덟 개의 조각상이 사람들을 반긴다.

알록달록한 식물들이 빚어내는 꽃그늘이 눈부시게 아름다워

나는 갑자기 '누워서 하늘을 바라보고 싶다'는 생각이 들었다. 화단 옆의 돌계단에 누운 사람들이 꽤 많이 보이기에 나도 마음 놓고 벌러덩 누워 하늘을 바라보았다. 그렇게 누워서 하염없이 푸르른 하늘을 올려다보고 있는데 누군가 내가 조금 아파 보였는지 "Are you okay?"라고 걱정스러운 목소리로 묻는다. 내가 매우 멀쩡하고 괜찮다며 씩 웃어 보이니 그녀도 안심하며 다정하게 손을 흔들어주고 지나간다.

문득 노르웨이의 의료 제도가 궁금해 오슬로 현지 가이드에게 물어보니 노르웨이 사람들에게는 저마다 주치의가 있다고 한다. 환자가 차례를 기다리는 대기 시간은 길지만 상담의 만족도가 매우 높다고 한다. 주치의와는 자기 몸의 아주 사소한 이상까지 세밀하게 상담할 수 있으며 한 시간 가까이 의사와 이야기를 나누어도 의사가 전혀 개의치 않는다고 한다. 그 밖에도 '십일조'를 전혀 받지 않고 오직 나라에서 주는 월급만으로 충분히 여유롭게 살아가는 노르웨이 목사들의 삶, 여름이면 블루베리가 지천에 열려 가족들과 삼삼오오 모여 블루베리를 따러 가는 오슬로 사람들의 소박하고 평화로운 모습, 그리고 자연을 관광 자원으로 생각하여 적극적으로 여행객을 유치하기보다는 자연은 '이 모습 그대로 후손들에게 물려줘야 한다'는 생각으로 최대한 보호하고 사랑하는 노르웨이 사람들의 사고방식. 이 모든 모습들에 오슬로의 평화로운 일상을 가능하게 하는 절제와 공생의 지혜가 스며있다. 다시 오슬로에 갈 수 있다면, 조금 더 느리게, 조금 더 어슬렁어슬렁 오슬로의 골목길 곳곳을 산책하며 다정한 오슬로 사람들과 도란도란 이야기를 나누고 싶다.

달리, 매킨토시
그리고 자하 하디드의 도시

글래스고(영국)

여성들은 늘 이런 말을 듣는다. "넌 해내지 못할 거야, 그건 너무 어려워서 넌 할 수가 없어, 경쟁에 뛰어들지 마, 결코 이겨내지 못할 거야." 여성은 자신감을 필요로 하며, 주변 사람들 또한 여성들에게 계속 해낼 수 있다는 믿음을 주어야 한다.

—자하 하디드의 인터뷰 중에서, 《텔레그라프》

　　겨울 여행에는 물론 그 나름의 낭만도 있지만 혹독한 추위와 함께 '문 닫은 곳'이 많다는 단점이 있다. 특히 영국의 겨울은 혹독하다. 추위보다도 너무 적은 일조량이 문제다. 오후 3시만 되어도 땅거미가 지기 시작하고, 슬슬 문을 닫기 시작하는 상점들이 많다. 2014년 12월에 떠나 2015년 2월에 돌아온 영국 여행에서는 '갈 수 있는 곳'보다는 '갈 수 없는 곳'이 더 많을 정도였다. 케임브리지에서는 겨울비가 내려 일찍 문을 닫은 상점들이 태반이었고, 로빈 후드의 고향인 노팅엄에서는 기대했던 '로빈 후드 투어'가 겨울에는 진행되지 않는다는 이야기를 듣고 낙심했으며, 맥베스의 무대가 된 것으로 알려진 성은 아예 겨울에 개장을 하지 않아 가볼 수조차 없었다. 하지만 글래스고에서는 무엇이든 가능했다. "겨울이라서 문을 열지 않아요", "날씨가 추워서 오늘은 안 되겠네요", "그 그림은 지금 수장고에 있어서 보실 수가 없습니다"라는 이야기를 계속 들으며 실망의 연속이었던 다른 도시들에 비해, 글래스고에서는 겨울에도 안 되는 것이 거의 없었다. 글래스고에 머무는 동안 나는 비로소 겨울 속에 꽁꽁 숨어있는 화사한 봄의 전령을 만난 느낌이었다.

스코틀랜드의 금융과 교통의 중심지인 글래스고 퀸 스트리트에 도착한 순간. 나는 쏟아지는 겨울 햇살 속에 보도블록이 반짝거리는 모습, 그 위로 걸어가는 사람들의 활기찬 발걸음에 이미 기분이 좋아졌다. 런던, 케임브리지, 에든버러, 버밍엄, 카디프, 인버네스, 스털링 등을 거쳐 비로소 글래스고에 도착한 나는 영국인들이 많이 앓는다는 윈터 블루스에서 조금은 벗어난 듯했다.

글래스고에 도착하자마자 나는 그 깨끗한 거리와 탁 트인 전망에 매료되었다. 도착하자마자 숙소에 짐을 풀고 글래스고 현대미술관으로 향했는데, 겨울 여행임에도 불구하고 거리 구석구석의 밝고 화사한 외관과 인테리어 덕분에 '벌써 봄이 왔나' 싶은 달뜬 기분이 되었다. 켈빈그로브 박물관 및 미술관에 있는 살바도르 달리의 〈십자가의 성 요한의 그리스도〉부터 빨리 보고 싶은 마음이 굴뚝같았지만, 달리의 저 유명한 '하늘에서 본 예수'의 모습을 보려면 차를 타고 도심 밖으로 나가야 하기 때문에 우선 퀸 스트리트 기차역 가까이에 있는 현대미술관부터 돌아보기로 했다. 글래스고 현대미술관에는 영국 미술뿐 아니라 아프리카, 아시아, 아메리카 등 '또 다른 세상에서 온 예술가들의 목소리'가 가득하다. 고갱과 뒤러의 판화도 전시되어있으며, 내가 좋아하는 삽화가 오브리 비어즐리의 판화도 많아 반가웠다. 오스카 와일드의 소설 『살로메』의 고혹적이고도 치명적인 매력을 그림으로 잘 표현한 비어즐리의 삽화들 중에는 에드거 앨런 포의 『검은 고양이』도 전시되어있다.

글래스고 대학 옆에 있는 헌터리언 박물관 및 미술관에서는 '매킨토시의 모든 것'을 만날 수 있다. 글래스고가 낳은 세계적인 디자이너 찰스 레니 매킨토시가 그의 아내와 함께 오랫동안 살았던 매킨토시 하우스 가이드 투어는 꼭 추천하고 싶다. 그 안에 있는 가구들이 모두 매킨토시가 직접 디자인한 것들이라 가이드의 감독 없이는 함부로 전시관 안에 들어갈 수 없다. 사진도 전혀 촬영할 수 없다. 하지만 무료 가이드 투어를 통해 매킨토시

하우스에 얽힌 다양한 이야기를 들을 수 있다. 매킨토시가 디자인한 가구를 직접 만져보고 사진도 찍고 싶어하는 사람들의 입장에서는 서운하지만, 안에 있는 아름다운 가구들을 보면 '정말 살짝만 삐끗해도 망가질 수 있겠다'는 생각이 든다. 아름답지만 어딘가 연약해 보이는 매킨토시의 가구들은 생활 중심의 튼튼한 실용적 가구들이 아니라 일상을 예술로 승화시키고자 했던 예술가의 욕망이 강하게 느껴지는 작품들이었다. 사진을 한 장도 찍을 수 없었기에 나는 매킨토시가 디자인한 작은 의자 미니어처를 하나 사서 아쉬움을 달랬다. 디자이너였던 아내 마거릿 맥도널드 매킨토시와 함께 집 안의 계단 하나하나, 거울이나 그림의 장식 하나하나까지 모두 상의해가며 이 집을 만들었을 매킨토시의 예민한 감수성이 구석구석에 깃든 집이었다. 매킨토시가 항상 가슴에 품었던 아포리즘 중에 이런 문장이 있다. "정직한 실수에는 희망이 있지만, 차가운 완벽주의에는 희망이 없다." 매킨토시의 집과 가구들, 그가 남긴 스케치들을 천천히 감상하며 나는 얼핏 완벽주의로 보이는 그의 디자인 속에서 살짝살짝 수줍게 드러나는 그의 인간적인 따뜻함을 느낄 수 있었다.

둘째 날 나는 비로소 그토록 꿈에 그리던 켈빈그로브 미술관 및 박물관에 도착했다. 오래전에 BBC에서 제작한 예술 다큐멘터리를 보다가 '하늘에서 본 예수'를 그린 살바도르 달리의 이야기를 알게 된 후, 나는 꼭 이 그림만은 직접 가서 보고 싶다는 열망에 사로잡혔다. 달리의 〈십자가의 성 요한의 그리스도〉는 그 파격적인 구도와 과감한 묘사 때문에 발표되자마자 엄청난 화제를 몰고 왔다. 관람객 중의 한 명이 이 그림을 돌로 공격해서 상처를 입기도 했지만, 금세 완벽하게 복원되기도 했다. 〈십자가의 성 요한의 그리스도〉가 켈빈그로브 미술관에 전시된 후, 두 달 만에 무려 5만 명이 넘는 사람들이 다녀갔을 정도였다. 엘리자베스 여왕과 로버트 케네디까지 이 그림을 보러 직접 이곳으로 왔다. 감히 '하늘에서 바라본 예수'의 고통스러운 모습을 그렸다는 놀라운 발상에 대하여 많은 사람들이 '신성 모독'이라고 비난하기도 하고 '새로운 우상숭배'라고 비판하기도 했지만, 살바도르 달리의 그림에 대한 대중의 열광적인 지지는 아무도 막을 수 없었다. 이 그림에는 신비한 영적 기운이 서려있는 것처럼 보여, 사람들은 이 그림을 보기 전에 모자를 벗고 기도를 한 후 그림을 감상하기도 했다. 실제로 이토록 아름다운 예수의 조감도를 그리기 위해 살바도르 달리는 할리우드의 액션 배우를 모델로 삼았다고 한다. 이 그림이 전시된 방은 마치 기도실처럼 경건한 느낌을 준다.

켈빈그로브 미술관 및 박물관은 이 그림 말고도 수많은 볼거리들로 가득한데, 나는 어디선가 들려오는 장중한 파이프 오르간 소리에 이끌려 중앙의 홀로 나가보았다. 과연 공중에 떠있는 것처럼 보이는 거대한 파이프 오르간 위에 백발이 성성한 오르가니스트가 앉아있었고, 어느새 군중들로 꽉 찬 중앙홀에는 아름다운 오르간의 선율에 매혹된 관객들이 빽빽하게 모여있었다. 나는 2층 전시관에서 이 음악 소리를 들었는데, 한 중년 남성이 고요한 사색에 잠겨 파이프 오르간 연주를 듣는 모습을 보았다. 그는 혼자서 아무 말 없이 연주를 듣다가 연주가 끝나자 커다란 박수를 치며 미소를 지었다. 이 세상에 오직 음악과 자신만이 남아있는 듯, 완전히 그 음악의 세계 속에 푹 빠져있는 낯선 사람의 모습이 진정 아름다웠다. 이 멋진 미술 작품들과 이 놀라운 건축과 이 경이로운 음악까지 모두 무료로 감상할 수 있다는 사실 또한 놀라웠다.

글래스고 방문 3일째 되던 날, 나는 자하 하디드의 건축으로 유명해진 리버사이드 교통 박물관에 찾아갔다. 2004년 여성 건축가로서는 처음으로 건축계의 노벨상으로 불리는 프리츠커상을 수상한 자하 하디드는 우리에게 동대문 DDP를 디자인한 건축가로 더 많이 알려져있다. 이곳도 도심으로부터 멀리 떨어져있기 때문에 지하철을 타야 했다. 교통비가 비싼 런던에 비해 글래스고는 아주 저렴한 비용으로도 전철과 버스를 탈 수 있었다. 전철역에서 내려 리버사이드 교통 박물관으로 걸어가는 길 자체가 아름다웠다. 멀리서 서서히 그 위용을 드러내기 시작하는 박물관의 웅장하면서도 날렵한 모습은 이제 막 하늘로 비상하려는 거대한 독수리의 몸통과 날개처럼 느껴졌다.

나는 박물관에 어떤 전시가 이루어지는지 모르는 상태에서 무조건 '자하 하디드의 건축'이라는 사실에 대한 호기심만으로 찾아갔는데, 그 '모름' 때문에 더욱 놀라운 발견들이 많았다. 이 박물관에는 자동차의 모든 것, 자전거의 모든 것, 기차의 모든 것이 다 담겨있다. '교통 기관의 역사'를 쭉 훑어볼 수 있는 멋진 '바퀴 달린 물건들의 축제'가 열리고 있었던 것이다. 아이들은 100년이 훌쩍 넘은 자동차나 기차 옆에서 사진을 찍기도 하고, 자유롭게 연주할 수 있는 피아노를 통통 두드려보기도 하고, 실제 앰뷸런스 자동차 앞에서 병원놀이를 하기도 하며 행복한 시간을 보내고 있었다.

자하 하디드의 건축이 유명한 까닭은 그 예측 불가능한 디자인과 경이로운 비정형성이지만, 관람자의 입장에서 자하 하디드의 건축은 무엇보다도 여유롭고 편안했다. 중국 광저우 오페라 하우스, 미국의 엘리 앤 이디스 브로드 미술관, 런던올림픽 공원의 아쿠아틱스 센터 등 기념비적인 건축 디자인을 전 세계에 각인시킨 자하 하디드. 그가 디자인한 리버사이드 교통 박물관의 전체적인 규모는 거대하지만 세부적인 느낌은 아기자기하다. 바깥에서 바라보면 마치 하늘을 바다 삼아 노 저어가는 거대한 함선처럼 웅장하게 느껴지지만, 안에 들어오면 참 '숨을 곳'이 많다는 생각이 든다. 직접 보고 만지고 느끼며 체험할 수 있는 전시물이 무척 많아 관람객들에게 자연스러운 친밀감을 준다. 곳곳

에 전시된 옛날 자동차와 자전거들, 그 속에서 행복한 시간을 보내는 사람들은 압도적인 건축물의 위용에 주눅 들지 않고, 그 박물관을 동네 놀이터처럼 편안하게 대하고 있었다. 글래스고는 이렇듯 예술과 문화와 건축으로 여행자들을 한껏 고무시키는 경이로운 도시였다. 차가운 금속으로 어떻게 이토록 살갑고 친밀한 공간을 만들어낼 수 있을까.

자하 하디드의 건축은 온통 네모진 건물로 가득한 삭막한 도시의 풍경에 역동적으로 굽이치는 곡선과 은근한 유머가 살아 숨 쉬는 싱그러움을 불어넣는다. 그녀의 건축은 파격을 위한 파격이 아니라, 그 안에 인간과 세계를 따스하게 감싸는 예술가의 정신을 담고 있다. 그녀는 건축뿐 아니라 소품 디자인에도 재능을 보였다. 자하 하디드는 명품 가방을 값싼 공업용 소재인 실리콘으로 만들어 엄청난 파격을 선보이기도 했고, 담쟁이넝쿨처럼 다리를 감싸고 소용돌이치며 올라가는 유머러스한 부츠를 만들어 사람들을 놀라게 만들기도 했다. 동대문 DDP에서도 볼 수 있는 그 과감하고 유려한 곡선은 자하 하디드의 트레이드마크이기도 한데, 이라크 바그다드에서 태어난 그녀가 유년 시절 많이 보고 자랐던 '모래산'의 이미지에 뿌리를 둔 것이라고 한다. 광막한 사막의 모래 언덕들, 그 허허로움 속에서도 마치 그 안에 들어가 따스하게 숨을 수 있을 것 같은 다락방 같은 아늑한 모성의 이미지를 끌어내는 자하 하디드. 그의 디자인에는 강건함과 온화함,

화려함과 소박함이 교묘하게 공존한다.

자하 하디드의 매력에 흠뻑 빠진 뒤 숙소로 돌아오는 길에서 나는 정말 멋진 버스 운전기사를 만났다. 리버사이드 교통 박물관으로 가는 길에는 지하철을 탔는데, 오는 길에는 왠지 아쉬운 마음에 글래스고 거리를 조금이라도 더 보고 싶어 버스를 탔다. 내 책에 들어가는 여행 사진의 대부분을 찍어주는 동행 S와 함께 버스에 막 올라타는데, 30대 초반 정도로 보이는 젊은 여성이 운전대를 붙잡고 우리에게 이렇게 말했다. "샌드위치 좀 먹고 출발해야 하는데, 괜찮으시겠어요?" 그녀의 씩씩함이 반가워 나도 "물론이죠!" 하고 당차게 대답을 했다. 그녀는 환하게 미소 지으면서, 집에서 직접 싸 온 듯한 샌드위치 도시락을 맛있게 먹었다. 점심시간이 훨씬 지났는데, 아마도 바빠서 미처 식사를 하지 못한 듯했다. 10여 명 정도의 승객이 타고 있었는데, 모두들 그녀의 늦은 점심시간을 얌전히 기다려주었다. 버스가 출발한 뒤 얼마 뒤에 S가 소리쳤다. "어, 켈빈그로브다! 이렇게 반가울 줄이야!" 내가 그토록 열광했던 켈빈그로브 미술관이 정말 다시 보였다. 반가운 친구를 예고 없이 우연히 다시 만난 느낌이었다. S는 잠깐 내려서 사진을 찍어도 되냐고 물었고, 기사님은 흔쾌히 허락했다. 그가 그 짧은 시간 동안 열심히 셔터를 눌러대는데, 기사님은 승객들에게 농담을 했다. "우리, 저분 남겨두고 그냥 떠나버릴까요?" 승객들은 모두 껄껄 웃으며, "그러자!"고 했다. 나도 장난

삼아 '얼마든지 괜찮다'는 신호를 보내니, 기사님이 정말로 출발하는 시늉을 했다. 버스가 정말로 부릉부릉 엔진 소리를 내자, S는 기겁을 해서 허겁지겁 달려왔다. 사람들은 박수를 치며 웃었다. 기사님은 장난기 어린 미소를 지었다. "아, 정말 가버리려고 했는데, 너무 빨리 달려오시네." 아까보다 더 큰 웃음소리가 승객들 사이에서 터져 나왔다. S도 그제야 기사님의 장난인 것을 알고 멋쩍게 웃었다. "아, 사진 좀 더 찍으려고 했는데." 그 순간에는 정말 외국에 있다는 느낌이 들지 않았다. 아주 익숙한 우리 동네에서, 늘 친숙한 마을버스를 타고 동네 찻집에 마실이라도 나온 느낌이었다. 그 찰나에 빛나던 '농담의 공동체' 속에서 나는 비로소 그 오랜 윈터 블루스에서 완전히 빠져나올 수 있었다. 나는 비로소 낯선 이방인이 아니라 아주 잠깐이나마 그들 중의 일부가 된 것 같아 따스한 미소가 저절로 흘러나왔다.

"삶이 푸른 잎사귀라면, 예술은 아름다운 꽃이다"라는 말을 남긴 매킨토시. 과연 그렇다. 예술가들은 끊임없이 바로 그 예술이라는 꽃을 더 아름답고, 더 생생한 존재로 만들기 위해 노력한다. 삶 속에서 좀 더 아름다운 것, 또는 삶 그 자체보다도 더 아름답고 오래 살아남는 그 무언가를 발굴해내기 위해. 매킨토시는 1902년 글래스고에서 열린 한 강연에서 이렇게 말했다. 여러분들은 푸른 잎사귀에서 솟아나오는, 아름답게 채색된 꽃, 더 리얼하고 더 생생한 꽃을 피워 올려야 한다고. 죽은 꽃이 아니라,

인공적인 꽃이 아니라, 가위로 싹둑 잘라낸 꽃이 아니라, 당신의 영혼 깊숙한 곳에서 자라나오는 예술이라는 꽃을 피워 올려야 한다고. 당신은 당신 안에 있는 예술이라는 꽃을 피워 올리되, 그 꽃은 고귀하고, 아름답고, 영감이 흘러넘쳐야 한다고. 그 예술이라는 꽃은 어쩌면 무미건조한 잎사귀마저 전혀 다른 빛깔로 바꿀 수 있는 힘을 가진 꽃일 것이다. 내게는 엄청난 도전이었던, 모두가 말렸던 '겨울 영국 여행'이 푸르른 잎사귀였다면, 글래스고는 그 푸르른 잎사귀들 사이에서 단연 빛나는 붉은 장미였다. 삶 속에서 남몰래 반짝거리는 예술의 순간을 발굴해내는 화가들처럼, 나도 일상이라 불리는 황량한 벌판에서 아슴푸레 반짝이는 황홀경의 순간을 발견해내는 글쟁이가 되고 싶어졌다.

베토벤, 지상의 절망에서
천상의 희망을 이끌어내다

본(독일), 빈(오스트리아)

올바르게 또 떳떳하게 행동하는 사람은

오직 그런 사실만으로도

능히 불행을 견뎌나갈 수 있는 것을

나는 증명하고 싶다.

—베토벤, 「1819년 빈 시청에 보낸 편지」에서

천재 피아니스트의 파란만장한 삶을 그린 영
화 〈샤인〉의 실제 주인공으로 알려진 데이비드 헬프갓. 그의 인
생을 다룬 다큐멘터리 〈데이비드 헬프갓입니다!〉에서 이런 대사
를 만났다. "세상에는 외톨이가 필요해요. 세상엔 똑같은 장단에

맞장구치지 않는 사람이 필요하지요. 더 독창적이고 덜 겸손하며 규율이나 규칙에 너무 사로잡히지 않는 사람이요." 이렇게 멋진 말을 한 사람은 바로 데이비드를 진찰한 정신과 의사였다. 데이비드는 언뜻 보면 정신적으로 문제가 많아 보인다. 마치 6세쯤에서 정신적 성장이 멈춰버린 것처럼, 어른스러움이나 절제 같은 것이 전혀 없어 보인다. 끊임없이 두리번거리고, 잠시도 가만히 앉아있지 못한다. 그럼에도 그 의사는 데이비드가 무슨 병을 앓고 있다는 진단을 내리지 않는다. 그저 데이비드의 이야기를 들어주고, 부인의 고민도 들어주고, 두 사람과 식사도 같이 하며 여러 가지 문제들을 함께 상의한다. 그는 약을 처방하거나 진단을 내리는 것이 아니라 그저 일상을 환자와 함께함으로써 문제를 해결하고 있었다.

데이비드는 남의 집에서도 뭔가 마음에 드는 것을 발견하면 자기 주머니에 몰래 넣기도 하고, 공식 석상에서 연주를 할 때도 끊임없이 혼잣말을 하고, 자신이 가장 좋아하는 콜라를 아내가 못 먹게 할까 봐 옷 속에 몰래 감추기도 하지만, 누구도 그에게 "정신적으로 문제가 있다"고 말하지 않는다. 그냥 있는 그대로의 그를 받아들여준다. 그는 연주만 하는 것이 아니라 다른 사람들을 가르치기도 한다. 그들 중 누구도 그를 문제가 있다고 판단하지 않는다. 끝없는 사랑과 배려와 기다림 속에 그의 재능이 훨훨 타오르고 있었다. 나는 이 다큐멘터리를 보면서 평생 고독과

불안 속에 살았던 베토벤이 자꾸만 떠올랐다. 베토벤에게 저렇게 다정한 친구들과 의사들이 있었다면 얼마나 좋았을까.

요새는 이렇게 '외톨이의 소중함'을 이야기하는 사람들이 많지만, 베토벤의 시대에 외톨이는 곧 패배자였던 것 같다. 베토벤은 '위대한 음악가'로 인정받았지만 동시에 '불편한 이방인'이기도 했다. 하지만 세계와 자아의 불협화음 속에서 베토벤은 아름다운 음악을 만들어냈다. 『베토벤의 생애』를 쓴 역사학자 로맹 롤랑은 이렇게 말한다. 『베토벤의 생애』는 학문적인 목적을 위해서 쓴 것이 절대로 아니라고. 이것은 상처 입은 영혼에서 태어난 하나의 노래라고. 실의에 빠져있던 로맹 롤랑은 베토벤의 슬픔과 고뇌와 환희를 담은 음악을 통해 자신의 아픔을 치유했고, 무릎 꿇고 있던 자신의 마음은 어느새 베토벤의 억센 손에 이끌려 일어설 수 있었다고 한다. 지구상에서 얼마나 많은 사람들이 베토벤의 힘찬 손에 이끌려 절망 속에서 다시 일어날 수 있었을까. 나도 그런 사람들 중 하나였다. 베토벤의 음악만큼이나 그의 굴곡 많았던 생애가 나를 위로해주던 순간도 많았다.

여름에 잠시 파리에서 체류 중이던 나는 베토벤의 고향 본으로 가기 위해 우선 쾰른에 들렀다. 본으로 바로 가는 기차가 없어서 교통의 요지인 쾰른에 먼저 들러 그 유명한 쾰른 대성당을 잠시나마 눈에 담아 가는 것도 좋을 것 같았다. 쾰른은 물론 하루에 다 보기에는 큰 도시였지만 부지런히 답사한 덕분에 쾰른 대성당과 박물관, 강을 끼고 도는 공원 광장 등을 충분히 관람하고 본으로 갈 수 있었다. 유레일패스를 이용한 자유로운 기차 여행의 묘미 중 하나는 이렇게 중간에 어느 역에서든 내렸다가 산책을 하고, 몇 시간 뒤든 당일에 다시 목적지가 같은 다른 기차를 타면 된다는 점이다. 때로는 이렇게 잠깐씩 내린 경유지에서 보석 같은 여행의 메시지를 간직하게 될 수도 있다. 파리에서 쾰른까지는 기차로 3시간이 좀 넘게 걸리는 반면, 쾰른에서 본까지는 20분밖에 걸리지 않는다. 언젠가 시간이 허락된다면 쾰른과 본에서 사흘 정도씩 머무르면서 작은 장소들도 샅샅이 찾아보고 싶어졌다.

본에 있는 베토벤 생가는 기차역에서 도보로 15분 정도 거리다. 나는 조금 헤매더라도 기차역에서 목적지까지 걸어가는 것을 좋아하는데, 기차역에 내리자마자 웅장한 대성당이 시야를 압도하는 쾰른을 보고 와서 그런지, 한적한 본의 모습은 어쩐지 쓸쓸하고 고적하게 느껴졌다. 베토벤 생가에 도착하니 우선 주변 건물들과 그다지 또렷하게 구분되지 않는 소박함이 마음을 편안하게 해주었다. 지금은 그나마 베토벤의 생가라는 이유로 특별하게 관리되고 있는 건물이라 말쑥하게 단장되어있지만, 실제로 베토벤이 태어난 당시에는 매우 초라하고 외진 곳이었다고 한다. 실내에서는 사진 촬영이 금지되어있어서, 아쉽지만 정원에서만 사진을 찍었다. 오래된 목조 건물이라 삐걱거리는 마룻바닥의 소리 또한 정겹게 느껴졌다. 베토벤의 아버지는 어린 아들의 음악적 재능을 대중의 구경거리로 만들어 돈을 벌어들일 궁리를 했다. 주정뱅이 아버지에게 매질을 당하며 바이올린 하나 달랑 든 채 골방에 갇혀 지내기도 했던 어린 베토벤의 상처를 생각하며 집을 둘러보았지만, 이제는 워낙 말끔하게 정리되어있어 그런 우울한 기운은 느껴지지 않았다. 다만 아주 세심하게 가꾸어져있음에도 불구하고 당시의 가난과 비참의 흔적을 완전히 가릴 수는 없다는 생각이 들었다. 특히 어린 베토벤이 주로 머물렀던 것으로 알려진 2층 다락방은 아주 비좁고 폐쇄적인 느낌이 들었다. 생가 곳곳에서는 베토벤의 피아노 소나타가 나지막이 울리고, 자신도 모르게 음악을 들으며 걷느라 천천히 걷는 여행자들의 모습이 미소를 머금게 했다.

베토벤 생가의 명물 중 하나는 정원에 나란히 늘어서있는 다채로운 베토벤 두상들이다. 온갖 예술가들이 각자 자신만의 스타일로 빚어낸 베토벤의 조각상은 베토벤의 고독과 불안을 생생하게 드러내고 있었다. 그러고 보니 베토벤 두상을 수없이 관찰해보았지만, 남아있는 베토벤의 얼굴 중에는 웃는 얼굴이 하나도 없다는 것을 알게 되었다. 베토벤을 만나본 사람들은 그가 웃을 때조차도 얼굴을 찡그리고 있었다고 이야기한다. 그의 웃음은 기쁨을 자주 가져보지 못한 사람의 어색한 웃음이었다. 그가 가장 많이 보이고 있던 표정은 바로 우울과 고뇌의 표정, 사라질 줄 모르는 슬픔의 표정이었다. 약혼까지 했던 연인 테레제와 헤어진 뒤, 베토벤은 엄청난 실의의 나날을 보냈다. 그는 자신을 가엾은 베토벤이라 칭하면서 스스로의 운명을 이렇게 탄식했다. "이 세상에 너를 위한 행복은 없다. 이상의 나라에서만 너는 진정한 친구를 얻을 수 있을 것이다." 하지만 운명을 탄식할 때조차도 베토벤은 그 안에서 자신의 사명을 보았다. "너는 이미 너 자신을 위해서는 살 수 없는 것이다. 다만 다른 사람들을 위해 살아야 하는 것이다. 너에게 남아있는 너의 예술 속에 있을 뿐이다." 베토벤 생가를 나와 시청 광장 쪽으로 걸어가니 우체국이 보이고, 멀리서부터 커다란 베토벤 동상이 모습을 드러내기 시작했다. 나는 베토벤의 동상 앞에 있는 카페에 앉아 저물녘의 거리를 하염없이 바라보았다. 해 저무는 거리에서 어린 베토벤은 '모차르트처럼 천재적인 음악가가 되고 싶은 꿈'을, 나아가 음악의 도시 빈에서 자신의 모든 재능을 펼쳐 보일 꿈을 꾸지 않았을까.

'베토벤으로 가는 길'을 생각하게 된 것은 아이러니하게도 '모차르트로 가는 길' 위에서였다. 모차르트 생가가 있는 잘츠부르크는 여기도 모차르트 카페, 저기도 모차르트 음악회로 인산인해를 이뤘다. 빈에서도 가장 많이 파는 초콜릿이 바로 메추리알만 한 크기의 모차르트 초콜릿이었다. 또한 모차르트가 살았던 시대의 의상을 입고 공연을 광고하는 사람들을 심심치 않게 만

날 수 있다. 그런 모습을 보면서 '왜 베토벤은 이만큼 대중적인 사랑을 못 받는 걸까' 하는 아쉬움이 자리 잡았다. 아마도 〈돈 조반니〉 등 다양한 오페라로도 발을 뻗었던 모차르트의 대중적 친근함이 베토벤의 고뇌하고 침잠하는 음악보다는 훨씬 편안하기 때문이리라. 하지만 빈에서 베토벤의 흔적을 듬뿍 느낄 수 있는 숨은 명소가 하나 있다. 바로 '음악의 집'이다. 이곳에 가면 베토벤뿐 아니라 바흐, 헨델, 슈베르트, 멘델스존은 물론 말러에 이르기까지 다양한 음악인들의 흔적을 접할 수 있다.

음악의 집은 빈 중앙역에서 도보로 30분, 택시로는 10분 정도의 거리에 있다. 자전거를 좋아한다면 시내 곳곳에 비치되어있는 대여용 자전거를 타고 가도 15분 정도밖에 되지 않는 거리라 부담이 없다. 음악의 집에 가면 누구든 오케스트라를 지휘하는 멋진 경험을 해볼 수 있는데, 가상의 오케스트라를 디지털 지휘봉에 연결하여 음악을 지휘하는 체험이 아주 재미있었다. 지휘자 주빈 메타가 화면에 등장하여 지휘의 요령을 알려주기도 한다. 음악뿐 아니라 소리 자체에 관심 있는 사람에게 많은 영감을 줄 수 있는 곳인데, 다양한 클래식 음반을 무료로 들어볼 수 있을 뿐 아니라 세계적인 오케스트라의 명연주 실황, 기념비적인 오페라 공연 등을 커다란 화면과 최고의 사운드로 들어볼 수 있는 극장도 이 내부에 있다. 나는 이곳에서 베토벤의 유명한 '하일리겐슈타트 유서'와 베토벤의 얼굴을 직접 본뜬 데드 마스크를 볼 수 있었다. 물론 하일리겐슈타트로 직접 가서 베토벤의 흔적을 찾아본다면 더욱 좋겠지만, 당시 나는 다른 취재 일정이 밀려 있어서 하일리겐슈타트에 가볼 수 없는 아쉬움을 이곳에서 충분히 달랠 수 있었다.

빈 교외에 있는 하일리겐슈타트로 요양을 떠나기 전, 베토벤은 절망적인 상태였다. 젊었을 때부터 앓아오던 귓병이 점점 심해져 청각을 거의 잃어버릴 위험에 처해있었기 때문이다. 그는 몇 년간 누구에게도 그 고통을 말하지 못했다. 사교 생활에서 점점 멀어져 더욱 외톨이가 되어버린 베토벤은 친구에게 편지를 쓴다. "나는 벌써 2년째 비참한 생활을 계속하고 있네. 사교 생활 일체를 멈춰버렸다네. 사람들에게 나는 귀머거리요, 하고 말할 수 없기 때문이네." 그는 청각을 잃어버리는 것만큼이나 '다른 사람이 자신을 어떻게 생각할까' 하는 문제 때문에 공포를 느꼈다. "내 귀가 안 들리는 것을 그들이 알면 뭐라고 하겠는가! 그 수많은 적들이 말일세." 하지만 의사의 권유로 한적한 하일리겐슈타트의 아름다운 풍경 속에서 생애 처음으로 제대로 된 휴식을 취하게 된 베토벤은 죽음을 각오한 채 유서를 남기게 되고, 오히려 그 유서를 쓴 뒤에 베토벤은 예전보다 훨씬 폭발적인 창조력으로 수많은 곡들을 작곡하기 시작한다.

하일리겐슈타트에서 우리는 음악가 베토벤을 넘어 인간 베토벤의 아름다움을 느끼게 된다. 그는 음악가로서 청각을 잃어버린 것에 절망한 나머지 죽음까지 생각하지만, 예술에 대한 갈망 때문에 차마 죽을 수 없었다고 고백한다. 이 글의 형태는 동생에게 남기는 유서이지만, 오히려 이 글은 베토벤 스스로가 죽을 각오로 살아남아 반드시 위대한 음악을 창조하겠다는 출사표로 다가온다. 그는 무덤 속에서라도 동생에게 도움이 될 수 있다면 자신은 행복한 사람일 거라고 쓴다. 또한 그는 자신이 설령 일찍 죽게 되더라도 죽음을 두려워하지 않겠다는 각오를 펼쳐 보인다. "그래도 나는 만족하리라. 죽음은 나를 끝없는 고뇌로부터 해방시켜주는 것이 아니겠는가? 죽음이여, 올 테면 언제든지 오라. 나는 너를 용감히 맞아들이리라."

로맹 롤랑은 자신이 베토벤의 인생을 통해 구원의 힘을 얻었듯, 독자들도 베토벤의 삶과 음악에서 희망을 발견하길 바랐다. "불행한 사람들이여, 그러므로 너무 서러워하지 말라. 인류의 위대한 사람들이 그대들과 더불어 있는 것이다. 그들의 용기로써 우리 자신을 북돋우자. 그리고 우리가 너무 잔약할 때는 그들의 무릎 위에 잠시 머리를 고이고 쉬자. 그들은 우리를 위로해줄 것이다." 베토벤 스스로도 이렇게 말했다. "모든 불행한 사람들은 한낱 자기와 같은 불행한 사람이 현실의 온갖 장애물에도 불구하고 인간이라는 이름에 값하는 사람이 되고자 전력을 다했다는 것을 알고 위로를 얻으라." 스스로 불행하다고 느끼는 사람들에게 의지가 되는 음악, 그것이 베토벤이 추구했던 이상이었다.

빈은 베토벤에게 애증의 도시였다. 베토벤이 청각을 거의 상실했을 때 피땀 흘려 작곡한 〈교향곡 제9번〉으로 음악회는 엄청난 성공을 거두었지만, 베토벤에게 들어온 수입은 한 푼도 없었다고 한다. 세속적인 빈의 청중들조차도 〈교향곡 제9번〉 '합창'의 압도적인 웅장함 앞에서는 매료되었다. 하지만 그들은 다시 로시니류의 가벼운 오페라로 유행을 따라가고 말았다. 빈의 세속성과 유행의 덧없음에 절망한 베토벤은 영국으로 가서 〈교향곡 제9번〉을 연주해야겠다는 생각을 할 정도였다. 굴욕과 슬픔이 베토벤의 우울을 더욱 심화시켰다. 하지만 그 어떤 권력자들도 베토벤의 음악에 굴레를 씌울 수는 없었다. 베토벤은 누구의 눈치도 보지 않는 성격으로도 유명했는데, 그는 정부든 경찰이든 귀족 계급이든 가리지 않고 늘 자신의 의견을 자유롭게 말하곤 했다. 베토벤은 지상에는 자신의 나라가 없다고 말했다. 자신의 나라는 오직 하늘에 있다고도 말했다. 때로는 어느 하늘 아래 내 몸을 의탁해야 할지 알 수 없을 때, 우리는 베토벤의 음악을 들으며 그 어떤 지상의 땅덩어리도 굳이 필요로 하지 않는 완전한 자유를 누릴 수 있지 않을까. 이제 그만 희망을 포기하고 싶은 생각이 들 때마다, 나는 베토벤의 음악을 통해 위로를 받곤 했다. 나는 베토벤의 음악을 통해 배운다. 마치 불행과 고뇌라는 흙으로 빚어진 것 같은 사람, 이 세상에서 어떤 안락한 보금자리도 갖지 못한 사람이야말로 스스로 행복을 창조할 힘이 있음을. 절망이

아닌 희망을, 슬픔이 아닌 희열을 세상 사람들에게 나눠주기 위
해, 오늘도 베토벤은 자신의 고통스러운 삶을 음악이라는 용광
로에서 구워내어 눈부신 환희의 송가를 연주해낸다.

6장

마음으로 가는
문

먼 곳을 향한 그리움

뮌헨(독일)

여행을 상상하는 것만으로 기분 좋아지던 때가 있었다. 아직 스마트폰 애플리케이션이 없던 시절, 나는 혼자 떠난 첫 번째 유럽 여행에서 깨알 같은 글자들이 빼곡히 적힌 소책자를 늘 휴대하고 다녔다. 기차로 왕복할 수 있는 유럽의 모든 도시의 운행 스케줄표였다. 바로 유레일 시간표였다. 틈만 나면 그 기차 시간표를 펼쳐 들고 '다음에는 어떤 도시로 갈까' 하는 설렘을 만끽하곤 했다. 지금은 유레일 애플리케이션을 이용하지만, 앱으로 검색하는 행위에는 '뚜렷한 목적지'가 필요한 반면 이리저리 책을 들춰보는 아날로그 시간표는 '목적 없는 헤맴'의 자유가 있었다. 앱이 아닌 책자로 시간표를 볼 때는 '베를린에서 파리까지'라는 식으로 검색하지 않고, '베를린에서 기차로 갈 수 있는 유럽의 도시는 몇 개나 있을까'라는 식으로 자유롭게 질문할 수 있었던 것이다. 그 요긴한 유레일 기차 시간표 덕에 나는 마음속으로는 하루에도 수십 번씩 베니스로, 모나코로, 페테르부르크로, 종횡무진 유럽의 도시들을 횡단할 수 있었다. 그때 열차 시간표를 요모조모 연구하며 나를 가장 설레게 한 도시가 바로 뮌헨이었다.

뮌헨은 유럽의 거의 모든 주요 도시와 '적당한 거리'를 유지했다. 지금도 기차 여행을 좋아하는 사람이라면 뮌헨에서 출발하라고 권해주고 싶다. 뮌헨에서 취리히까지는 4시간, 뮌헨에서 파리까지가 6시간, 뮌헨에서 피렌체까지는 7시간 반, 뮌헨에서 암스테르담까지는 8시간, 뮌헨에서 잘츠부르크까지는 1시간 반이면 충분했다. 한 달간 유럽 배낭여행을 꿈꾼다면 뮌헨에서 시작하는 것이 좋을 것 같았다. 특히 복잡한 공항 검색대를 통과하지 않아도 되고, 국경을 넘는 순간에도 별다른 검문 검색이 필요 없는 유럽 기차 여행의 매력을 만끽하고 싶은 사람들에게는 뮌헨이 여러모로 편리한 도시다. 여행 중독자들에게는 누구에게나 '마음의 수도' 같은 곳이 생기게 마련인데, 내 마음의 수도는 뮌헨이었다. 뮌헨 중앙역 2층에서 유럽 전역으로 뻗어나가는 기차들이 오가는 플랫폼을 내려다보고 있으면, 세계를 내 품 안에 고스란히 껴안는 듯한 환상을 느낄 수가 있었다.

시청과 성당이 있는 구 시가의 중심지 마리엔 광장을 걸으며 온갖 골목길과 가게들을 구석구석 구경해보는 것도 좋고, 세상 모든 식물들이 다 함께 모여 도란도란 이야기를 나누는 듯한 영국 정원에서의 산책도 좋다. 뮌헨에서 내가 가장 좋아하는 곳은 베를린의 '박물관 섬'처럼 여러 개의 박물관이 다닥다닥 붙어있는 '바러 슈트라세'다. 그리스 신화를 알록달록하게 재현한 옛 그림들이 많은 알테 피나코테크, 빈센트 반 고흐와 폴 고갱 그리고 구스타프 클림트의 명작을 찾아볼 수 있는 노이에 피나코테크, 온갖 최첨단 자동차와 아름다운 가구 디자인을 감상할 수 있는 피나코테크 데어 모데르네 등 뮌헨은 미술을 사랑하는 사람들에게 풍요로운 감상의 기회를 제공한다. 루브르 박물관이나 대영박물관처럼 엄청난 인파가 몰려들지는 않지만, 바로 그렇기 때문에 더욱 천천히 여유롭게 온갖 명작들을 감상할 수 있는 곳이다. 빈센트 반 고흐의 〈해바라기〉뿐 아니라 알브레히트 뒤러의 〈자화상〉, 폴 고갱의 〈예수의 탄생〉 등 수많은 명작들이 뮌헨의 박물관 단지에 있다. 맥주 마니아들의 성지이기도 한 뮌헨에는 '호프브로이'라는 거대한 맥주집이 있는데, 이곳은 분명 실내인데도 거대한 야외 광장 같은 느낌을 준다. 전 세계의 국가나 민요들이 매일 밤 연주되고, 테이블이 다닥다닥 붙어있어도 답답하거나 비좁은 느낌을 주지 않으며 오히려 다정하고 친밀한 느낌을 준다. 호프브로이에서는 가만히 앉아있어도 먼저 말을 걸어주는 외국인들이 많다.

　뮌헨 대학에서 공부하며 뮌헨의 슈바빙 거리를 '마음의 고향'으로 삼았던 전혜린의 오랜 노스탤지어가 뿌리를 내린 곳. 바로 그 뮌헨의 거리 구석구석을 걷다 보면 아무도 나를 모르는 곳에서 완전히 자유롭게 살아가는 은밀한 기쁨을 꿈꾸던 전혜린의 목마른 그리움을 이해할 수 있을 것 같았다. 전혜린이 뮌헨 시절을 그리워했던 이유는 그곳이 편안하고 행복하고 낭만적인 곳이어서가 아니었다. 오히려 그토록 가난하고, 음식도 입에 맞지 않고, 아는 사람 하나 없었던 시절, 그럼에도 자신을 지탱하게 해주었던 보헤미안적인 삶을 향한 막연하지만 절실한 동경이 뮌헨에 대한 그리움의 뿌리였다. 「먼 곳에의 그리움」이라는 수필에서 전혜린은 이렇게 썼다. "먼 곳에의 그리움(Fernweh)! 모르는 얼굴과 마음과 언어 사이에서 혼자이고 싶은 마음! 텅빈 위(胃)와 향수를 안고 돌로 포장된 음습한 길을 거닐고 싶은 욕망, 아무튼 낯익을 곳이 아닌 다른 곳, 모르는 곳에 존재하고 싶은 욕구가 항상 나에게는 있다." 전혜린은 숙소도 정해지지 않은 상황에서 터덜터덜 뮌헨의 거리를 걷다가 작은 방을 하나 구하고 그곳을 둥지로 삼아 번역과 집필 활동을 시작했다. 그에게 뮌헨은 머나먼 어딘가를 향한 그리움, 페른베(Fernweh)를 끊임없이 자극하는 공간이었다. 고향을 향한 그리움도 아니고, 딱히 정해진 공간을 향한 그리움도 아닌, 단지 그곳이 그토록 멀리 있기 때문에 막연히 동경하는 마음. 그곳이 가깝고 친밀한 공간이기 때문이 아니라, 머나먼 곳, 신비로운 곳, 알 수 없는 곳이기에 더욱 가슴 아프게 동경하는 마음. 그 목마른 그리움이 있었기에 전혜린은 뮌헨에서도, 서울에서도 문학을 향한 꿈을 놓치지 않을 수가 있었다.

전혜린은 보헤미안적인 삶을 동경했다. 그것은 정착민의 삶, 무언가를 끊임없이 쌓아 올리고, 비축하고, 차지하는 삶이 아닌 아무것도 소유하지 않는 보헤미안적인 삶을 향한 동경이기도 했다. "포장마차를 타고 일생을 전전하고(목적지 없이 이리저리 굴러다니고) 사는 집시의 생활이 나에게는 가끔 이상적인 곳으로 생각된다. 노래와 모닥불가의 춤과 사랑과 점치는 일로 보내는 짧은 생활, 짧은 생. 내 혈관 속에서 어쩌면 집시의 피가 한 방울 섞여있을지도 모른다고 혼자 공상해보고 웃기도 한다." 당시 돈으로 1마르크만 있어도 한 끼 식사를 넉넉히 해결할 수 있었던 뮌헨의 슈바빙 거리에서, 전혜린은 먹는 것은 간단히, 빨리 해결하고, 더 많이 걷고, 더 많은 사람들의 이야기를 들으며, 유학 생활 중에도 보헤미안적인 삶의 동경을 누렸다. 그녀는 아무도 모르는 곳에서 '뮌헨 대학의 유일한 동양인 여학생'으로 살아가면서 외로움을 느끼기도 했지만 완벽한 자유를 누리기도 했다. 타인의 시선에 결박되지 않는 삶, 누가 뭐래도 자신의 뜻대로 살아가는 사람들을 바라보며 전혜린은 자기 안에 흐르던 '집시의 피'를 느꼈다.

머무르며 집착하는 삶이 아니라, 불같이 사랑하되 아무것도 가지지 않는 삶. 그런 삶을 꿈꾸게 해준 뮌헨의 '슈바빙적인 것'은 바로 그곳 특유의 넉넉한 인심과 누구의 눈치도 보지 않는 삶의 태도가 생활화되어있었기에 가능한 것이었다. 맥주 한 병만 시켜도 밤새도록 춤을 추며 음악을 느낄 수 있는 카페가 있었고, 1마르크만으로도 저녁은 물론 '하염없이 앉아있을 수 있는 자유'와 '멋진 토론을 즐길 수 있는 여유'를 선물받을 수 있었던 레스토랑들. 그곳에서 전혜린은 힘겨운 유학 생활의 피로를 잊고 정신의 허기를 채울 수 있는 힘을 발견하곤 했다. "이곳에서는 아직도 가난이 수치 대신에 어떤 로맨틱을 품고 있고, 흩어진 머리는 정신적 변태가 아니라 자유를 표시하는 것으로 간주되며, 면밀한 계산과 부지런한 노력 대신에 무료로 인류를 구제할 계획이 심각히 토론된다." 단정하고 깔끔하게, 뭔가를 아주 많이 가지고 있는 척 연기하는 삶이 아니라, 가진 것이 없어도 결핍을 느끼지 않는 삶, 오직 예술과 지식을 향한 강렬한 탐구욕만으로도 엄청난 부자가 된 것 같은 느낌. 내가 뮌헨에서 느낀 감정도 바로 그런 따스한 충족감이었다.

뮌헨은 나에게 '독일 음식은 맛이 없다'는 편견을 기쁘게 깨뜨려버린 도시이기도 하다. 독일 바이에른 지방의 전통이 살아있는 음식들은 하나같이 맛있었다. 파울라너, 뢰벤브로이 등의 맥주를 캔이나 병이 아닌 신선한 생맥주로 먹을 수 있다는 것만으로도 뮌헨은 맥주 마니아들에게 매력적인 곳이다. 바이스비어라고 불리는 밀맥주의 종류가 가장 많고, 맛도 뛰어난 곳이 바로 뮌헨이다. 바이에른 지방에서 가장 많이 볼 수 있는 흰색 소시지는 물컹해 보이는 겉모습과 다르게 정말 고소하고 풍부한 맛을 자랑했고, 짭짤하면서도 담백한 프레첼에 곁들여 먹는 각종 수제 소시지들은 그 접시 그대로 한국에 옮겨 오지 못해 안타까울 정도였다. 평소에 소시지를 즐겨 먹지 않는 나도 뮌헨의 수제 소시지에는 반하지 않을 수가 없었다. 커다란 냄비에 넣어 고소하게 구운 돼지고기 요리 슈바인스브라텐, 감자나 흰빵으로 만든 만두 크뇌델, 새콤하면서도 달콤한 맛을 내는 양배추절임 사우어크라우트, 독일식 족발이라고 볼 수 있는 바삭바삭한 슈바인학센. 모두가 잊을 수 없는 독일 요리였다. 달콤한 바닐라소스를 곁들인 파이, 사과 스트루들 또한 뮌헨에서 맛본 최고의 디저트였다.

뮌헨은 BMW, 지멘스, 알리안츠 등 수많은 기업들이 자리하고 있을 뿐 아니라 수많은 명사들이 거쳐 간 문화의 중심지이기도 하다. 아인슈타인이 어린 시절을 보낸 곳도 뮌헨이고, 세계적인 영화 감독 베르너 헤어조크가 태어난 곳도 뮌헨이다. 화가 바실리 칸딘스키, 작가 에리히 케스트너, 노벨문학상 수상 작가 토마스 만, 퀸의 리드 싱어 프레디 머큐리도 뮌헨에 거주한 적이 있다. 그들 또한 뮌헨의 양파 같은 매력, 즉 최첨단의 문명과 뜻밖의 전통들이 마치 처음부터 하나인 듯 자연스럽게 공존하는 다채로운 시간성의 매력에 빠지지 않았을까. 내게 '먼 곳을 향한 속절없는 그리움'을 가르쳐준 도시, 뮌헨은 여러 번 가도 그 매력을 잃지 않는 도시, 오히려 갈 때마다 뭔가 새로운 즐거움을 안겨주는 양파 같은 도시다. 뮌헨은 고향이 아니어도 고향처럼 그리워할 수 있는 곳, 아는 사람이 한 명도 없지만 전혀 무섭거나 낯설지 않은 친근한 도시다.

뮌헨에서 나는 뼈아픈 실수를 한 적이 있다. 뮌헨에 짐을 풀고 독일 곳곳의 소도시를 여행하면서, 절대로 여기, 이 장소, 이 느낌은 잊지 말아야지 하고 다짐을 하면서 열심히 사진을 찍었는데, 버튼 하나를 잘못 눌러 그만 500여 장이 넘는 사진 파일을 몽땅 잃어버리고 말았다. 아마도 초점이 맞지 않았던 사진 '한 장'을 지우려다가 '모두 삭제'를 잘못 누른 것 같다. 혼자서 여행 다닐 때는 가끔 카메라가 '친구'처럼 느껴질 때가 있다. 없어진 것은 그저 사진일 뿐인데 나는 사랑하는 죽마고우를 잃어버린 듯 가슴이 아팠다. 게다가 동행이 없었기 때문에 그 사진 파일 속의 추억은 오직 내 머릿속에만 남아있었다. 추억을 의지할 만한 어떤 존재도 남지 않게 되어버린 것이다. 없어진 것은 전혀 실물의 무게가 없는 사진일 뿐이었는데, 마치 내가 걸어온 발자취와 시간을 모두 잃어버린 듯 황량한 느낌이 들었다. 소중한 추억마저 모두 날아가버린 듯 안타깝고 당혹스러웠지만, 기계치였던 나는

어떤 대안도 찾지 못했다.

거의 집착에 가깝게 엄청나게 사진을 찍어대다가 그 소중한 시간의 흔적을 몽땅 잃어버리고 나니 신기하게도 기이한 해방감이 몰려왔다. '에라, 모르겠다. 오늘부터는 사진에 집착하지 말고, 추억을 가슴에 새겨두는 데 집중하자'라는 생각을 하니, 마음이 티끌 하나 없는 명경(明鏡)처럼 맑아졌다. 가는 곳마다 '여기 이곳은 카메라가 아닌 내 마음속에 담아두자'라는 생각으로 바라보고, 걷고, 냄새도 맡아보고, 손가락으로 돌이나 나무의 촉감을 느껴보기도 했다. 몇 년 후에 다시 뮌헨을 방문하여 새로운 사진들을 찍긴 했지만, 그때 혼자 정처 없이 걷던 뮌헨 곳곳의 추억은 오직 내 마음의 카메라에 고스란히 담겨있다. 사진의 초점이 아닌 마음의 초점으로 세상을 바라보기 시작하자, 그제야 여행에 대한 글을 쓰고 싶어졌다. 내가 '단순한 여행의 감상이 아니라, 내 고민과 방황의 흔적까지 고스란히 담은 내밀한 여행기를 쓰고 싶다'는 결심을 하게 만든 장소, 그곳이 바로 '먼 곳을 향한 그리움'이 불꽃을 피워 올린 도시, 뮌헨이었다.

그럼에도 불구하고
'도시'를 선택하다

맨체스터(영국)

사진은 현재의 순간을 찍는데 사진에 찍힌 현재는 사진에 찍힌
순간부터 과거가 되기 시작한다는 것, 이것이 사진의 이상한 변
증법이다. 아무리 새로운 순간도 사진에 찍히면 역사적 기록이 된
다는 것, 이것이 사진의 운명이다.

—발터 벤야민, 『사진에 대하여』 중에서

그곳에 있을 때는 그 도시의 매력을 잘 몰
랐다가 한참 시간이 흐른 뒤에야 뒤늦게 그 매력을 깨닫게 되는
곳이 있다. 내게는 맨체스터가 바로 그런 장소다. 맨체스터에 처
음 갔을 때 나는 잿빛 건물로 가득 찬 이 도시의 단조로운 스카

이라인에 크게 실망했다. 맨체스터 미술관과 중앙도서관이 매우 훌륭했지만 도시의 전체적인 인상은 음습하고 칙칙했다. 미술관의 멋진 그림들과 도서관의 친절한 직원들이 없었더라면 맨체스터는 내게 우울한 잿빛 도시 풍경으로만 각인되었을 것이다. 두 달 넘게 영국 일주를 하고 온 내게 친구가 "어느 도시가 가장 별 볼일 없었냐"고 묻자 난 맨체스터가 가장 실망스러웠다고 털어놓을 정도였다. 하지만 우연히 손에 넣게 된 작은 책 한 권 덕분에 맨체스터는 내게 잊을 수 없는 깨달음의 장소가 되었다.

그 책은 피에르 아돌프 발레트라는 화가의 얇은 화집이었다. 화가 피에르 아돌프 발레트의 이름이 생소했지만 표지에 인쇄된 그림이 왠지 마음을 확 잡아끌었다. 책도 비싸지 않고 무엇보다 그림이 정말 좋아 망설임 없이 불쑥 충동구매를 했다. 하지만 일정이 워낙 바빠 자세히 읽어보지는 못하고 화집에 인쇄된 그림들만 쓱 한번 훑어보고는 재빨리 값을 치르고 미술관 서점을 나왔다. 뿌연 연기를 뿜어 올리는 공장과 판에 박힌 획일적인 건물들이 도열한 가운데 쓸쓸하게 홀로 거니는 도시인들의 뒷모습이 마음을 잡아끌었다. 스팅의 노래 〈잉글리시맨 인 뉴욕〉이 떠오르기도 하고, 사람이 많을수록, 문명이 발달할수록 더 짙은 고독에 빠져드는 내 자신의 모습이 떠오르기도 했다. 하지만 또 다음 행선지를 향해 바쁜 발걸음을 옮기느라, 귀국하고 나서는 밀려있는 온갖 업무들을 처리하느라, 나는 그 화집을 펼쳐보지 못했다.

그런데 얼마 전에 그야말로 오랜만에 강의도 원고 마감도 없는 단 하루의 휴일을 맞이하자, 나는 마구잡이로 쌓여있는 책들을 정리하다가 피에르 아돌프 발레트의 화집을 다시 발견하게 되었다. 그 책을 한 장 한 장 넘겨보며 나는 맨체스터에서 내가 간과한 것이 무엇이었는지를 비로소 깨닫게 되었다.

나는 그곳에서 이상한 데자뷔, 알 수 없는 기시감을 느꼈다. 맨체스터에 처음 오는데도 마치 오래전에 여러 번 와본 것 같은 느낌이 들었던 것이다. 게다가 나는 그곳에서 숨길 수 없는 이방인의 외로움을 느꼈다. 걸인과 부랑자가 다른 도시보다 훨씬 눈에 많이 띄었던 맨체스터에서 나는 더 짙은 소외감을 느꼈다. 맨체스터는 파리처럼 화려한 패션의 도시도 아니고 런던처럼 문화적 명소가 풍부한 곳도 아닌, 어쩌면 너무도 평범한 공업 도시다. 나는 그곳에서 내가 살아온 한국의 도시들과 너무도 비슷한 온도의 외로움과 우울감을 느꼈던 것 같다. 바로 그 서글픈 닮음 때문에, 맨체스터가 아무리 거대한 축구 박물관을 갖고 있어도, 아무리 멋진 미술관과 도서관을 자랑해도, 나는 맨체스터에게서 색다른 매력을 발견할 수 없었던 것이다.

결정적으로 맨체스터에서는 피렌체나 베네치아처럼 '어여쁜 사진'을 찍을 수 없었다. 찍어놓고 나서도 차라리 흑백 모드로 바꿔서 찍을까 싶을 정도로 도시의 전체적인 색감이 무질서하고 불안정했다. 맨체스터 길거리에서는 하도 '어여쁜 색감'을 찾을 수 없어서 나는 미술관에서 많은 사진을 찍었다. 거기서 『햄릿』의 비극적 여주인공 오필리아의 사랑스러운 모습도 만나고, 단테 가브리엘 로세티의 화려한 그림들도 만났다. 하지만 마음속 깊숙이 찜찜함이 남았다. 내가 맨체스터의 대표적인 명물인 '맨유(맨체스터 유나이티드)'의 축구 경기를 안 봐서 이러나 싶어, 축구 경기 일정표를 열심히 알아보기도 했다. 축구에 특별한 관심이 없는 나로서는 커다란 결심이었다. 하지만 체류 기간 동안에는 경기를 관람할 수 없어 아쉬운 대로 맨체스터의 떠오르는 명소, 국립 축구박물관에 들러보기까지 했다. 축구의 역사도, 맨체스터 유나이티드의 영광스러운 경기 장면도, 심지어 전쟁기념관의 기획 전시까지도 흥미로웠다. 하지만 여전히 '내가 맨체스터에서 느끼고 싶은 감정은 이게 아닌데' 하는 의구심이 들었다. 나는 그 해답을 집에 돌아온 지 오랜 시간이 지나서야, 피에르 아돌프 발레트의 화집에서 찾을 수 있었다.

그것은 내가 대도시에서 항상 느끼는 익숙함과 편안함, 외로움과 불안, 우울과 절망, 슬픔과 기쁨까지 모두 합쳐놓은 것 같은, 마음속 깊은 곳의 거대한 소용돌이였다. 그의 그림은 알록달록하고, 선명하고, 사랑스러운 도시가 아니라, 온갖 스모그와 먼지들 속에서 뭉개지고, 더럽혀지고, 뿌옇게 흐려지는 도시의 아픔을 내게 각인시켰던 것이다. 나는 맨체스터에서 사랑스럽고 예쁜 사진을 하나도 찍지 못했지만, 우리를 아프게 하는 것들의 이유를,

도시인을 힘들게 하는 요소들을, 그럼에도 불구하고 도시를 선택한 이들의 아픔을 느끼고 있었던 것이다.

내가 걸핏하면 헨리 데이비드 소로의 『월든』을 꺼내 읽으며 자연 속의 은거를 꿈꾸면서도 여전히 도시를 떠나지 못하는 것처럼, 맨체스터 사람들도 수많은 이유들 때문에, 또는 어쩔 수 없는 익숙함 때문에 이 도시를 떠나지 못했을 것이다. 이 신비로운 기시감의 정체를 어렴풋이 깨닫고 나니, 갑자기 맨체스터가 걷잡을 수 없이 그리워지기 시작했다. 영화 〈이미테이션 게임〉을 통해 많은 이들을 감동시킨 실존 인물 앨런 튜링 박사가 위대한 과학 연구의 꽃을 피웠던 곳이 바로 맨체스터였으며, 내가 사랑하는 영국 드라마 〈다운튼 애비〉의 남자 주인공 매튜가 변호사로 일하던 곳이 바로 맨체스터였다. 맨체스터는 '아름다운 것들'이 나란히 줄지어 서서 전 세계의 관광객들을 기다리는 명소는 아니지만 '도시란 내게 무엇인가'를 생각하는 사람들에게는 더할 나위 없는 사유의 장소가 되어준다. 낯설지만 매혹적인 화가, 피에르 아돌프 발레트는 아름답지 않은 도시 맨체스터에서 그럼에도 불구하고 끝내 아름다운 사람들의 뒷모습의 소중함을 깨닫게 해주었다.

이 세상을 치유하는
더 깊고 오랜 힘

아시시(이탈리아)

돌아갈 고향을 찾는 그의 눈에 그리스도와 그의 첫 사도 베드로의 모습이 보였고, 이와 동시에 그는 모든 굴레에서 해방되어 법률이 아니라 오로지 사랑에 소속될 것과, 땅의 동물과 하늘의 새를 그들의 음식으로 주시는 하느님께 한 어린아이가 되어 자신을 맡길 것을 결심했다.

— 헤르만 헤세, 『아시시의 성 프란치스코』 중에서

나는 기도하는 방법을 모른다. 하지만 나도 모르게 기도하는 스스로를 발견할 때가 있다. 나의 힘만으로는 닿을 수 없는 머나먼 세상을 느낄 때. 어떤 노력으로도 열리지 않는 문을 발견했을 때. 나의 소원과 내가 사랑하는 사람의 소원이 전혀 다를 때. 그럴 때는 나도 모르게 내 기도를 들어줄 누군가를, 무언가를, 어딘가를 의지하게 된다. 그러나 그렇게 내 소원이 이루어지지 않는 순간보다도 더욱 고통스러운 것은, 내 힘으로는 도울 수 없는 타인을 발견했을 때다. 내가 가진 것으로는 그에게 아무런 도움이 되지 않는다는 판단이 들 때. 노력이나 의지나 진심만으로는 타인의 아픔을 어루만져줄 수 없을 때. 그럴 때 우리는 기도에 온 마음을 의지한다.

그럴 때는 내가 주체적으로 기도를 한다기보다는 나도 모르게 내 안에서 잠자고 있던 기도와 탄식이 무의식 저 깊은 곳에서 뜨거운 마그마처럼 맹렬하게 분출된다. 내 의지가 기도하는 것이 아니라 내가 어떻게 운전할 수 없는 무의식이 기도라는 간절한 소통의 언어를 향해 등 떠미는 것 같다. 아시시를 찾아가는 마음 또한 그랬다. 무언가를 향해 간절히 기도하고 싶은 마음. 신앙인이 아니더라도 내 기도를 들어줄 누군가를 향해 무작정 발걸음을 돌리고 싶은 마음. 그렇게 시린 마음을 안고 나는 아시시에 갔다. 아침부터 비가 퍼붓던 날이라 먼 길 떠나는 것이 여의치 않았지만, 그날이 아니면 왠지 오랫동안 아시시를 찾을 기회가 생기지 않을 것 같았다.

아시시는 피렌체처럼 거리 곳곳이 위대한 건축물과 역사적 인물들의 동상으로 가득 찬 곳은 아니지만, 골목길을 걷는 것만으

로도 나도 모르게 숙연해지는 곳이었다. 관광지 느낌이 거의 나지 않았고 순례자의 간절함을 향해 활짝 열린 도시라는 느낌을 주었다. 내가 아시시를 방문했을 때는 특별한 기념일도 아닌 데다가 비까지 추적추적 내려 마음이 한없이 무거워지는 것 같았지만, 이상하게도 아시시 구석구석을 타박타박 걸어다니는 동안에 온갖 번뇌로 들끓었던 마음이 천천히 정화되어가는 것 같았다.

버스를 타고 가는 동안 아시시에서 오랫동안 살아온 할머니를 만났다. 나는 옆자리의 할머니에게 성 프란체스코 성당에 가려면 몇 정거장이 남았는지 물었는데, 할머니는 영어를 못했다. 순간 아차 싶었다. 다짜고짜 영어로 질문을 한 내 자신이 부끄러웠지만, 할머니는 내 질문에 성심성의껏 대답해주기 위해 손짓발짓을 다 동원했다. 나는 할머니의 강한 이탈리아어 억양에 깜짝 놀라 어쩔 줄 모르고 멍하니 듣고 있었다. 어떻게든 아는 단어 하나만 나와주길 기다리며. 나와 할머니의 애처로운 바디랭귀지가 안쓰러웠는지, 근처에 앉아있던 똘똘한 인상의 여학생이 나에게 영어로 할머니의 의중을 전달해주었다. 아시시는 프란체스코 대성당으로 가장 많이 알려져 있지만, 버스를 타고 그곳으로 곧장 직행하는 것보다는 언덕 맨 꼭대기로 올라가 천천히 내려오면서 골목길 구석구석을 순례하는 것이 좋다는 말이었다. 아시시는 평지가 거의 없고 도시 전체가 거대한 언덕을 형성하고 있는데, 오르막길 곳곳에는 오래된 돌들로 차곡차곡 지어진 집들과 공방들, 가게들이 즐비하다. 가게들은 별다른 장삿속 없이 대대로, 또는 수십 년째 그 자리를 지키고 있는 곳이 많다. 비 오는 아시시의 골목길 구석구석을 천천히 걸어 다니며 몸은 고단했지만 할머니의 조언이 옳았다는 것을 깨달았다. 목적지에 편리하게 도착하기만 하는 여행에서는 도시의 깊은 속내를 알 수 없으니.

비 오는 아시시는 처연하고 고즈넉하면서도 더 깊은 속내를 내보이는 듯했다. 아시시에서 머물렀던 시간은 만 하루가 채 되지 않았지만, 신기하게도 당시 보름이 넘게 걸렸던 유럽 여행에서 최고로 아름다운 풍광을 자랑했던 두브로브니크와 오래전부터 가장 가보고 싶었던 몬타뇰라를 제치고 가장 깊숙한 인상을 남긴 건 바로 아시시였다. 아시시가 그토록 풀리지 않는 화두처럼 오래 남아있었던 이유를 이제야 알 것 같다. 그곳은 믿음이 없는 사람에게도 믿음의 길을 열어주는 곳이었기 때문이다. 아무도 믿음을 강요하지 않았지만, '믿음이란 무엇인가'를 저절로 깊이 생각할 수밖에 없는 장소였다. 평소에 나는 종교를 가지라고 설득하는 지인들의 말에 자주 상처받곤 했다. 그들은 정말 좋은 뜻으로 조언해주는 것이지만, 그들의 눈빛에는 '너는 그렇게 믿음이 없어서 그토록 불안한 인생을 살고 있는 것이다'라는 책망이나 연민이 느껴졌기 때문이다. 나의 자격지심도 한몫하겠지만,

주변에 워낙 크리스천이 많다 보니 나는 정말 필요 이상으로 자주 '원치 않는 전도'를 당하곤 했다.

그런데 사람의 마음이란 참 이상하다. 평소에는 신앙을 향해 납작 엎드리고 싶은 충동을 시도 때도 없이 느끼면서도, 막상 믿음을 가지라고 설득하는 사람들 앞에 서면 강한 거부감을 느낀다. 특히 버스 정류장이나 지하철 앞 도로처럼 사람이 많은 곳에서 전도를 하는 사람들은 예나 지금이나 '우리, 믿음을 가지지 못한 사람들'을 지나치게 긍휼히 여기는 것 같다. '나는 신께서 지켜주시는 아주 안전한 곳에 있는데, 당신은 그토록 위험한 곳에서 시간 낭비를 하고 있냐'는 투로 전도를 하는 사람들이 '아직 믿음이 없는 사람'의 마음을 아프게 한다. 우리의 기도를 들어주시는 분께서 이렇게 문밖에 서있는 사람에게도, 믿음의 울타리 바깥에서 서성이는 사람들의 기도도 들어주셨으면 좋으련만. 나는 아직 이렇게 어설프게 모든 믿음의 경계 바깥에서 기웃거리며 믿음의 문외한으로 지내는 것이 좋다.

외출할 때마다 어쩔 수 없이 지나쳐야 하는 우리 동네 버스 정류장에는 아예 전도를 위한 천막이 상시 개설되어있다. 사람들에게 커피와 사탕과 포스트잇과 황사 방지 마스크까지 나눠주며 믿음을 설파하지만, 나는 그 물품들과 그 전도의 메시지를 한사코 거부해왔다. 그때마다 전화를 거는 척하거나 아주 바쁜 척을 함으로써 위기를 모면했다. 그런데 며칠 전에 처음으로 나는 마음속에 오랫동안 도사리고 있던 진심을 고백했다. 모 교회에서 한결같이 전도를 나오는 그 아주머니는 부담스러울 정도의 적극성으로 내 믿음의 결핍을 공격했다. 아직도 예수님의 사랑을 모르다니 참으로 걱정스럽다는 투였다. 나는 또 한 번 상처받았지만 정중하게 거절했다. "실례지만, 지금은 혼자 있고 싶습니다." 나는 그렇게 그 아주머니의 전도를 거절하면서 처음으로 자유로움을 느꼈다. 딴청을 부리는 것이 아니라 그 사람의 눈을 보면서 정확하게 내 거절의 의사를 밝히기는 처음이었던 것이다.

소중한 고독을 지킴으로써 나는 나만이 열 수 있는 마음의 문을 스스로 지키고 싶었던 것이다. 나는 아시시에서 지금 당장 선택할 수는 없지만 내 마음을 강하게 잡아끄는 그 무엇을 느꼈다. 그것은 특정한 종교를 향한 것이기보다는 믿음이 있는 삶에만 깃드는 아름다움에 대한 눈뜸이었을 것이다. 우리 모두는 이렇게 각자의 방법으로 자기만의 길고 험난한 믿음의 길을 찾고 있다. 그러니 좋은 뜻은 정말 알겠지만 제발 믿음에 귀의하지 못한 이들을 너무 안쓰러운 눈으로 보지는 말아주었으면. 그리고 사냥감을 포착한 사냥꾼의 눈초리로 우리를 바라보지 말아주었으면 좋겠다. 나는 기도하는 방법을 모른다. 하지만 매일 나만의 어설픈 방법으로 오늘도 기도한다. 내가 내 소원을 이루기 위해 이기적인 행동을 일삼지 않기를. 내가 내 절망에 붙박여 스스로 침잠하는 것이 아니라 타인의 절망을 경청할 수 있는 사람이 되기

를. 우리의 분노가 우리를 찌르는 칼이 되지 않기를. 우리의 분노
가 성마른 증오와 복수의 불길로 타오르지 않고, 이 세상을 치유
하는 더 깊고 오래가는 힘으로 타오를 수 있기를.

지금 이 순간, 걱정 따위는
저 멀리 날려버리세요

루가노(스위스)

작은 시골 마을이나 독특한 여행지에 가기 위
해 불가피하게 큰 도시에서 짐을 풀 때가 있다. 퓌센에 가기 위해
뮌헨에 숙소를 예약하기도 하고, 친케 테레에 가기 위해 피렌체
를 먼저 여행하기도 한다. 도시 간 이동이 많으면 매번 짐을 싸고
푸는 일도 커다란 노동이 되어버리기 때문에, 많은 여행지를 거
치더라도 되도록 '짐을 푸는 도시'는 적게 만들어야 한다. 루가노
도 그런 곳이었다. 작가 헤르만 헤세의 마지막 안식처인 스위스
남부의 작은 마을 몬타놀라에 가기 위해 루가노에 짐을 풀었던
것이다. 나는 계속 '헤세의 무덤에 들러야지, 헤세의 작업실인 카
사 카무치에 가야지, 헤세가 자주 들렀던 카페에 가야지'라는 목

표 의식을 상기시키면서 루가노는 잠시 들렀다 떠나는 기항지쯤으로 생각했다. 물론 루가노 자체가 멋진 도시라는 것은 알고 있었지만, '헤세가 마지막으로 머물렀던 몬타뇰라'에 대한 집념으로 마음속이 꽉 차있었기 때문에 루가노를 열심히 둘러볼 생각은 하지 못하고 있었다.

하지만 루가노야말로 그동안 내가 유럽 여행을 하면서 항상 지나치게 강한 목적 의식 때문에 미처 즐기지 못했던 여유와 평온과 안식을 일깨워준 도시라는 것을, 몬타뇰라에 다녀오고 나서야 깨달았다. 헤르만 헤세에 대한 글을 준비하고 있었던 나는 몬타뇰라에 가서 자료 조사를 다 마친 후에야 비로소 마음이 편안해졌다. 그제야 누구도 빨리빨리 걷지 않고 어딜 가든 조용히 산책 나온 듯 천천히 걸어가는 루가노 사람들의 짙은 평온의 향기를 맡을 수 있게 된 것이다. 루가노의 첫 번째 명물은 무엇보다도 루가노 호수였다. 아침에는 물안개가 피어오르는 루가노 호수의 아련한 잔물결 위로 새하얀 오리들이 나른하게 기지개를 켠다. 점심때가 되면 유모차를 끌고 호숫가에 산책을 나오는 젊은 엄마들, 떠들썩한 유명 관광지보다는 생각에 잠겨 거닐기에 어울리는 루가노를 선택한 여행자들의 미소가 눈에 띄기 시작한다. 벤치에 앉아 정담을 나누는 노부부들의 여유로운 모습, 체스를 두는 할아버지들의 모습도 호숫가의 산책로를 오밀조밀하게 수놓는다.

루가노 호수가 가장 아름다운 순간은 낮과 밤이 바통 터치를 하는 순간이다. 하늘의 조명인 태양은 불을 꺼뜨리고, 가로등과 간판 불빛을 비롯한 인간의 조명이 하나둘 수줍게 불을 켜는 시간. 대낮의 하늘이 품고 있던 코발트 빛과 밤하늘이 되기 직전의 검푸른 먹색이 군데군데 얼룩져 하늘색 팔레트 위에 쪽빛 물감이 가득 풀어지는 것 같은 오묘한 빛깔이 하늘 전체를 물들이는 시간. 대낮의 햇살이 노을빛 저편으로 사라져가고 밤의 여신이 살포시 고개를 내밀며 낮 동안 지친 사람들의 어깨를 토닥이는 시간이다. 루가노에서 나는 아무 목적이 없었다. 반드시 무언가를 꼭 봐야겠다는 의무감도 없었으며, 따로 만나야 할 사람도 없었다. 아무런 목표가 없는 상태에서 천천히 걷는 낯선 도시의 밤길은 자유롭기 이를 데 없었다. 무중력 상태에서는 평범한 걷기 자체가 가벼운 점프로 뒤바뀌는 것처럼. 나는 어떤 생각의 중력으로부터도 자유로웠다.

루가노의 두 번째 명물은 골목길이었다. 루가노 기차역에서 도심으로 들어오는 꼬마 케이블카가 도착하는 정류장 바로 앞에 루가노 광장이 펼쳐져있고, 그 광장에서 하늘을 바라보면 천상으로 탁 트인 오솔길처럼 작은 골목길이 하나 있다. 보세 옷가게와 꽃집, 가정집, 재래식 우물터, 수제 신발을 파는 상점들이 쭉 늘어선 오르막길은 누가 걸어가도 영화 속 한 장면처럼 드라마틱해 보였다. 골목길 위쪽으로 타박타박 걸어가는 사람들은 하나

같이 "가야 할 때가 언제인가를 분명히 알고 가는 자"(이형기, 「낙화」 중에서)의 처연한 뒷모습을 간직하고 있었다. 저녁을 지어 먹기 위한 장을 본 후 장바구니 하나씩을 헐렁하게 손에 쥐고 총총히 골목길로 사라지는 사람들의 모습은 일상이 품은 고요와 평온의 향기를 그대로 실어 나르고 있었다. 술을 마시지 않고도 벌써 골목길의 정취에 담뿍 취한 나도 덩달아 하염없이 골목길을 걸어 올라갔다. 골목길 정상으로 올라가보니 루가노의 저녁 풍경이 소담스러운 병풍처럼 좌르륵 펼쳐졌다. 뜻하지 않은 절경이었던 셈이다. 루가노는 목적을 지닌 여행이 아닌 평범한 사람살이 그 자체의 매력을 A부터 Z까지 고스란히 느끼게 해준 소중한 도시였다.

루가노의 세 번째 명물은 내가 묵은 숙소 루가노 단테 센터였다. 작가 단테의 이름을 딴 이 호텔은 루가노 기차역에서 대부분의 사람들이 타고 내려오는 꼬마 케이블카를 타고 루가노 도심으로 내려오면 바로 보이는 곳이다. 숙소의 문을 열고 들어서는 순간, 코를 간질이는 커피향이 마음을 편안하게 해주었다. 오랜 기차 여행이나 버스 여행에 지쳤을 여행자들을 위해 숙소에 도착하자마자 빵과 커피를 즐길 수 있도록 로비에 간이 카페를 꾸며놓았다. 유럽은 '물'에 대한 인심이 짜서 매번 물을 사 먹어야 하는 불편을 감수해야 하는데, 루가노 단테의 직원들은 내가 외출할 때마다 "물이 필요하시지 않으세요?"라고 물어보며 신선한

생수 두 병씩을 매번 선물처럼 건네주었다. 웰컴 드링크는 달콤한 코코아인데, 코코아를 대접하는 테이블 위에는 귀여운 카드가 한 장 놓여있었다. 간단한 영어로 표기된 그 카드를 읽다가 저절로 폭소가 터졌다. "인생 뭐 있나요? 칼로리 걱정 따위는 저 멀리 날려버리세요! 달콤한 핫초코의 매력에 풍덩 빠져보세요!" 이런 이야기였다. 천상의 달콤함으로 여행자의 객수(客愁)를 위로해주는 그 코코아 한 잔을 먹고 거짓말처럼 감기가 나았다. 독한 약보다는 낯선 곳에서 만난 이름 모를 타인의 따뜻한 배려가 가벼운 병치레 정도는 가뿐하게 날려준 것이다. 루가노 단테 센터를 나서며 나는 바쁘게 짐을 싸는 와중에도 나도 모르게 편지를 쓰고 있었다. 세련된 영어 표현은 쓸 수 없었지만 나는 정성껏 펜을 꼭꼭 눌러 편지를 쓰고 나왔다. "이 호텔의 모든 직원분들께 깊이 감사드립니다. 이곳에 있는 동안 정말 행복했습니다. 잊지 못할 추억이 가득한 멋진 여행이 되었습니다."

어쩌면 괴물을
볼 수 있을지 몰라요,
당신이 충분히 취한다면

인버네스(영국)

　'괴물이 나온다는 전설'로 유명한 네스 호의 장엄한 풍광을 마음껏 즐기려면 물론 여름이 가장 좋다. 하지만 늘 충동적으로 여행을 계획하는 나는 청개구리처럼 한겨울의 네스 호가 못 견디게 궁금했다. 인버네스는 스코틀랜드 북부를 향해 떠나는 '하이랜드 투어'의 필수 코스로도 통한다. 에든버러에서 기차로 출발하면 직행으로는 3시간 20분, 완행으로는 대략 4시간 정도 걸려 인버네스 역에 도착한다. 에든버러나 런던에서 출발하는 버스 여행으로 단체 투어를 하는 사람들도 많다. 버스의 편리함보다는 기차의 낭만을 좋아하므로 시간이 좀 더 걸리더라도 기차를 택했다. 무엇보다도 에든버러에서 인버네스로 가는 동안 창밖으로 펼쳐지는 풍광을 천천히 바라보고 싶었다. 겨울에도 양떼들이 사방팔방 뛰노는 거대한 초원을 거치면, 끝 없이 펼쳐지는 푸른 바다가 보이기 시작한다. 기차를 타는 동 안 드넓은 바다가 보이면 기차 전체가 마치 거대한 선박이 된 듯 한 기분 좋은 착시를 느낀다. 나는 그렇게 인버네스로 가는 길의 아름다움 덕분에 여행의 피로를 금세 잊었다.

인버네스 기차역에 도착하여 시내 중심부로 들어가는 길에서 이미 아련한 설산의 실루엣이 여행자를 설레게 한다. 기차역에서 시내 중심부는 걸어가도 될 정도로 가깝다. 눈 덮인 산맥이 거대 한 병풍처럼 둘러져있는 이 도시는 인구 6만여 명의 작은 도시지 만, 여름이 되면 전 세계에서 '전설의 괴물 네시'를 보러 오는 관 광객들로 북적인다. 물론 '괴물 네시의 유명세'를 차치하고도 인 버네스는 그 자체로도 아름다운 도시다. 겨울에도 네스 호 주변 과 인버네스 시티 투어를 함께 할 수 있는 패키지 투어가 가능하 다. 웬만하면 여행자 정보 센터를 잘 들르지 않고 모든 정보를 여 행 책자나 인터넷에서 찾곤 했지만, 이번에는 왠지 여행자 정보 센터에 꼭 들러보고 싶었다. 작은 도시의 센터에서는 아주 친절 한 현지인들의 자세한 도시 안내를 들을 수 있는 경우가 꽤 있었 기 때문이다.

그곳에서 나는 놀랍게도 한국어를 꽤 알아듣는 인버네스 현지 인을 만날 수 있었다. 그녀는 나도 잘 모르는 한국 드라마를 줄

줄 꿰고 있을 정도였다. 당시 박신혜와 이종석 주연의 한국 드라마 〈피노키오〉가 막 방영을 끝낸 후였는데, 그녀는 "〈피노키오〉가 끝나서 너무 아쉬워요"라고 말해서 나를 놀랍게 했다. 그녀는 인터넷으로 한국 드라마를 보며 영어 자막을 참고로 해서 한국어를 익혔다고 했다. 나는 그녀와는 왠지 농담이 통할 것 같아 슬쩍 바보 같은 질문을 던져보았다. "네스 호에 가면 정말 괴물 네시를 볼 수 있나요?" 그녀는 환하게 웃으며 이렇게 말했다. "위스키 한 잔을 마신 다음 가늘게 눈을 뜨고 네스 호를 바라보면 어쩌면 네시가 보일지도 몰라요." 그녀와 나눈 이 정겨운 우문현답 덕분에 나는 인버네스와 한층 가까워진 것 같았다. 그녀를 통해 인버네스 시티와 네스 호에 대한 다양한 여행 정보를 알게 된 나는 버스와 페리호를 함께 패키지로 묶어 파는 여행 티켓을 사서 네스 호로 출발했다.

인버네스 성을 거쳐 네스 호의 중심으로 가는 길은 눈 쌓인 골목길과 잔잔한 호숫길이 조화를 이룬다. 버스 기사는 네스 호의 전설과 인버네스의 역사를 다정하게 설명해주며 능숙하게 페리까지 손님들을 데려다주었다. 네스 호를 횡단하는 페리는 겨울이기에 손님이 무척 적었지만, 조용함을 즐기는 사람들에게는 더욱 한적한 여행 분위기를 선사한다. 페리를 타고 5분이 채 지나지 않아서 광활한 네스 호의 절경이 가슴을 울리기 시작한다. 석탄 성분이 많이 녹아있어서 물 밑은 까맣지만 물 자체는 얼굴

이 고스란히 비칠 정도로 맑디맑았다. 마치 거대한 검은 거울에 내 몸뿐 아니라 내가 탄 커다란 배 전체를 한꺼번에 비춰 보는 것 같았다. 언젠가 바이칼 호에 간다면 이와 비슷한 기분을 느끼지 않을까 공상에 잠겨보기도 했다. 나는 위스키 대신 커피를 마시며 눈을 가늘게 뜨고 혹시 네시가 출몰하지 않을까 즐거운 상상에 빠져 호수를 바라보았다. 하지만 괴물이 없어도, 괴물에 대한 전설조차 없어도, 네스 호는 그 자체로 눈부신 신비로 가득한 곳이었다.

네스 호 박물관에는 네스 호의 비밀을 캐기 위해 노력한 수많은 사람들의 탐사의 흔적들이 전시되어있다. 괴물 네시를 봤다는 증언이나 동영상은 수없이 양산되었지만, 네시의 실체를 알 수 있는 길은 없었다. 2003년에 영국의 방송사 BBC가 무려 600차례에 걸쳐 음파 탐지 실험을 하고 위성 추적 장치를 활용해 네스 호 곳곳을 철저하게 수색했으나, 네시를 발견하는 데는 실패했다. 수장룡이라는 주장, 나뭇가지를 얹은 사슴이 호수를 건너는 것이 괴물처럼 보인다는 주장 등 온갖 추측이 난무하지만 '네시는 실재로 존재하지 않는다'는 쪽이 더 우세하다. 네시는 정말 존재한다기보다는 문화적이고 심리적인 실체로 존재한다는 느낌이 든다.

네시를 테마로 한 수많은 기념품들을 보니 네스는 네스 호에 존재하는 것이 아니라 사람들의 마음속에 존재한다는 생각이 들었다. 괴물 네시를 캐릭터로 한 열쇠고리는 물론 각종 동화책, 목걸이와 반지, 인형, 스노볼 등이 판매되고 있었다. 가히 '네시 산업'이라 할 만한 엄청난 네시 열풍이 여름이 되면 또다시 재현될 것이다.

우리 마음속에는 저마다 자신도 알 수 없는 괴물이 숨어있을지도 모른다. 사람들이 괴물 네시의 존재에 그토록 관심을 기울이는 이유는 무엇일까. 어쩌면 우리의 무의식 깊은 곳에도 저렇게 신비로운 괴물 한 마리가 살고 있을지도 모른다는 공상 때문은 아닐까. 엄청난 분노에 사로잡혔을 때, 스스로도 감당할 수 없는 공격적인 행동이 튀어나와 사람들을 당황하게 만들기도 한다. '왠지 저 깊은 호수 아래 알 수 없는 장소에 멋진 괴물이 있었으면 좋겠다'는 대중의 환상적인 믿음이 네시의 전설을 더욱 풍요롭게 만들고 있었다. 내 안의 네시는 어떤 모습일까. 우리 안의 괴물은 꼭 무섭고 폭력적인 모습만은 아닐 것이다. 사랑하는 것들을 지켜야 할 때, 우리 안의 소중한 꿈을 지켜야 할 때, 잔잔해 보이기만 하던 의식의 표면을 헤치고 나와 적들과 싸울 수 있는 용감한 괴물은 바로 우리 안의 가장 멋진 가능성, 잠재된 영웅적 투사의 모습일지도 모른다.

내성적인 여행자,
그 후로 어떻게 되었나요?

내 마음속에는 '여행 온도계'가 하나 있다. 일상에 지칠 때나 일중독에 빠질 때마다 여행 온도계가 올라간다. 인간관계의 스트레스가 극에 달할 때, 마음속 여행 온도계는 더욱 급속도로 올라간다. 체온이 급속도로 올라가면서 심한 감기 몸살을 앓는 것처럼, 마음속 여행 온도계의 눈금이 쭉쭉 올라가서 39도쯤이 되면 나는 끝내 항복하고 만다. 이제 그만 떠나야겠다고. 그럴 때를 대비하여 마음속에 '언젠가는 꼭 가고 싶은 여행지 리스트'가 준비되어 있으면 매우 요긴하다. 어디든 좋다. 이 끔찍한 일상의 반복적 리듬을 상큼하게 깨뜨려줄 수 있는 곳이라면. 변화에 대한 막연한 두려움 때문에 일상의 그 무엇도 쉽게 바꾸지 못하는 나, 소심하고 내성적인 내게 삶을 바꿀 수 있는 용기를 불어넣어주는 곳이라면. 아무리 열심히 살아도 어느 순간 권태를 느낄 수밖에 없는 우리 삶에 싱그러운 자극을 줄 수 있는 곳이라면.

그런데 변화가 항상 즐겁고 행복한 것만은 아니다. 변화 속에는 항상 그 새로움의 설렘만큼이나 커다란 위험이 도사리고 있다. 여행에도 사고나 질병의 위험이 도사리고 있고, 새로운 만남에도 상처와 이별의 위험이 복병처럼 숨어 있다. 우리가 꿈꾸는 모든 변화 속에는 그 가슴 떨림만큼이나 커다란 위험과 공포가 스며들어있다. 사실 나는 아직도 여행을 떠날 때마다 두렵다. 사고나 질병 같은 불운이 닥치면 어떡하나, 무척 걱정스러워서 떠나기 전날에는 잠을 이루지 못하곤 한다. 하지만 마음속 여행 온도계는 매번 시끄럽게 알람을 울려댄다. 내 마음속 여행 온도계는 이렇게 속삭인다. 사고가 무서워서, 질병이 두려워서, 또 언제 닥칠지 모르는 모든 종류의 불운이 두려워서 피하기만 한다면, 도대체 뭘 새로 시작할 수 있겠냐고. 매번 멀리 여행을 떠나는 것이 두렵지만, 나는 어김없이 짐을 싸고, 용기를 내어 혼자 여행을 떠나기도 하고, 구체적인 계획도 없이 훌쩍 떠나기도 한다. 나는 여행을 통해 내 지극히 내성적인 성격에 숨어있는 뜻밖의 용기와 엄청난 활기를 발견한다.

여행에 숨겨진 변화무쌍한 인생의 기쁨을 더욱 눈부시게 누리는 비법은 너무 많은 계획을 짜지 않는 것이다. 여행 초보자 시절 나는 숙소 예약이나 기차 예약은 물론 그날그날 가야 할 구체적인 장소들까지 철저히 계획을 세우곤 했다. 하지만 지금은 가는 비행기와 오는 비행기, 그리고 첫날과 마지막 날 숙소만 잡아두고 그 가운데는 '텅 빈 스케줄'로 남겨두는 무한 자유 여행을 좋아한다. 기차를 타고 가다가 마음에 드는 풍경을 만나면 훌쩍 내리기도 하고, 이곳이 너무 멋져서 하루나 이틀 정도 더 머물고 싶다는 생각이 들면 숙소 예약을 취소하고 한곳에 하루이틀 더 머무르기도 한다. 내 마음이 더 자유로워지면 '왕복 티켓'이 아니라 '편도 티켓'을 끊어두고 도대체 언제 돌아올지 알 수 없는 머나먼 여행을 떠나볼 수도 있을 것 같다. 바로 그런 계획 없고 대책조차 없는 여행이야말로 '훌쩍 떠난다'는 느낌과 가장 잘 어울리는 여행이 아닐까.

그 장소가 어떤 모습이고, 얼마나 넓고, 얼마나 편리한지는 중요한 것이 아니다. '내가 늘 나다운 모습으로 존재하는, 아주 일상적이고 제한적인 공간'의 울타리를 벗어나 세상 밖으로 홀로 나온다는 사실 자체가 가장 중요한 것이다. 상황이 열악해도, 장소가 아름답지 않아도, 그 장소에 내가 특별한 의미를 부여할 수 있다면 그곳은 어떤 여행지보다 아름다운 '내 마음의 안식처'가 된다. 여행을 거듭할 때마다, 내 마음의 무늬와 빛깔은 서서히 변했다. 일상을 벗어나는 탈주의 모험으로서의 여행, 일상 자체를 새로운 모험으로 만드는 마음의 실험, 그것이 바로 내겐 여행이었기에. 변화는 늘 어렵고 힘든 것이지만, 변화를 통해서 얻을 수 있는 인생의 깨달음과 가치는 상상을 뛰어넘곤 한다.

사람들은 내게 '작가의 눈으로 여행하는 법'을 묻곤 한다. 나는 '여행을 일상처럼 편안하게, 일상을 여행처럼 짜릿하게' 바꾸는 삶을 꿈꾼다고 이야기한다. 내게 여행은 문학과 똑같은 것이었기에. 문학이 내가 한 번도 경험해본 적 없는 타인의 삶을 지금 여기에서 살게 해주듯이, 여행은 내가 한 번도 가본 적 없는 장소를 집처럼 다정하고 친밀하게 만들어주었다. 문학이 가만히 앉아서도 떠날 수 있는 최고의 마음 여행인 것처럼, 내게 여행은 온 세상을 돌아다니면서도 끝내 그 모든 곳에서 아름다운 나만의 집을 발견할 수 있는 최고의 길잡이가 되어주었다.

2018년 여름,

정여울

＊본문에 수록된 이미지 중 별도의 저작물 이용 허락을 받은 크론보르 성 사진과 명화 두 점의 출처는 아래와 같습니다.
(210~211쪽 크론보르 성 사진: Kroshanosha·Shutterstock.com/ 115쪽 〈프리마베라〉: Mary Evans·게티이미지코리아/ 307쪽 〈인생의 춤〉: Granger Collection·게티이미지코리아)

＊4장 「『제인 에어』와 『폭풍의 언덕』의 시작점」, 「우리는 모두 조금씩 돈키호테의 후예」는 각각 〈월간 정여울〉의 『콜록콜록』과 『까르륵까르륵』(천년의상상)에 실린 내용을 재수록하였습니다.

내성적인 여행자

초판 1쇄 2018년 8월 10일
초판 6쇄 2024년 2월 25일

지은이 | 정여울
펴낸이 | 송영석

주간 | 이혜진
편집장 | 박신애 **기획편집** | 최예은·조아혜·정엄지
디자인 | 박윤정·유보람
마케팅 | 김유종·한승민
관리 | 송우석·전지연·채경민

펴낸곳 | (株)해냄출판사
등록번호 | 제10-229호
등록일자 | 1988년 5월 11일(설립일자 | 1983년 6월 24일)

04042 서울시 마포구 잔다리로 30 해냄빌딩 5·6층
대표전화 | 326-1600 **팩스** | 326-1624
홈페이지 | www.hainaim.com

ISBN 978-89-6574-664-5